コメニウスの生地のひとつと考えられる
コムニャに立つコメニウス像
（2004年９月、監修者撮影）

1623年版草稿のコメニウスが描いたとされる「地上」の図
チェコ共和国国立図書館の許可を得て掲載

コメニウス セレクション

地上の迷宮 と 心の楽園

Labyrint světa a ráj srdce

J. A. コメニウス

藤田輝夫＝訳

相馬伸一＝監修

東信堂

Jan Amos Comenius
Labirynt světa a lusthauz srdce, 1631
Veškerých Spisů Jana Amosa Komenského,
Svazek XV, Brno, 1910

目　次／地上の迷宮と心の楽園

挿絵　ジョージマ・ヒトシ

地上の迷宮と心の楽園

言い換えますと、

明瞭な描写

この地上と地上にあるすべてのものには、もつれとねじれ、渦巻きと労苦、甘言とペテン、悲惨と憂鬱、最後にすべての死滅と絶望以外には何もない。他方、自分の心でくつろぎ、ただ神様と一緒になってその他のものを閉め出す者だけは、精神の真のかつ充分な平静と悦びに行き着けるということを描く。

書物よ、厳格な監察官カトー[1]を恐れずに、光のなかを進みなさい。
よくわきまえて迷宮の道を駆けめぐろうとなさい。
また、あなたがその道を進み駆けめぐるときには、こう言いなさい。善良な読者よ、
私からは至高善だけを学びなさい、と。

M・G・C[2]

「伝道者の書第一章第一四節」

私は日の下で行なわれているすべての業を見ました。しかし、ああ、すべてが虚しく、霊を悩ますのです。

一六三一年

有名かつ真に寛大なご主人、
この上なくご好意を賜っているご主人、男爵等々の顕職に就かれている
カレル・老ジェロチーン閣下へ

私は、あまりにも混乱しかつ騒乱に満ちたこの時代に、お手紙でさえも控えておりました。いわんや、何らかの書を献上することで、この上なく有名な男爵閣下を煩わすことなどは当然控えておりました。しかし、それが、魂を元気づけたり、神のお助けによって魂を落ち着かせたりすることを目的とする類の書物である場合は例外でしょう。それがどのようなものなのかを申し上げます。私はこの隠れ家におりましても、天職としていたことから遠ざかっていなければならなくなりましても、無為に過ごしていることは許されませんし、またそうすることは好ましいことでもありませんから、とりわけこの数ケ月間、(機会がある度に)地上の虚しさについて考察を始め、ついに閣下に差し出しておりますこのドラマ[3]が私の手元に生まれたのです。本書の第一部は地上の人々の戯れや無駄な行為を象徴的に描写しております。地上の人々は大部分が全力をあげているのに完成させたことは何もありませんし、すべてが最終的には惨めにも嘲笑の種にされることになり、ないしは号泣する事態に終わるということです。本書の第二部は、一方では比喩の形で、他方ではあからさまに、神の子どもの真のかつ堅実な豊かさを書き留めました。地上や地上のす

べてのものを背後に捨てて神のみにすがる者は、それどころか密着する者は、言うまでもなく何と幸せなことでしょう。ところで私は、本書でご覧に入れますことがほんの始まりに過ぎずまだ完成されたものではないことを認めております。なぜなら、ここで扱っている素材はまったく豊かなものですし、しかも、次々と発見される新しいものを付け加えていけば、これらの内容を無限に増やしていくことができ、知能を研いだり言語を磨いたりするのに極めてふさわしいものであると、私が見ているからです。しかし、目下のところ、まだ大したものになっていなかろうと、お褒めにはあずかれない書きつけから拾い集めたものをまとめて、閣下に献上したいと思ったのです。どんな意図があってこんなドラマを書いたのかについて、ここではあえてこと細かに申しません。しかし、閣下は洞察力がおありですからお読み下さる間にお気づきになりましょうし、あるいは時をおいて納得なさることもできましょう。ここで一言だけ申し添えておきますと、かつて大海の荒波のような悲しみを数えきれないほど体験なさいましたが[4]、今では良心というこの上なく平穏な港で安らいでいらっしゃるあなたに本書を捧げますことは不適切なことではないと、私が確信したということです。今や閣下に願望しますことは、地上と悪魔とにおびえることなく、ひたすら快くご自分のキリストを生きがいになされますように、また、この世の生命（ああ、それは何と憐れむべきものでしょうか）に引き続く来世の生命を完全な権利として所有なさるということを歓喜をもって期待なさいますように、ということだけです。何はともあれ、永遠の憐れんで下さる方である私たちの神がお持ちの祝福された聖霊が、私たちを支配し、立ち上がらせ、慰め、力づけて下さいますように。アメン。

一六二三年十二月十五日に、クロポットの丘の下[5]で差し出しました。

閣下の忠実な被護者

J・A・C

読者への挨拶

どんな被造物でも、いや理性のない被造物でさえも、心地よく快適なことを気に入ったり、また、そのようなことを願望できるようになろうとするのは当然のことです。それは、自分に生まれつき備わっている理性的な力によって、この世で良き快適なものを望むという欲望を覚醒されている人間の場合なら、なおさらのことです。いや、人間はその力によって、対象がさらに良く、さらに心地よく、さらに快適なものであればあるほど、ますますそれを気に入るように、ますます情熱を燃やして焦がれるように覚醒されているばかりか、それを求めるように促されてもいるのです。そのために、昔、賢者の間で、人間の願望が留まっている善の頂き（最高善）、言い換えますと、人間がもはやそれ以上願望することができず、自分の獲得物に満足して腰を下ろしてしまえるし、そうするに違いないほど高度の善の頂きは、どういった場合にどこに存在するかが問題とされたのです。

ところで、私たちが注意を払おうとすれば、次のことが見出せましょう。哲学者の間でこの問題は、この問題がどのように取り扱われなくてはならないのかということも含めて周到に探究されてきましたし、今でも探究されています。そればかりか、どんな人間の精神も、どのようにしてどこまで行けば、この上なく充実した慰めに行き着けるのかということを探究しています。また、すべての人間が、自分のなかから地上や地上にある事物に飛び込み、精神に授乳し、精神をくつろがせてくれるものを探し求めているという事態も目にすることができます。それらを、財産や物財、快楽や趣味、栄光や顕職、知恵や学芸、そして愉快な交際に求める者等々がいるのです。要するに、すべての者が、外なるものに自分の幸せにかなうものを探そうと、大口を開けて待っているのです。

　しかし、満足して腰を下ろせるものはそこでは見出されないということを、人間のうちで最も賢明なソロモンが証言しています。彼もまた自分の精神の安らぎを求めたのですが、地上のすべてを潜り抜けて見て回ったのち、次のように告白したのです。私はこの世で生きていることを悔やんでいる。なぜなら、日の下にあるどんなことも私にとっては快くはないからだ。なぜなら、そのすべてが虚しく悲惨なものであるからだ（「伝道者の書」第二章第一七節）。ところで、後になって精神の真の平安を探し当て、彼は次のように公言しました。平安は、地上の人間が今の状態から離れ、神様だけを求め、神を恐れ、神のご命令を遵守するのにかかっている。なぜなら、すべての基礎は、ひとえにそうすることであるからだ（と言っております）（「伝道者の書」第一二章第一三節）。ダビデも同じように、自分の目や精神から地上を払いのけて神だけにすがり、また、神を己れのとり分と見なし、自分の心のなかで神と共に暮らす人こそこの上なく幸せです（「詩編」第七三編）と証言しています。

6
　神の慈悲心が賞賛されますように。なぜなら、そのおかげで、私でさえも自分の目を開かせてもらえ、この華麗な地上が見せている多様な虚しさと至るところで外面的な輝きにおおわれている忌むべきペテンとに気づくことができたからです。他方で、精神の平安と安全とはそれ以外のところでは見出され得ないということも学べたからです。私はそのことを自分でもさらに焦点を絞って眺められるようにしたいし、他の人たちにも見せて差し上げたいとも思い、地上をめぐる巡礼行ないし遍歴を少しばかり構想してみました。すなわち、この地上で私がどんな奇怪なことを眺めたり出会ったりしたか、そして最後に、願望はしていたものの、地上では探し求めても無駄であった慰めを、どこでどのようにして教わったのかを、この小冊子のなかですべて描写したのです。しかし、いかに巧妙に描こうかということは気にかけておりません。神にお願いしますことは、私や私の同胞にこれが利益をもたらしますように、ということだけです。

読者よ、あなたの読むことは、たとえお伽噺に似ているとしてもお伽噺ではありません。ここに描かれているのは本当のことばかりです。あなたはこの内容を理解できれば、それが本当であることに気づくでしょう。とくに私の生涯や経歴について少しでもご存知なら、そのことに気づくでしょう。なぜなら、大部分は私自身の出来事を描いているのです。それは生涯の少なからぬ歳月で私がすでに出会ったことです。もちろん、他人のところで見たことや、他人から忠告を受けたことも若干は含まれていますけれども。ただ、そう言いましても、自分の出来事のすべてに言及しているわけではありません。それは、恥ずかしいからでもありますし、他方、それが他人に知らされたとして、どんな啓発に役立つのか判断がつかなかったからです。

私の先導者にも、地上で手探りしているどんな者の先導者にも、二種類の者がいます。すなわち、すべてを探究しようとする精神の軽率さと、地上のペテンに真理の彩りを添える古い習慣です。たとえあなたがどんな方であれ、理性を失わずにその先導者について行けば、人類の悲惨なもつれを私と同様に目にすることができましょう。もしそれが違ったように見えるという方がおられれば、すべてを逆さまに見えるようにさせる世間の欺きという眼鏡が鼻にかけられているからだということを知らせて下さい。

神に捧げた心が過ごす悦びに満ちた生活様式を探求することに関しては、それはイデアとして書き込まれているだけであり、選ばれたすべての民に十分に見出されるようになっているわけではありません。それにもかかわらず、神様はそのように磨き上げられた魂の持ち主の人数に不足をきたされることはないでしょうし、また、本書をお読みになれば、真心から敬虔な者なら、そこに進んでいく足どりが完成して欲しいと願望せざるを得なくなりましょう。愛しいキリスト者よ、うまく振舞って下さい。地上の案内人である聖霊が、私の能力以上に、地上の虚しさと神と結ばれた選ばれた民の心が有する栄光と慰めと悦びとをお示し下さいますように。アメン。

J. A. コメニウス

地上の迷宮と心の楽園

第一章　地上へ巡礼に出る理由

私が、人間らしい理性を備え、善と悪との相違がはっきり分かり始める年頃になったとき、人々が関わっている身分、地位、天職、労働、業務が人々の間で多様であるのを見て、どんな人間の集団に身を投じてどんな生活を維持しなくてはならないかを自覚できるようになることが、少なからず必要であるように思われました。

それについて大いに、また何度も考えをめぐらし、自分の理性で一生懸命に問い返し、私は、心配と苦役とが最少でありながら、快適さと平安と幸せな気持ちが最大であるような生活様式が好ましいだろうという考えに至りました。

精神の変わりやすさ

しかし、そのような天職とはどれで、どのような類のものかを知るのが困難に思われました。ところが、十分に忠告できる者がいないことが分かりましたし、誰でも自分のことを自慢するだろうと考えると、私はやみくもに誰かに相談をもちかけようとも思えなかったのです。とはいえ、正しく選べないのではないかと恐れていたので、自分から急いで何かに手を伸ばすことはできませんでした。

いや、本当のことを告白しますと、一番目のものや二番目のものや三番目のものに密かに心を惹かれることがあったのですが、どれも直ちに投げ捨てたのです。なぜなら、いずれにも（私にとってはそう思われたのですが）何らかの困難と虚しさがあることに気づいたからです。何はともあれ、自分に根気がないせいで恥をかくのを恐れたのです。しかし、どうすべきか分からなかったのです。

私は一人でさんざん苦しみ悩んだあげく、最初に日の下にある人間に関する事柄をすべて調べた上で、それぞれを互いに理性的に比較して、確かな身分を選びとり、選びとった事柄を地上の平安な生涯に利用するために幾分でもきちんと準備しておこうという気持ちに至りました。そう考えれば考えるほど、ますますそうするのが好ましいと思えてきたのです。

第二章　巡礼は遍在氏を案内人にしました

そこで私は、どこからどのように開始したら良いかと考え、冥想を止めて周囲を見回し始めたのです。するとちょうどそのとき、どこから来たのかは知りませんが、足が速く、眼球の動きが敏捷で、早口の人が、やって来たのです。その動きがあまりにも速いので、足や目や舌、その他すべてのものを回転軸の上に載せて動かしているように思われたほどでした。その人は私に身体をすり寄せ、どこから来てどこに行こうとしているのかね、と尋ねてきたのです。そこで、私は自分の家から来たのですが、地上を放浪しながら何かを体験しようとしているのです、と答えました。

その人は、そりゃ良いことだ、とうなづき、ところで、どこのどんな人に案内人になってもらったのかね、と尋ねてきたのです。私はこう答えました。「案内人はいません。神や自分の目が私を迷わないようにさせてくれると信じていますから」と。するとその人は言い返してきました。「そんなことは絶対できるものじゃない。クレータの迷宮についてこれまで何か聞いたことがあるのかね。」「少しは聞いたことがありますけど」と私は答えました。すると彼はこんな説明をしたのです。「それは地上とは奇怪なものだったということさ。地上とはあまりにも多くの部屋、小部屋、通路からできた建物だから、先導者もなくそこに投げ込まれた者は必ずあちこちを歩き回っては混乱をきたし、決してどこからも外に抜け出せないのさ。しかしそれは、この地上という迷宮そのものを、今の時代だったらさらに輪をかけてだけど、どうしたら整然とさせられるかっていうことへの皮肉でもあったわけさ。だから、一人ぼっちでそこに身を投げ出すことはお勧めできないね。体験豊かな私の言うことを信じてくれよ。」そこで私は、「それでは、どこでふさわしい人を案内人にすることができるものでしょうか」と尋ねました。すると彼は答えたのです。「この私なら、何かを調べたいとか体験したいと望んでいるような者を案内して、どこにどんなことがあるのかご覧に入れるのにぴったりだよ。だから、私もあんたに会おうとしてやって来たんだ。」

地上という迷宮

好奇心を持つ者の描写

そこで私は驚いて尋ねました。「ところで、あなたはどなたですか」と。「私の名は『全知』というんだけど、『遍在』という名を頂戴しているんだ。その理由はね、私が地上のすべてのところに行き、すみずみまで見つめ、どの人間の言葉も行ないも調べ上げ、現われているものはすべて眺め、隠されたものはすべて探り出して捉えるからさ。要するに、どんなことだって私のいないところで起こることはないんだし、すべてをのぞき込むことが私の義務になっているからさ。あんたが私の後からついてくりゃ、多くの隠された場所に連れて行ってやるぞ。私に連れて行ってもらえなけりゃ、誰もその場所に行き着けないんだ。」

私はそのような言葉を聞いて、自分の目的にふさわしい案内人を見つけられたと嬉しくなり、でしたら、どうか苦労をいとわずに私を連れて地上をずっと案内して下さい、とその人にお願いしました。するとその人は答えたのです。「他の人たちにもそうしたように、あんたにも喜んでそうしてやるよ」と。そう言うと、その人は私の手を引っ張って、さあ行こう、と言ったのです。そこで、私たちは歩いて行きましたが、そのとき、私は次のように告白したのです。「えーと、私は、この地上の歩みがどうなのか、そしてそのなかで人間が安全にすがっていられるものはどんなものかということも、どうしても知りたいんです」と。私の伴侶は、その言葉を聞くと、立ち止まって言いました。

地上の女王・虚栄

「ねえ、あんた。あんたが私たちのことを眺めて楽しむんじゃなくて、自分の理性で判断しようってつもりなら、女王陛下が満足なさるかどうか知らないよ。」そこで私は、「あなた方の女王とはどんな方ですか」と尋ねました。するとその人は答えました。「地上全体とその歩みとを最初から最後まで方向づけていらっしゃる方さ。『知恵』というお名前でな。もちろん、彼女を『虚しさ』と呼んでいる賢人ぶった者も何人かはいるがね。だから、そこに行って眺めることになったら、時宜を見て私が言うよ。利口ぶっちゃ駄目だよってね。そんなことをしたら、あちこちでいろんな目に見舞われるし、ひょっとしたら、私も一緒に見舞われるかもしれないからね。」

第三章　甘言が付きまといました

案内人が私と話していると、ご覧下さい、脇の方から男なのか女なのか分かりませんでした（なぜなら、奇妙な覆面をして、周囲に霧のようなものを立ち昇らせていたからです）が、ある人がすり寄ってきて、こう言ったのです。「遍在さん、その方と一緒にどちらにお急ぎ」と。遍在氏は答えました。「この人を案内して地上へ行くんだよ。そこを眺めたいというのがこの方のご要望でね。」すると、その人はまた言いました。「どうして私を連れて行かないの。ご承知のとおり、案内するのはあなたの役目でも、どこに何があるかを指摘するのは私の役目よ。女王様の王国に入って、見たり聞いたりしたことを自分勝手に解釈したり、利口ぶったりするのは、女王陛下のご意思に添わないことよ。それが何でありどんな目的で存在しているのかを説明してもらって、それで満足するのがご意思なのよ。」遍在氏はその言葉に答えました。「どの人も同じように、私たちの慣わしに満足できないほど生意気なのかねえ。それなら、そういう人にはむしろ手綱が必要になるんだろうな。うん。じゃあ、あんたも一緒に行こう。」そこで、その奇妙な覆面をした人も仲間になって、私たちは出発したのです。

そのとき、私の精神には、どうかこの場で彼らの考えに引き込まれてしまいませんようにという願いがありました。それからまた、この人たちは私にどんな手綱をかけることで合意しているのだろうとも考えたのです。それで、新しい伴侶に尋ねました。「ねえ、悪くとらないで欲しいのですが、どうかあなたの名前も教えて下さいませんか。」するとその人は返事をしたのです。「私は知恵という地上の女王の解説者なの。それで、地上にあるものがどう理解されなくちゃいけないかを教えるという命令を受けているの。だから私は、あんたが地上で出会うことになっているすべての人たち、年老いた者にも若い者にも、高貴な者にも生まれの卑しい者にも、愚かな者にも学識のある者にも、地上に関わる正しい知恵に含まれるすべてについて思いを抱かせて、彼らを楽しく優しい気持ちにさせることになっているの。それだけじゃなくて、私がいなかったら、国王だって大公だって領主だって、その他のすべてのこの上なく貴い方々だって奇妙な憂鬱に陥って、悲嘆に暮れて地上で時を過ごすようになるのよ。」

使い慣れた憶測という妖術

それに対して私は言いました。「それが本当なら、運の良いことに、神があなたを先導者として私に授けて下さったのでしょう。なぜなら、私は今、地上でこの上なく安全でこの上なく慰めとなることを探し、それを手に入れるために地上に出発しようとしているからです。それで、あなたが忠告者になって下さったので、当初よりもたやすく選びとれますね。」するとその人は言いました。「その件は疑わないで。もちろん、私たちの王国ではすべてが美しく立派に治められていて面白いということを探し出せるし、女王様のすべての服従者によってうまく処理してもらえるようになっているのを理解できるんだけど、でも、それぞれの天職や仕事には、常に一方がもう一方のもの以上に安楽や圧制が伴っているのも本当なのよ。だから、あんたもすべての天職や仕事から自分の好きになったものを選びとることができるようになるわよ。何がどうなっているのか、私が全部説明してあげるわ。」そこで私は、「あなたをどうお呼びしたら良いのでしょうか」と尋ねました。するとその人は、「私の名は『甘言』よ」と答えたのです。

第四章　巡礼は手綱と眼鏡とをかけられました

私はそれを聞くと怖くなり、なぜ罪のなすままにそういう者を伴侶にしたのかと反省しました。（私の精神が次のように分析したわけです）先に伴侶になった人は手綱について語ったし、次の人は甘言だと名乗ったし、（うっかり舌が滑ったのだと推測しましたが）自分の女王の名は虚栄だと私に知らせたのです。[8]これは一体どうしたことだろう。私がこう考えて黙ってうなだれ、どこか不本意な足どりで歩いていると、全知氏がこう言いました。何という移り気な奴だ。ひょっとしたら帰りたいという気でも起こしたのかね、と。すると、私が答えもしないうちに、彼は私の首に手綱を投げかけ、その手綱の轡が私の口に差し込まれてしまったのです。すると彼は、うん、あんたは進み始め

たんだから、素直に言うことを聞いてその場所に行くんだ、と言いました。

好奇心という手綱

私は自分にかけられた手綱を眺めてみました。しかし、ああ、それは好奇心という皮紐を縫いあげたもので、その轡は鉄製で、業務における苦難というものでした。ですから、私が最初に地上に抱いていた自発的な気持ちではなく、気まぐれで満たされない気持ちで眺めるために、無理に牽引されるようになっていることが理解できたのです。

そのとき二番目の案内人が、反対側から言ったのです。あんたの目にかけるものを差し上げるわ。それを使えば地上を見ることができるのよ、と。それからその人は私の鼻に眼鏡をはめましたが、それを通して見てみると、目の前にあるすべてがたちまち違ったものに見えたのです。言うまでもなく、その眼鏡には、（私があとで何度も吟味したとおり）遠くにあるものは近くに、近くにあるものは遠く、小さいものは大きく、大きいものは小さく、醜いものは美しく、美しいものは醜く、黒いものは白く、白いものは黒く等々と見えるようにする力が備わっていたのです。ですから、その人がそんな眼鏡を作って人々にかける術を知っているのですから、自分を甘言と呼ばせるのは間違いではないということが、私には理解できました。

ところでその眼鏡は、後に私が理解できたとおり、憶測というガラスを円くかたどったものので、そのガラスがはめ込まれている枠は習慣と呼ばれる角製のものだったのです。

憶測という眼鏡

ところで、その人は私にそれをかけさせましたが、幸い幾分ずれていたので、その眼鏡は私の目にピッタリとははまらなかったのです。そこで、私は頭を上げて視線を下げると、純粋にありのままに物事を見ることができました。私はそのことを嬉しく思い、一人でこう考えたのです。たとえあなた方が私の口を封じようとも、目をふさごうとも、私の神は理性も精神も誤らないようにして下さると信じています。私は行って、地上とは一体どんなものか見てみることにしよう。たとえ、虚栄様が、見て欲しいけれども、自分の目では見て欲しくない、と思っていることだとしても、と。

第五章　巡礼は高いところから地上を見わたしました

私があれこれ考えている間に、どうやって来たのかまったく分かりませんでしたが、私たちはある恐ろしく高い塔のようなものに登っていたのです。それで私は自分が雲の真下にいるような感じがしました。そこから下を眺めると、地表には都市のようなものが見えました。それは見たところ美しくきらびやかでとても広大でした。そしてどの方角を見てみても、必ずその境界ないし境界線を認めることができたのです。それは円形に建てられており、城壁や土塁を備え、堀の代わりに暗い深みのようなものがあり、そこは、

地上の外には何もない

私に見えたとおり、岸も底もなかったのです。

地上の様子

ところで私の見たところ、都市そのものは無数の街路、中央広場、大小の家や建物に分かれ、至るところに虫けらのように人間があふれていました。また私の見たところ、東側[9]には門のようなものがあり、そこから小さな通りが次の門に向けて走っていたのですが、すべてが西に向かっている様子が見えたのです。そして、その第二の門から初めてその都市のさまざまな街路に入れるようになっていました。最も主要な街路を数えてみると六本あったのですが、そのすべてが東から西へと軒を連ねて走っており、その街路のまんなかには円形の場所、すなわちとても大きな中央広場があり、西端には、岩がちの険しい山なみの上に高いきらびやかな城砦が建っていて、そこからは、その都市のすべての住民を監視できるようになっていたのです。

そのとき、私の案内人である遍在氏が言いました。どうですか、巡礼さん、あんたが見わたしたいと思っていた地上が目の前にあるんだ。私がまっ先にこの最も高い場所にあんたを連れてきたのはね、最初にそれを全体として眺めて、秩序正しくなっているのを理解してもらいたかったからさ。あの東側の門は生命の門で、地上に住もうとする人は、皆あの門をくぐってやって来るんだ。それから、あの第二の、こちら側にある門は区分の門で、それぞれの人が見事に抽選されたとおり、その門をくぐってあちこちの天職に向かうことになっているんだ。

地上の身分

もちろん、あんたの見ている街路は、人間がそれぞれ置かれている、区分された身分、階級、天職さ。ご覧のとおり、主要な街路は六本ある。南側にあるこちらの街路には、家庭の身分にある者、すなわち両親、子ども、使用人が住んでいる。次のところには、職人や商業に従事する人が住んでいる。あの三番目の、中央広場の最も近くの街路には精神労働に携わる学識身分の者が住んでいる。その向こう側の街路には霊に関わる身分の者が住んでいるんだ。その人たちのお陰で他の人たちは宗教的な勤行から逃がれられるんだがね。その後ろの街路には、地上の君主や政治家の身分に属する者が住んでいる。最も北端には戦争に携る騎士がいる。ああ、何て立派なんだ。人を産む人もいれば、生活させる人もいれば、教える人もいれば、人に代わって祈る人もいれば、訴訟に判決を下して無秩序を防ぐ人もいれば、人に代わって戦争をする人もいる。こんな具合に、すべての人が互いに奉仕し合い、すべてが均衡を保っているんだ。

ところで、あの西にある城は幸福城と呼ばれる幸運様の城でね、そこには特別の人たちが住んでいて、富、快楽、栄光を享受しているんだ。まんなかの中央広場はすべての人のためのもんだ。なぜなら、そこにすべての身分に属する人たちが集まって、必要な事柄を管理しているからさ。また、すべての身分の中心でもあるかのように、まんなかには地上の女王である知恵の住み家があるんだ、と。

そこで、その美しい秩序が私にも気に入ったので、地上の身分をこれほど立派に区分なさった神様を賞賛し始めました。

諸身分の混乱

ただ例外として、この街路が多くの場所で引きちぎられているようで、どこでも街路が互いにもう一方の街路に入り込んでいるのが分かったのですが、それは気に入りませんでした。なぜなら、それは容易にもつれたり迷ったりする黴のように思われたからです。いや、実際そのせいで、地上の周縁を見ていると、それが動いて輪のように回転しているのがはっきりと感じられ、目まいをしたのではないかと怖くなったほどでした。なぜ目まいをしたと思ったかといえば、私があちこち見回すと、実に些細なことまで人間が群がっていたからです。また、耳をそば立てると、すべてがはためき、破裂し、ゆがみ、ささやきや叫び声で一杯だったからです。

すると、私の解説者である欺瞞氏が私に同意を求めて言ってきたのです。ねえ、坊や、あんたは、この地上がどんなに快楽に満ちたものか、そこにあるものがどんなに立派なものかお分かり。遠くから眺めてもそうなんだから、楽しい気持ちでそれを一つずつ眺めるとなったら、あんたは一体何て言うかしら。いや、それを好ましくないなんていう者が一人だっているかしら、と。そこで私は答えました。「今後はどう感じるか分かりませんが、今のは遠くから見ても気に入っていますけど。」するとその人は言ったのです。「どうしたってうまくいくわ。信じてよ。さあ、もう行きましょう」と。

すると遍在氏が口をはさんだのです。ちょっと待て。後になってからは行くことのない場所を見せておこう。さあ、今のうちに東の方を振り返ってよく見ておきな。そちらで闇の門から何かがこっそりはい出したり、この世に生まれ出たりする様子を見たかね、と。見ました、と私は答えました。すると、その人はまた次のように言ったのです。

子ども時代の生活様式

「あれは自分ではどこから来たのかも分からずに、新しくこの地上に到着しようとしている人間なんだよ。彼らはまだそれを自覚できなくて、人間になるということさえ分かっていないんだ。だから、彼らの周りには闇があり、わずかのうめき声や泣き声さえもまったくないんだ。しかし、その通りを歩んで行けば、徐々に薄明りがさしてきて明るくなり、ついには私たちの足下にある門のところに行き着くことになるのさ。だから、さあ行って、どんなことが生じているのかよく見てみよう。」

第六章　運命が天職を配分していました

運命が道を明示する

そこで、暗い螺旋状の階段を降りて行くと、ああ、扉のところに幼な子たちが満ちあふれた大きな広間があり、右側には狂暴な感じの老人が座っていて、大きな銅製の壺を手に抱えていたのです。すると、生命の門から出てきたすべての人がそこに行き、その壺に手を伸ばして何かを書きつけてある紙片の籤を引き、すぐに都市のどこかの街路に向かって、喜んで歓声を上げて走り出す者もいれば、思いにふけりぶつぶつ不満を述べながら、身をひねりためらいながら歩いて行く者もいる、ということが分かりました。

さらに近づいて、ある人が持っている紙片を見たのですが、「支配せよ」という籤を引いた者もいれば、「仕えよ」という籤を引いた者もいるのが見えました。また、「命令せよ」という籤を引いた者もいれば、「従え」という籤を引いた者もいましたし、「書け」という籤を引いた者、「耕せ」という籤を引いた者、「学べ」という籤を引いた者、「穴を掘れ」という籤を引いた者、「審判を下せ」という籤を引いた者、「戦え」という籤を引いた者等々もいたのです。そこで私は不思議に思って、あれは何なのでしょうか、と尋ねました。すると全知氏が説明してくれたのです。「ここで天職や労働が割り振られて、誰もがこの地上で役立つようにさせられているんだ。籤の管理者は運命と呼ばれていて、地上に入ろうとするすべての者がこんな仕方で指図を受けとらなくてはならんのさ」と。

そのとき、脇の方から欺瞞氏が、あんたも籤を引いてみたらどう、とそそのかしたのです。しかし、眺めもしないうちに最初から何か一つの職業に捕らえられる破目になったり、また、幸福について何も見てとれない私に、出た目のとおりにしなさい、と命じられる破目にならないようにして欲しいとお願いしました。ところが、それは管理者である運命様にお知らせしてご承諾を得なくてはできない、という答えが返ってきたのです。ですから、私はその方のところに進み出て、うやうやしく自分の願いを申し述べたのです。私は自分の目ですべての事柄を眺め、その後で自分の好ましいと思うことを選びたいという意図でここに参りました、と。

すると、その方は次のように答えました。分かっているとおり、私は、人々に与えられていることや差し出されていることをすべて実施しているだけで、それ以外のことは何もしていない。だから、お前がそうしたいと願っているのなら、それも良かろう、と。それから、その方は、探索（言い換えると、見るないしは探究する）という紙片を書きつけて、それを渡すと、私の願いを許可してくれたのです。

第七章　巡礼は地上の中央広場を調べて、次のようなことが分かりました

一　多様な人々

私の案内人が告げました。あんたはすべてを眺めなくてはならないから、まず中央広場に行こう、と。そして私をその場所に連れて行ってくれました。ところが、ああ、そこには無数の人の群が霞のように見えたのです。なぜならそこには、言語も民族も異なる地上のすべての箇所から、あらゆる類の年齢、出生、性、身分、階級、天職の異なる人たちが来ていたからです。まず、彼らを見てみると、彼らが極めて奇妙にあちこちともつれているのが見えました。それは蜜蜂の群れのようでした。いや、それよりはるかに奇妙だったといったほうがよいでしょう。

なぜなら、歩いている者もいれば走っている者もおり、馬に乗って進んでいる者もおり、立ち止まっている者もおり、座っている者もおり、這っている者もおり、立ち上がる者もおり、横になる者もおり、さまざまに身体をくねらす者もいたからです。また、一人ぼっちでいる者もいれば、大小の集団に分かれている人たちもいました。衣裳や外観は極めて多様で、まったく裸の者もいましたし、すべての者が奇妙な仕草をしていたのです。出会う者がいれば、

手、口、膝を使ったさまざまの身振りがなされましたし、そのほか、互いに身体を起こしたり身体をかがめたり、要するにさまざまの格好の挨拶がなされたわけです。すると、私の解説者が説明してくれました。「ご覧なさい、あんたが見ているのは上品な人間なのよ。あの人たちは、快楽に満ちた、理性と不滅性を授けられた被造物なの。あの人たちが内に秘めている神の模像と神に対する類似性がどんなに限りないものかっていうことは、あの人たちの多様で限りなく多くの行ないから見えるでしょ。ここで、あんたが鏡をのぞいているように見ているのは自分たち人類の尊厳なのよ。」

二　すべての人々にある偽善

そういうわけで、私は彼らをもっと細かに見たのです。すると、最初に分かったのはこういうことでした。どの人も他の人たちの間に入って行くときには、仮面を顔に付けていました[11]。それから、離れて一人になったり、自分と対等の人たちの間に帰ってきたりすると、仮面を脱いだのです。しかし、集団のなかに入って行かなくてはならなくなると、再び仮面を引っかけるという具合だったのです。それで私は、どうしてあんなことをしているんですか、と尋ねました。すると解説者は教えてくれたのです。「それはね、どんな人だってすべての人たちにありのままの姿を見せないようにするための人間らしい警戒心なのよ。人類というのは自分一人だけの場合にはありのままでいられたって、人前では人間らしい様子を見せなくちゃいけないでしょ。自分に対して化粧をするのがお似合いってことなの。」そういうことだったものですから、その外出用の覆いがなければどんなことになるものやら、私ももっと根気よく眺めてみたいという願望が湧き出てきたのです。

そこで注意を払って見ると、すべての人たちが、顔ばかりではなく肉体もさまざまな奇怪な姿に変えているのが見えました。彼らは、例外なく吹き出物だらけだったり、疥癬や癩病を患ったりしていたのです。その上さらに、豚の鼻先を持っている者、犬の歯を持っている者、雄牛の角を持っている者、ロバの耳を持っている者、怪蛇バシィリスカの目を持っている者、狐の尾を持っている者、狼の爪を持っている者もいたし、また、孔雀の高く持ち上がった首を持っている者やタゲリ鳥の逆立った毛の房を持っている者や馬の蹄を持っている者等々がいるのを見たのですが、たいていの者は猿に似ていたのです。それで私は、怖くなって言ってしまいました。「でも、私が見ているのは化け物のようですよ」と。「詮索好きね、あんたは何を化け物だと言っているの。目にかけているものだけを使ってよく見てみなさいよ。そうすれば、あの人たちが人間だということが分かるはずよ」と解説者は言って、拳を振りあげて私を脅したのです。ところが、私が化け物と呼んだのをある通行人たちが聞きつけて、立ち止まって文句を言い、私にも噛みついてきたのです。それで私も、ここで利口ぶるのは無駄だということを悟ったので、黙りこくって一人でこうつぶやきました。自分が人間であると思いたい奴にはそう思わせておけ。でも、私は見てとれるものはすべて見るぞ、と。しかし、眼鏡を今以上に密着させられて騙されることになるのは怖かったので黙っておき、私がここで最初に目撃したとおり、あれほど明瞭な事柄をむしろ密かに見ておこうと決心しました。そこで改めて見ると、ある人たちが巧みにあの仮面を扱っている様子が見えたのです。その人たちは急いでそれを脱ぎ捨てたり付けたりして、必要があれば一瞬のうちに異なる化粧を施す術を知っていたのです。こうして私は、地上の歩みを理解でき始めたのですが、黙っていることにしました。

三　すべての人々に共通の無理解

また私は、注意を払って彼らがさまざまの言語で話しているのにも耳を傾けました。すると、彼らは大部分、まったく理解し合ってはいませんし、互いに答えてもいませんし、あるいは、話題とは別のことについて答え、それぞれ別々のことを話していたのです。何らかの方法で彼らが集まって会合をして、すべての人たちが必要な事柄を話しても、それぞれが自分の話に耳を傾けるだけで、互いに相手の話に耳を傾ける者は誰一人いなかったのです。それは、それぞれが耳を傾けてもらいたいと思って相手を引っ張ってきた場合でさえそうでした。いや、耳を傾けるどころか、むしろ喧嘩と口論になってしまったのです。それで私はついに言ってしまったのです。「おやおや、一体どうして私たちはバビロン人になってしまったのだろう。どの人も自分の歌を歌っているよ。これ以上混乱していることってあるだろうか」と。

四　無用な事柄にとりくむ

ところで、そこで怠けている者はほとんどいませんでした。すべての者が何らかの労働にとりくんでいました。しかし、それは（決して労働と呼べるものではなく）子どもの遊びないしは無駄な労役以外の何ものでもありませんでした。掃除のゴミを集めては自分たちで分け合っている者もいました。また、材木や石を使ってあちこちへと転がって行く者、ないしは滑車でいろいろな場所に上昇させたり下降させたりしている者もいました。また、地面を掘って、その土の重さを量ったり、その土をある箇所から別の箇所へと運ぶ者もいました。また、鐘、鏡、浮き袋、拍子木、その他のつまらぬものを扱う者もいました。また、自分の影を測ったり、追いかけたり、つかまえたりして、遊んでいる者もいたのです。しかも、そういうことをあまりにも熱心にやったものですから、多くの者がため息をついたり汗をかいたりしてしまったのです。けれども、なかにはその場を離れて行く者もいました。また、ほとんどどこでも役人のような者たちがいて、大真面目になって命じたり割り当てたりしていたのですが、人々も少なからず真面目にそれに聞き従っていたのです。それで私は、不思議になって尋ねました。「ああ、人間が存在している目的とは、天から頂いた自分の鋭敏な才覚をこれほど虚しい間違いだらけのことに費やすことなのでしょうか」と。すると解説者が抗弁しました。「どうして虚しいっていうの。ご覧のとおり、人々がそれぞれ自分の才覚ですべての事柄を克服している様子を、鏡のなかで見るよう見てとれるでしょ。こういうことをしている者もいるし、ああいうことをしている者もいるし。」それに対して私は反論したのです。「しかし、すべての人がしていることは無用で、自分の栄光ある気高さにはふさわしくありませんよ。」するとまた言い返してきました。「そんなに利口ぶるんじゃないわよ。あの人たちはまだ天にいるわけじゃないのよ。大地の上で大地の事柄を扱わなければならないのよ。あんたは、すべてがどれほど秩序正しく進んで行くのか、あの人たちの間に入れば見られるわ。」

五　恐ろしい無秩序

それから見直してみると、これ以上の無秩序は思いつくことができないほど酷いものだということが分かったのです。なぜなら、誰かが何かでもつれて無理を感じていると、他の人たちがそこにやって来てはその人に干渉したからです。すなわち、誘惑、喧嘩、口論を仕かけたのです。それで、彼らは仲良くしたかと思うと、直ちに論争し始めました。彼らのうちで誰か一人が多少でもものにすると、すべての人たちがその人からもぎとろうとするので、どれも元のもくあみになってしまいました。もちろん、役人や監督に支配されている者は、ある程度は彼らに命じられたことから離れられないので、離れなかったのです。しかし、そこにも多くのいがみ合いがあるのが見えました。すなわち、はみ出して逃げ去った者もいれば、命じられたとおりにしたくないので、支配人たちに食ってかかったり、彼らに棍棒を振るって脅迫する者もいたのです。まさしく、すべてが混沌としていました。しかし、それを秩序と呼びたがっていたのですから、もはや何も言うことができなかったのです。

六　醜行や悪例に満ちている

私は、さらにそれとは違った無秩序、盲目的行為、狂気の沙汰を目にしました。中央広場全体が（後には街路も同じ状態になりますが）穴や窪地や壷状の凹地のようなものに満たされていましたし、また石や木材や横木とか、十字路の上にいろいろと置かれているものとか、その他の障害物にも満たされていたのです。しかし、誰一人としてまったく片づけたり、整理したり、揃えたりすることがなく、また誰一人として避けたり迂回することもなく、考えもなく歩き、あるときにはあちらの人が、またあるときにはこちらの人がぶつかったり、墜落したり、死んだり、打ちのめされたりしたので、私はそれを見ながらついに苛立ち始めました。しかし、誰一人として注意を促す者がなく、墜落する者がいると、その人を見てむしろ嘲笑していたのです。私は、細長い棒や梁や穴の上を盲目的に這っている人を見たので、警告を始めました。しかし、誰一人として警告を気にせず、私を笑ったり、怒鳴りつけたり、殴りかかろうとする者もいたのです。そういうわけで、墜落して立ち上がれなくなる者もいましたし、立ち上がって進んだかと思うと再び頭を下にして突っ込む者もいたのですが、その人たちは恐らく次から次へとそういうことをしているのでしょう。しかし、どの人もタコや青アザでいっぱいになったのに、誰一人としてまったく気にかけていなかったのです。それで私は、自分自身の墜落と打撲を大したことではないと見なしている鈍感さにまったくあきれてしまいました。ところが、（他のところで見たのですが）その人の身体に他の人がちょっとでも触れると、すぐに立ち上って武器を取り、戦闘になってしまったのです。

七　すべての事柄における人間の移ろいやすさと気まぐれ

私は、彼らのところに衣服、建物、話、歩行、その他についての新奇なことや変わったことへの大きな趣向があるのも目にしました。たとえば、私の見た人のなかには、次々と違った衣裳をまとって姿を変えるばかりの者もいたのです。また、建物の新しい様式を考案してはすぐに壊してしまう者もいたのです。また、あれこれの労働にとりかかりながらも、放り出す者もいたのです。それらはすべて気まぐれな気持ちでなされていました。なぜなら、誰かが背負わされた重荷で死んだとしても、それを投げ出したとしても、たちまち何人かやって来て、その重荷を奪いとろうと論争し、小競り合いをし、驚くほどの格闘をするのが見られたからです。やがて、誰でも何かを発言したり、行なったり、建てたりしても、嘲笑されたり、失敗させられたり、壊されたりするためにしているに過ぎないという状態になってしまったのです。それというのも、誰かが何か大層な労力と費用でなし遂げて悦に入っていると、そういう状態になるや否や、他の人がそれをひっくり返し、うち壊し、破壊してしまったからです。ですから、この地上で誰かが何かを作っても、後になって誰かが破壊しないものを私は見たことがなかったのです。いや、他人に壊されるのも待たずに自ら壊してしまう者さえもいたので、ついに私は、あの狂気じみた気まぐれと無用の苦役は何のためなんだろうと不思議に思うようにさえなったのです。

八　互いの自惚れと相手に対する自尊

また、どれほど多くの人たちが底の高い靴を履いているのかも分かりました。また、自分が人々より高くなって見下すことができるように、足駄や竹馬を作って散歩している者もいました。しかし、それが高くなればなるほど、ますますひっくり返りやすくなりましたし、あるいは（嫉妬からだと思われますが）他人によって打ち倒されやすくもなったのです。少なからぬ人たちがそういう目に遭い、世間の笑い種にもなっていました。私はそのような実例を数多く見たのです。

九　虚勢と選好

また、少なからぬ人たちが鏡を持ち歩いているのを見たのですが、他人と話したり、口論したり、喧嘩をしたりする際にも土台を高くしたり、竹馬に乗って歩く際も鏡のなかの自分の姿を見つめていたのです。しかも、前からも後ろからも両側からも自分の姿を見つめては、自分の美しさ、背丈、歩き方、自分の行ないについて驚嘆し、また、自分に目を留めさせるために、人々に自分の鏡を配っていたのです。

一〇　死がすべての者を根絶しているのに、気の毒にもそれをまったく気にかけない

最後に、私は至るところで死神が人々に近づいているのを見ました。それどころか、死神は、鋭い大鎌と弓と矢を携えて、彼らが死滅する者であることを思い起こさせようと、大声で警告を発していました。しかし、死神の呼びかけに誰一人として耳を傾ける者はなく、狂気の沙汰と無秩序を続けていたのです。それで死神は矢をつかみ、すべての方向に向けて人々に射たのです。死神は、群れのなかにいる者は、若者でも老人でも、貧しい者でも富める者でも、学識ある者でも無学の者でも分け隔てなく命中させたのですが、彼らは命中させられたとおりに打ち倒されたのです。命中した者は金切り声を上げ、助けを求め、うめきました。人々はその周りに来ても、傷を見ると逃げ出して、すぐにまったく気にかけなくなってしまったのです。近づいて行って、傷ついて死に際の喉音を出している者に目をやる者もいましたが、その人が足を引きつけて息を止めたとき、声をかけ合って集まり、その人の周りで歌い、食べ、飲み、叫び声を上げたのです。ちょっとだけ笑う者さえいました。その後で、その人をつかんで引っ張って行き、境界線のところから闇に投げ捨てたのです。その穴は地上の周りにあったものです。さらに、そこから帰ろうとして繰り返し反抗する者もいたのですが、誰も死神からは逃れられず、（たとえ死神がすり寄ってきたとしても）見つからないようにするだけで精一杯でした。

また、射当てられた人が皆すぐに倒れるわけではなく、死神は傷をつけるだけで、不随になったり、目が見えなくなったり、耳が聞こえなくなったり、気絶する者もいたのを目にしたのです。また、その傷のせいで水泡のように膨

れた者、木片のように乾いた者、ハコヤナギのように身震いしている者等々がおり、傷を負った人たちは、大部分が健全な四肢ではなく、腐って悪臭のする四肢で歩いていました。

さらに私は、傷の膏薬、軟膏、外用水薬を行商している人たちも少なからず目にしました。皆が商人から薬を買って、叫び声をあげながら死神に挑戦したのです。しかし、死神はまったく意にも介さずに、商人さえも襲いかかり打ち倒してしまいました。不滅性を獲得しようとした被造物が、これほど哀れに、これほど突然に、これほどさまざまな死に方で滅んでいるのですから、その様子を見ていた私にとって、それは嘆きの舞台に映りました。とりわけ、誰かが最大に長生きしようとして、友人を見つけ、生活の糧を調え、家を建て、お金をかき集めたり貯えたりしたのに、たて続けに死神の弓矢が飛んできて、すべてを終わりにさせ、地上で安眠の床を敷いてもらった者が地上から引いて行かれ、その人が無に帰すことになったのを見たときは、悲惨だと思いました。いや、その他でも、同じ準備しても同じ結果が降りかかり、三番目、十番目、百番目の者にも、同じ結果が降りかかったのです。それでも、誰も生命が不確実であるということを分かろうとも思わず、心に留めようとも思わず、むしろ、死が喉元にある場合でも、すべての人が不滅性を確信しているかのように振舞っている（それに対しては私のなかには不思議と共感の気持ちが湧きませんでした）のを見たので、私は大声をあげて、どうか目を開いて、矢を背負っている死神に目を留めて、どうにかしてその死神から逃がれて欲しいと警告と懇願をしたいと思いました。しかし、死神が絶えず呼びかけても、実に恐ろしい姿で目の前にはい出して行っても、彼らの行状をまったく改めさせられなかったのですから、私のまずい話では無駄だということは理解できました。それで私は、密かにつぶやきました。「ああ、私たち憐れな、死すべき者である人間が自分の不幸にこれほど盲目的であるとは実に残念なことだ。」すると解説者は反論してきたのです。「ねえ、あんた。死について考えて悩むことが知恵なの。それを拭い去ることなんてできないことを誰だって分かっているんだから、それを見つめない方が良いのよ。それよりも自分を見つめて、幸せな思いをする方が良いのよ。死が来るときには来るんだし、時間が経てば来ちゃうんだし、ひょっとしたら一瞬のうちに来るかもしれないのよ。誰かが死んだからといって、他人は楽しむのを差し控えなくちゃいけないの。その一人の代わりに何人も生まれてくるのよ。」私はこう言いました。「知恵の本質がそんなものなら、私が理解していたことは間違っていたのでしょうね」と。それから私は黙ってしまったのです。

　数えきれないほど射られる死神の多数の矢を見ると、次のような考えが浮かんだということも言わせて下さい。死神はあれほど多くの矢をどこで手に入れているのでしょうか。死神はその矢を射尽くせないほどなのですから。見ると、死神が持っていたのは弓だけで、矢は一本も持っていなかったのです。矢は人間から、すなわちどの矢も、命中するようになっていた当人から受けとっていたことが、まったくもって明瞭に観察できたのです。また人々は、矢を自分で用意し、準備し、好奇心からか厚顔からか死神のところに運んで行ったので、死神は彼らの支度ができた証拠と見なすや、彼らの心に射るだけで十分だったのです。そこで私は叫びました。「『誰でも自分自身の死を建造する者なのです』[12]という言葉が真理であることが分かりました。さらに、中庸を守らず、自制せず、好奇心を抱き、最後には浪費することによって、腫れもの、腫瘍、内傷、外傷（それが死神の矢だったからです）を自分に負わせない者は誰も死なない、ということも分かりました。」ところが、私が一生懸命に死神や彼女の人間狩りを見ていると、欺瞞氏が近づいてきて言いました。「頭の悪い人ね。どうしてあんたは、生きている者よりも死んだ者を見たがるの。死ぬ者はあの世に行く準備をするでしょうけど、あんたは生きる準備をするのよ。」

第八章　巡礼は夫婦の身分と秩序を調べて、次のようなことが分かりました

一　その状態に慣れるのは苦労が多く憂鬱である

それから彼らは、私を引っ張って行き、ある街路にやって来て説明しました。この街路には夫婦が住んでいて、あんたに快楽に満ちた生活様式を見事に見せてくれるよ、と。たしかに、そこには門があり、それは婚約と呼ばれる門だというのですが、その門の前には広大な広場があり、群がっている男女がいて、互いに近づいては相手の目を見つめていました。それはかりか、互いに相手の耳、鼻、歯、首、舌、手、足やその他の器官を調べていたのです。さらに、互いに相手の背丈、肩幅、厚さないしは薄さもどれほどあるかと測っていました。互いに相手に近づいたり離れたり、前に行ったり後ろに回ったり、右側に行ったり左側に回ったりして眺めながら、相手の見てとれるものはすべて調べていたのです。とくに、（ここでは最も多く見られたことですが）財布、金袋、小銭入れを互いに調べ、それらがどれほど長いか、どれほど広いか、どれほど膨らんでいるか、どれほど堅固なのか脆弱なのかについて、大きさを測ったり重さを量ったりしていたのです。ときには、何人かが一人の相手を欲しいと指名する場合もあったのですが、今度は彼らのうちで誰一人として欲

しいと言わない場合もありました。ところが、競争相手どうしで一方がもう片方を追い払うと、とっ組み合いになり、強打し、喧嘩になったのです。いや、私は殺し合いになった場面さえも見たのです。また、人を押しのけると、今度は別の人から押しのけられる者もいましたし、人が追い払われてしまうのを見て、自ら逃げ去る者もいました。他方では、検査にまったく手間どらず、身近な相手をつかむ者もいました。人々は、そうして手をとり合ってその門のどこかへ行ってしまいました。そこで見られるのがそんな振舞いばかりなので、あの人々は何をしているんですか、と尋ねました。すると、解説者が答えてくれました。「あれは夫婦の街路に喜んで向かって行く人々なの。でも、そこでは誰でも一人じゃ門を通してもらえないのよ。二人一組でなくちゃいけないから、どんな人でも伴侶を選ばなくちゃならないの。そのための選択が行なわれていて、それぞれが自分に都合の良い相手を探しているの。それを見つけた者は、ご覧のとおり、自分の伴侶と一緒に門に向かって行くのよ。」そこで私は尋ねました。「どうにかしてもっと簡単に選択することができないものでしょうか。あれは何て酷い労働だ。」するとその人は反論してきました。「あれは労働じゃなくて、快楽なのよ。あんたには、あの人々が楽しそうにああやって、笑って、歌って、歓声をあげているのが見えないの。はっきり言って、こんなに楽しそうな暮らしなんて、ほかにはまったくないのよ」と。それで、よく見てみると、本当に笑ったり、歓声をあげたりしている者がいるのが分かりました。しかし、うなだれて修道女奉仕会員帽をかぶって歩き、そわそわし、あちこちによろめき、そして今度は引きこもり、眠らず、食べず、怒号している者もいました。それで私は尋ねました。「あの人々は一体どうしたんですか」と。すると解説者は、「あれも快楽なのよ」と答えたのです。それで私は言いました。「だったら勝手にしたら良いさ。あそこでこれからどんなことが起きるのか見てみましょう」と。

二　大きな不確実さ、すなわち、彼らの置かれた様子

それで私たちは、群衆の間をかき分けて進み、ちょうどその門のところに来ました。すると、ああ、その門の手前に、秤のようなものがつるされているのが見えたのです。その秤には二つの篭が付いていて、その周りを人々がとり囲んでいました。その人々は、組になった者たちをそれぞれ、秤にかかっている向かい合った篭に載せ、互いに等しい重さかどうか見ていたのです。また、彼らを降ろしたり、一人ずつ別々に載せたり、秤を揺さぶったり止めたりと、いろいろなことをしていました。そうして長い時間をかけて彼らの重さを量ってから、初めて門の方へ進むのを許したのです。しかし、それがどの人にもうまくいくわけではありません。なぜなら、篭から墜落した者は笑われ、恥ずかしさのあまり身を退いて、逃げ出さなくてはならなかったからです。その上、人々は頭巾ないしは金袋のようなものを耳に押しあて、笑いものにさえしたのです。私はそれを見て尋ねました。「あれは一体何をしているのですか」と。すると、解説者はこう答えてくれました。「ぴったりだと結婚することになるの。秤が等しいことを示すと、等しいということは二人が似ているということだから、ご覧のとおり、結婚状態に入ることが許されるのよ。もし等しくなければ、引き離されることになるわけ。」そこで私は尋ねました。「それじゃあ、どうなっていれば等しいとされるのでしょうか。見たところでは、秤では年齢や身分やその他のあらゆる点で似ているのが示されているのに、一方の人が篭から降ろされる場合があり、ところが次に、老人と小娘、若者と老婆という極めて大きな違いがある者どうしで、しかも秤では一方が高く、また他方が低くなっているのに、それでも等しい者であると判定を下される場合もありますけど。一体どうしてそんなことになっているのでしょう。」すると解説者は答えてくれたのです。「あんたはすべてを見ていないからよ。老人と老婆が重さでウリ二つだって評価されない場合があるのは本当よ。なぜって、厚い金入れだろうと相手の帽子を脱がせ

るほどの権威ある帽子だろうと、それに似たものを何か（なぜなら、それもすべて秤にかけられるから）持っていれば、あんたの判断で想像しているのとは違った事態になるものなのよ。」

三　どんな事態に至っても、彼らの間では変更が効かない

私たちがその門を通るのを許された人々の後に付いて進むと、門の間に鍛冶屋のような人がいるのが見えました。その人は組になった人々の手を一緒にし、恐ろしい手枷でつなぎ留め、つながれてから初めて先に進むのを許していました。鍛冶屋がその作業をしているところには、人々がたくさん集まっていました。人々は、彼らの言うところでは、証人になるためにわざわざ招待されたということでした。彼らはにぎやかに振舞い、歌い、よい気持ちで賛辞を送っていました。ところで、一生懸命に見ていたのですが、人々が手枷をかけるのは、牢獄で囚人たちをつなぎ留めるために手枷をかけるのと同じではないかということを、私は見たのです。鍛冶屋のような人は、すぐに二人をくっつけて手枷を打ち、溶接し、つなぎ合わせたのです。それで二人は、地上での生涯にあっては分離することも引き離されることもできなくなりました。私はそれにおびえて、こう言いました。「おお、この上なく酷い監獄だ。一度入れられたら、二度と自由になる希望は持てないんだ」と。すると解説者が答えたのです。「もちろん、これは人間のすべて枷のなかでも最も頑丈なのよ。でも、それを恐れる理由なんてないわ。なぜって、この身分の甘美さのために、枷は喜んで引き受けられるんですもの。どんなに気持ち良い生活なのか、あんたは自分の目で見られるわよ。」「でしたら、あの人たちのなかに入って行きましょう。そして見させて下さい」と私は言いました。

四　うまくいっても邪悪な快楽

こうして私たちは、その街路に入ったのです。ところが、ああ、そこには多数の人々がいましたが、みんな一組になっていて、私の見たところでは、たいていがとても不釣り合い

な組み合わせで、荒々しい者がひ弱な者と、美しい者がみすぼらしい者と、若い者が年老いた者等々と一緒になっていたのです。それから私は、彼らが一体何をしているのか、また、どうなっていればその身分が甘美であるのか、熱心に眺めたのですが、彼らは見つめ合い、話し合い、時にはなで合い、キスしているのが分かりました。すると解説者は言ったのです。「どう、ご覧のとおりよ。夫婦がうまくいっていると、何て素敵なんでしょう」と。そこで私は、「夫婦が最もうまくいっていると、こういうことがすべての快楽の頂点になるんですか」と尋ねました。するとその人は、「もちろんよ」と断言したのです。そこで私はまた言いました。「その手枷の代償に相当するかどうか分かりませんが、まったく小さな快楽ですね」と。

五　すべての夫婦の悲惨な労役を全般的に

なおしばらく見ていると、人々にどれほど多くの惨めな苦労と苦役があるかが分かりました。彼らはたいてい自分の周囲に新生児を数珠つなぎにし、手綱で自分の方に引きつけていたのです。その子らは悲鳴をあげ、叫び、悪臭を放ち、悪態をつき、また、病気になって死んでいたのです。けれども、人々がその子らを手に入れるためにどれほどの痛みや苦労、また地上での生命の危険を蒙ったのかについては触れないでおきましょう。ところで、その子らが成長すると、取り扱う苦労も二倍になったのです。二倍とは、その子らを手綱で自分の方へ引きつけるのと拍車で自分の後に付いてこさせるという二つの苦労があったからです。しかし、その子らは手綱にも拍車にも耐えきれなくなると、奇妙な言い逃がれをして、ついには両親を疲労させ泣かせることになりました。ところが、彼らを意のままにさせたり、あるいは放任しておいたりすると、両親は恥をかき、死ななくてはなりませんでした。私はあちこちでそれに気づいたので、両親にも子どもたちにも、警告を始めました。両親に対しては、子どもに対してロバのような溺愛と甘やかしはしないように、子どもには多少は徳をめざしなさいと警告したのです。しかし、それはほとんど成果をあげませんでした。なぜなら、彼らは私に軽蔑のしかめっ面をしたり、冷やかしをするだけでしたし、また、殺してやるぞと脅す者さえいたからです。ですから、子のない人が何人かいたので、私は彼らを賛美しました。ところが、その人たちは悲しんで、慰めがないと不満を漏らしたのです。それで、夫婦においては子がいてもいなくても悲惨だということが理解できたのです。その上、組になっている人たちは、たいてい自分の身の周りの世話をさせる他人を周囲に置いていたのですが、自分たちよりもその他人に頻繁に配慮しなければなりませんでした。しかも、そうしている間でも、その他人のせいで不便を感じなければならなくなっていました。それ以外にも、あの中央広場と同様に、荷物、木材、石、穴といった、後ろから足を引っ張る物や前方で進行を妨げる物が多くありました。夫婦のうちの一方がそれらに触れると、その人に降りかかり、倒れ、傷つけることになったのです。そのため、もう一人の人もそこから出られないので、最初の人と同じように奇声を上げ、泣き叫び、苦しむことにならざるを得ませんでした。ですから、この身分にある者は誰でも、配慮、心配、危険を一人分だけ感じるのではなく、結ばれている相手の分の配慮、心配、危険も感じることになる、ということが私には分かりました。私には、この身分は好ましくありませんでした。

六　無秩序な夫婦では、恐ろしい悲劇が演じられる

ところで、私が群衆のなかの何人かを調べると、もちろん悲劇を見ることになりました。言うまでもなく、つながれた人々の多くはその趣向が一様でなく、一方がこうしたいと思えば、他方はああしたい、また、一方がこちらに行きたいと思えば、他方はあちらに行きたいと思っていました。それで、彼らは困難に出会い、言い争い、歯ぎしりしていました。一方があることで通行人に愚痴をこぼすと、他方も別のことで愚痴をこぼしたのです。裁定を下せる者がいないときは、相手にかかっていき、

顔をしかめて拳骨を振りあげ、棍棒を振るったのです。しかし、調停者がいれば、すぐ仲直りしました。右へ行け、いや左へ行け、と長く言い争っている者もいましたし、進む方向に固執している場合は、一方が無理矢理自分の方に走ると、他方もまた自分の方に走り出しました。それで、そこは誰かが誰かを引き寄せる綱引きないしは舞台となりました。男が圧倒的に強い場合は、女は、地面だろうが芝生だろうが、その他のしがみつけるところにしがみついていても、男に引き戻されました。ところが、男が女に引き戻される場合もあったのです。人々はそれを見て笑いましたが、私にとっては、笑うべきというよりもむしろ憐れむべきことのように思われました。どれほど苦悩に涙し、ため息をつき、天に向かって手をあげて、金と銀を支払ってその束縛からあがなわれるようにと大声を出している者が多いかを見ると、とくにそう思われたのです。それで私は解説者に尋ねました。「あの人たちをどうして助けられないのでしょうか。折り合いの付けられない人々の結び目を解いて、解放してやれないものでしょうか」と。するとその人は返事をしたのです。「それはできないわ。生きている限り、今のままでいなくちゃいけないのよ。」それで私は言いました。「ああ、これ以上酷い束縛があるものでしょうか。それは死ぬよりも辛いことです」と。すると、その人はまた反論したのです。「だったら、あの人たちはなぜ前もってもっとよく考えておかなかったのかしら。放っておきなさいよ。」

七　自発的な奴隷状態

さて私が眺めていると、死神が矢で誰かを射倒したのです。すると、その手枷はどの人からもすぐに解けてとれました。それで彼らは、それを願っていたのだから、桎梏から解放されたことを心から楽しもうと考えて欲しいと、私は思いました。ところが、彼らはほとんどどの人も、地上ではその他の場合には聞いたこともないほど、泣き叫び、泣きわめき、手をひねってその出来事に悲しんだのです。私が最初に見た、心安らかに一緒に暮らしていた人たちの場合には、互いに相手を本当に恋い慕っていたのだということが理解できました。ところが、後で見た人々の場合は、こうなのではないかと考えました。すなわち、彼らは他人の手前そのように演じているのだ。きっと、間もなく後悔する術を知り、また、どうしたらその手枷を避けられるかを他の人たちに忠告する仕方をわきまえられるだろう、と。ところが、私がそれを確認しないうちに、彼らは涙を拭うと、門の前にもう一度走って行って、改めて手枷をはめてもらったのです。そこで、私は怒って言いました。「おお、化け物よ、お前たちは憐れみを受けるのにふさわしくない奴だ」と。また案内人にはこう言いました。「ここから出ましょうよ。この身分のところでこれ以上虚しい事柄を見たくありませんから」と。

その後で、（自分の出来事についても隠さずに述べさせて下さい）分離の門のところに戻り、ずっと地上全体を見て回りたいと思っていたのですが、案内人の遍在氏も欺瞞氏も、この身分がどういうものかをさらに良く理解するために自分で体験してみなさいよ、と私に対して一生懸命に説得し始めたのです。そこで私は、自分はまだ若い、実例を見ておびえた、まだ全部を見通してはいないとか、その他の事柄を言い訳にしました。しかし、その弁解は無駄でした。彼らは、冗談のつもりで秤に乗って、それで手枷を受け入れたら良いわよ、と甘い言葉で誘ってきたのです。そういうわけで、私は四人でつながって進むことになってしまいました。その後で、彼らは、（召し使いにするためだとか、名誉には必要なことだと言って）他の人たちも私に結わえつけたので、その人たちをほとんど引っ張っていけないようになり、息をあえがせ、死に際の喉音を出してしまいました。すると突然、恐ろしい稲妻と雷鳴と雹の嵐を伴って強風が襲ってきました。すると私の連れ以外の者は私から離れて散り散りになってしまいました。それで私は一緒になって隅に向かって走って逃げたのですが、死神の矢が私の連れをすべて打ち倒して奪い去ってしまったので、あわれにも私は一人になり、恐怖に呆然として、どんなことが起きているのか分からなくなってしまいました。すると案内人たちは、あんたがたやすく逃げ出せる時期が来たのをありがたいと思いなさい、と言ったのです。それで私は言い返しました。「一体なぜあなた方は私に結婚するように勧めたんですか」と。すると彼らは言ってきたのです。「逃げ出すには、そんなことを考えている暇はないぞ」と。それで私は急いで逃げ出しました。

私は失敗しながらも、本来どう言えるのかまったく分かりませんでした。うまく行った場合には（思うに、私の場合でもそれはそういうことになったのでしょうが）そこには楽しさが増えたり、さまざまな原因から悲しみが増えたりするのかは分からないのです。しかし、思い出せることは、それを失った場合には私が憂鬱だったということだけです。最もうまくいったときでも、甘美なものには辛いものが混じり込んでいただけでした。

第九章　巡礼は職人の身分を調べて、次のようなことが分かりました

そうして進みながら、私たちは生活用品を生産している街路に着きました。そこは、さらに小さな街路と広場とに分かれていて、至るところにさまざまのホール、工場、溶鉱炉、製作室、小売店、屋台があって、きわめて多様で奇怪な容器に満ちあふれており、その容器の周りに人々が奇妙に回り、すべてが割れたり、破裂したり、砕けたり、こすれたり、ピューピュー、ピーピーと吹いたり、ブォーッ、ゴォーッと鳴ったり、グルグル、ヒューヒューと違った音をたてていたのです。私はここで土のなかで採鉱している人々の様子を見ました。彼らは地表に沿って土を掘り出し、モグラのように地中を通って掘り進んでいました。また、川辺や海辺で水に入って水しぶきをあげる者や、火で溶かす者や、宙を見つめる者や、獣と格闘する者や、木材や石ととりくむ者や、さまざまなものをあちこちに陸送したり船舶輸送する者も見ました。そこで解説者が説明したのです。「ご覧なさい、あれは何と巧みで楽しい労働なんでしょう。一体全体どうしてこれが気に入らないっていうの。」そこで私は返事をしました。「ここには何か楽しそうなことがあるかもしれません。でも、この人たちにはもがいている様子がたくさん見られますし、ため息もたくさん

聞こえますよ。」するとその人は弁解しました。「すべてが辛いってわけじゃないわ。そのうちの幾つかをもっと近くから見てみましょうよ」と。それから彼らは順々に案内してくれたので、私はすべてを眺めることができました。また、体験するためということで、どの場所でもあれこれとりくんだのですが、すべてを書き留めることはできませんでしたし、また、書き留めたいとも思いませんでした。しかし、私が全般的に見たことについては、包み隠さずに述べることにしましょう。

一　仕事はすべて危険に満ちた苦役

最初にこの目で見たのは、人々の仕事はすべて苦労や苦役でしかなく、何らかの不便や危険が伴っているということでした。言うまでもなく、私が見たのはこういうことでした。すなわち、火を扱っている人々は、ムーア人のように煤けて黒ずみ、ガチャンと音がすると彼らの耳に響いて、半ば耳をやられてしまい、火のまぶしい光線はいつも彼らの目を焼き、皮膚も日焼けを蒙っていました。地中で仕事をしている人々は、闇と恐怖が伴侶となり、一度ならず地中に閉じ込められることもありました。また、水辺で働き、萱のように水に浸かり、ハコヤナギのように寒さで震える者たちは内臓が荒れてしまい、彼らの大部分が深みに身を沈めることになったのです。木材、石、その他の鉱物素材を扱っている人々は、タコ、ため息、疲労に満たされていました。ロバの労働をしている人々は、汗を流し、疲労し、失敗し、傷を負い、破滅するまでもがき、無理をしている様子だったのです。それどころか、彼らは自分が悲惨な思いをしても、パンさえ確保することができなかったのです。しかし、本当のことですが、もっと気軽で利己的に生活している人々も見たのです。しかし、苦役が少なくなればなるほど、ますます不実や策略が目立ってきました。

二　絶えざる苦役

第二に私が見たのは、人間の労働はすべて自分の口のためになされているということでした。なぜなら、誰もが苦労して獲得したものを、すべて自分たちの口に押し込んでいたからです。例外として、他人の口からそれをとりあげ、自分の金袋に入れる者も僅かながらいたことはいましたが。しかしさらに、金袋は穴だらけだったので、雨が降り注ぐかのように頂戴したものをもう一度降らせてしまっては、他の人たちがそれをかき集めたり、誰かが近づいてきて奪いとったり、あるいは、その人たちが金袋を持って行ってまき散らしたり分け与えたり、必ず何らかの理由をつけては浪費しているのも見ました。ですから、この人間の職業も水をあふれこぼれさせるのと同じで、お金が手に入っても再びなくなってしまうものだということをはっきりと見たのです。そこには、増大させるために口を使おうとも、金庫を使おうとも、収入よりも支出の方が容易だという違いしかありませんでした。ですから私は、至るところで資力のある人々よりも貧困な人々を多く見かけたのです。

三　辛い苦役

第三に私が見たのは、どの労働も人間は全身を傾けて専念していることでした。誰かが我が身を振り返って、労働の開始に少しでも躊躇すると、すぐさま後ろにとり残され、すべてのものが彼の手からはい出していき、気づかないうちに暗礁に乗り上げてしまうのです。

四　困難な苦役

第四に、私は至るところで多くの困難に気づきました。仕事に慣れる以前に生涯の大部分が失われてしまうのです。慣れてからでも、細心の注意を払っていなければ、たちまちにしてすべてのものが再びなくなってしまうのです。そればかりか、この上なく注意深い者でさえ、収穫と同じほど頻繁に損害にも出会っていることが分かりました。

五　嫉妬を煽る苦役

第五に、私は至るところで（とくに似たような仕事をしている者の間で）嫉妬と不興が満ちていることが分かりました。他人よりも多くの労働を担い、多くの成果を上げる者がいると、たちまち隣人がしかめっ面を見せ、歯をきしませ、あらん限りその人をけなすのです。そのために、憤慨、恨み、呪いが生じました。それに耐えきれないと、道具を放り出して、他の人々に反発して、怠惰になり、他人の善意をあてにするほど身を落とす者もいました。

六　罪深い苦役

第六に、私は至るところに多くの虚偽とペテンがあることに気づきました。とくに他人のために、すなわち、売るのを投げやりにしかやらなかったのに、自分の労働をできる限り最高に讃美して誇張していたのです。

七　虚しく余計な苦役

第七に、私はそこに大いに余計な虚しさがあることも見出しました。そればかりか、その人たちの職の大部分は、純粋なる虚しさと無用な狂気に過ぎないことを確認できました。言うまでもなく、人間の肉体は、つつましく質素な食べ物と飲み物で扶養され、つつましく質素な衣服でおおわれ、つつましく質素なあばら屋で保護されるものですから、配慮と苦労はほんの少しのつつましいものしか必要ではないことは明らかです。それは古代の人々がしていたとおりです。ところが、地上の人々がそう判断する術を知っておらず、ないしは、そう判断したいと思っていないことが、私には分かったのです。なぜなら、その人たちは胃袋に詰め込んだり流し込んだりするために、たいていはあまりにも多くの尋常ならざるものを利用しており、大部分の人間がそれらを探し求めて陸上でも海上でも苦役に従事し、体力も生命も危機にさらすことになったからです。さらに、それらを調理するのに別の特別な職人の親方がいなくてはなりませんでした。また同じく、多様な素材の衣類や建物を探し出すために、それらに種々雑多な奇怪な外見を添えるためにも、少なからぬ人々が従事していました。しかし、それはまったく危険かつ虚しいことでしたし、罪深いことになる場合さえ頻繁に出会ったのです。それと同じことを、私は職人の場合にも目撃しました。すなわち、彼らの技術や労働はすべて、子どもっぽい些事、ないしは余暇や暇つぶしのための遊戯を行なうことだったのです。その上、そうでない者でも、生産物とはすべての人間に残虐を働くための道具、すなわち、剣、短剣、長柄の槌、鉄砲等々でしたから、そういう道具を準備したり増やしたりすることだったのです。ですから、人間のどんな良心に従ったら、またどんな慰められた気持ちでこんな取り引きを求めることができるのか、私には分かりませんでした。むしろ、彼らの労働から、不必要なもの、余計なもの、罪深いものが取り除かれ排除されるなら、人間の仕事の大部分は軽減されるに違いないということが分かりました。ですから、こうした理由で、また、先に示唆した理由から、私の精神はそれを何も愛好したいとは思えなかったのです。

八　苦役は人間より獣にふさわしい

最後になりますが、そこでは肉体だけで、また肉体のためだけに苦労していることが分かると、私はとくに愛好したいと思わなかったのです。なぜなら、人間は自分のなかに肉体よりも優先すべきもの、すなわち魂を持っていますから、そのことをまっ先に自分の労働にしなくてはなりませんし、その獲物をまっ先に求めなくてはならないからです。

とくに一つのこと、すなわち、大地全体を走る車屋の間を、また、海上全体を走る水夫たちの間を私が案内してもらった様子を思い出すことが適切でしょう。私が職人の作業場を調べて憂鬱になっていると、遍在氏が欺瞞氏に言いました。あいつは落ち着きがなく、いつでも動き回りたがっている水銀のような奴だということが私には分かっている。だから、つなぎ留めておきたいところがあっても、一箇所に引き留めておくのは誰にだってできないよ。だから、彼に交易というもっと広い場所を見せることにしよう。あそこでは、いつでも地上をあちこちと動き回るのが自由だし、鳥のように飛び回るのが自由だからね、と。そこで私は返事をしました。「私は嫌じゃありません、それも体験したいですね」と。それで私たちはそこに向かいました。

九　車屋の生活の苦役

するとすぐ、あちこち動き回って、あらゆる類のカケラ、土、肥やしに至るまで探しては、集め、持ち上げ、荷作りする人々の群れが見えました。私は、「あれは何をしているのですか」と尋ねました。すると、「彼らは全地上に旅行する準備をしているのよ」と答えたのです。そこでもう一度尋ねました。「それじゃあ、どうしてあんな重い荷物はなしで済まさないんですか。もっと軽く走れるでしょうに」と。すると彼らは言いました。「あんたは分かっていないのよ。そんなふうにしたら走れるっていうの。あれはあの人たちの翼[14]なのよ。」「翼ですって」と私は問い返しました。すると彼らは言ったのです。「翼なのよ。なぜって、そこから旅行の目的も出てくるし、旅行に関する良い考えも出てくるんだし、そのお陰で許可証や通行証も手に入れられるからよ。それとも、あんたは、わけもなく全地上をさまよえるとでも考えているの。あの人たちはそういう仕事をして食糧も、讃辞も、他のすべてのものを手に入れなくちゃならないのよ」と。ですから、私は探ってみることにしたのです。すると、ああ、彼らは、探し出せる限りたくさんの荷物を、下に車輪の付いている軸受け台のようなところに積み上げて、それを紐で巻いたりネジで留めたりしたのです。それから、そこに牛馬をつないで引かせ、彼らはすべてを率いて丘も山も坑も土砂の流失箇所も越えて、へとへとになりながら進んだのですが、それでも彼らは、とくに快い生活だと喜んでいました。私にとってもほんの最初はそう思われました。しかし、彼らがあちこちで泥のなかから抜け出せなくなり、泥だらけになったり、びしょ濡れになったりして、もがき苦しんだり苦心する様子も、また、雨や雪や暴風雨や吹雪や寒気や熱気によって多種多様な不便を蒙る様子も見たのです。また、通行中の至るところで彼らを待ち伏せ、すべてを略奪し、財布を空にさせる（逃がれるために怒っても、噛みついても、脅してもまったく役に立ちません）ということにも出会いました。同じように、どの街道でも強盗をする無頼の徒が襲いかかることも、また、彼らの魂がつねに破壊的な状態になっていることにも気づきました。それで私も見切りをつけたのです。

水夫の生活の不都合

案内人たちは言いました。このほかにも、地上を飛び回るもっと便利な仕方があるんだよ。それは航行っていうものさ。そこでは、人間は自分の身体を動かすことも、汚すことも、抜け出せなくなることもなく、地上のある地域から別の地域へと飛んで行けるんだ。また、至るところで、見たことも聞いたこともない新しいものを見つけ出すこともできるんだよ、と。そして、目の前に天と水以外は何も見出せない大地のはずれに私を連れて行ってくれました。

船舶の描写15

その場で、彼らは私に木製で床が深く掘られている小さな小屋のようなところに入るように命じました。その小屋のようなところは地面の上に据えられておらず、何らかの土塁や柱や支柱で下支えも固定もされていませんでした。それは水の上に据えられて、あちこちに揺れ動いていたのです。それで、私はそこに入ることさえ心細くなってきました。しかし、他の人たちがそこに入ったので、私も気弱だと思われないために入りました。なぜなら、彼らが私たちの荷車だと言ったからです。ところで私は、すぐさま出発するのだと思っていました。あの人たちの言葉を使えば、飛び立つのだと思っていたのです。ところが、私たちはその場に一日、二日、三日、十日と留まることになったのです。そこで私は尋ねました。「一体どうなっているんですか。あなた方は、私たちが地上の端から反対側の端まで飛び回ることになるって言ったじゃありませんか。それなのにこの場からどこへも動けないじゃないですか」と。すると彼らは、「風という荷馬車用の馬が来るまで待つことになるんですよ」と言ってから、次のように説明してくれたのです。「荷馬車用の馬さえあれば、宿屋だって、馬小屋だって、馬糧だって、拍車だって、鞭だって必要ないのよ。走らせ進ませるだけで良いのよ」と。それで、それが見つかるまで待っているしか仕方がなかったのです。ところでその間、彼らは私にさまざまの誘導綱、縄、留め金、錨、帆桁、柱身、心棒、筏、下降機、金挺子を見せてくれたのですが、それらは荷車にあったものとは違っていました。こちらの荷車は水平で、背中に竜骨があり、その輪止めからロープが分岐して帆の索具のところまで垂れ下がっていたのですが、そのように突き立てていたのです。その周囲にはさまざまな階段や梯子が付いていました。この荷車の車軸は後ろにあり、(二本のこの上なく高いモミの木でできている)柱身を空の上に向けて塔この大量のものをどこにだって好きな方向に向かわせられるんだ、と自慢していたのです。

航行の描写

そのうちに風が吹いてきました。そこで乗組員が立ち上がって、走ったり、跳び上がったり、叫んだり、大声をあげたりし始めたのです。一人の者がこっちをつかむと、また別の者があっちをつかみました。縄をリスのように昇り降りしたり、帆桁を落としたり、巻かれてある荒布のようなものを解いたり、そのほかさまざまなことをする者がいたのです。そこで私は尋ねました。「一体あれは何をしているんですか。」すると彼らは、「あの人たちは出帆の準備をしているのよ」と答えてくれたのです。それで見回してみると、荒布が(彼らはその帆のことを翼だと言ったのですが)穀倉のように膨らんで私たちのところまで届き、頭上ではすべてがピューピュー鳴り始め、下では水がかき分けられ飛び散ったのです。そして私が気づかないうちに、岸も陸地も私たちの目からすべて消え失せてしまいました。それで私は尋ねました。「私たちはどこへ行くのでしょうか。これはどういうことになるのでしょうか」と。すると彼らは、「私たちは飛んでいるのよ」と答えてくれました。「そうですか。でしたら神の名において飛びましょう」と私は言いながら、私たちを載せて激しく進んでいる様子を眺めたのです。しかし、その様子は本当に快適でなくもなかったのですが、怖くないこともありませんでした。なぜなら私は、眺めようとして外に出ると目まいに襲われたからですし、船底に降りると船壁の周りで強くザーザー鳴っている水のために恐ろしくなったからです。ですから、こんなことをするのはあまりに向こう見ずではないのかと後悔の念が浮かんできました。すなわち、これほど狂暴な元素である水と風とに自分の生命を委ね、わざわざ喉元に死を招き、もはや死から指二本分も離れていないようになってしまったという後悔です。私たちと恐ろしい深淵との間には厚い板が一枚しかないのです。しかし、自分の不安を悟られないようにと思ったので、黙っていました。

海上での不快感

そのうちに生臭いような悪臭が襲いかかってきて、頭脳もすべての内臓も虜にされ、私は参ってしまいました。私は（こういう場合の対処の仕方に慣れていない他の人たちと同じように）転がり、うめき、どうして良いか分からず、自分のなかにあったすべてのものが溶かされて、身体から流れ出て行ったのです。まるで太陽に照らされたカタツムリのように、その海域にいる私たちも溶かされてしまうほかはないように思われました。そこで、私は生存できると信じられなかったものですから、案内人たちに不平を漏らし始めました。ところが私は、その人たち全員から同情ではなく笑われる破目に陥ったのです。言うまでもなく、唯一の対処とは何日間か我慢することだということが（私には分かりませんでしたが）、あの人たちには経験から分かっていたからです。そうして事態はそのとおりになり、体力も元に戻ったものですから、私は恐ろしい海がこんな仕方で歓待してくれただけなのだということを認めたのです。

海上の静けさ

ところが、どうしたことでしょう。それ以上に困ったことがすぐにやって来ました。風がなくなり、翼といわれた帆は私たちのところに垂れ下がり、私たちは立ち止まり、髪の毛一本分さえも動けなくなってしまいました。私はまた眉をしかめて抗議しました。どうなるんでしょうか。ああ、再び出発することはないとすれば、この荒涼とした海に置きざりにされるのでしょうか。ああ、もはや生き物のいる大地を見ることはできないのでしょうか。おお、愛しい母よ、大地よ、大地よ、愛しい母よ、あなたはどこにいるのですか。創造主である神が魚には水を、私たちにはあなたを授けて下さいました。ところが、魚は何と賢いことでしょう、自分の住み家をしっかりと保持しているのに、私たちは馬鹿なことに自分の住み家を放棄してしまったのです。もし天が救いの手をさしのべて下さらなければ、もはや私たちは死んで奈落の底に落ちて葬式をしてもらうことになるのです、と。気力が落ち込んで、私はどうしてもこんな苦悩に満ちた考えに悩まされてしまったのです。すると突然、水夫たちが叫び始めたのです。私は走り出して、「どうしたんだ」と尋ねました。彼らは、「風が来たんだ」と答えてくれました。私は見回してみましたが、風の様子はまったく分かりませんでした。それでも彼らは散って行きました。それから風がやって来て、私たちの船を捉えて再び運んでくれました。それはすべての者に悦びをもたらしたはずですが、それも束の間、私たちにはたちまち辛いことになったのです。

海の嵐

吹く風が激しく強まってきて、私たちばかりではなく、足下の深海の潮も突き上げられ、ついに恐怖心が湧いてくるほどになりました。海が至るところで大波にかき回され、私たちはあたかも高い山に登ったかと思うと深い谷底に落ちたかのように上がったり下がったりしたのです。上に突き上げられると、月までも届くのではないかと思われたときもあったし、今度はまた奈落の底に突き落とされるかのように下に落ちたときもあったのです。その際、向かってくる波や枝分かれした波が私たちにぶつかるように見えたかと思うと、またすぐさまその場で沈むこともありました。ところで、波はいつも下に潜るだけではありませんでしたから、私たちの木製の船は、あちこち跳ね返され、一つの波から次の波へと引きわたされましたし、あるときには片側を下にして、またあるときにはもう一方の側を下にして落ち、またあるときには船首を上にして、またあるときは下にして立たせられたのです。そのため、私たちは側面からあるいは頭上から水を振りかけられるばかりでなく、立っていることも座っていることもできずに、船底の一方から他方へと転がされ、足を下にして立っていることもあれば、頭を下にして立っていることもあるという状態にさえなったのです。そのために目まいも起きれば、すべてのものが私たちと一緒に転倒することになりました。それが夜も昼も続くと、どんな恐怖と不安を感じことになるものか、誰でも容易に判断できました。そこで私は考えたのです。「ああ、ここにいる人間には他の地上の人々より敬虔であるべき確かな理由がある。なぜなら、この瞬間から生命が自分のものでなくなることが確かだからだ。」私は彼らがどれほど敬虔なのかと見てみましたが、彼らは一様に、居酒屋にいるときのように暴れ、飲み、戯れ、馬鹿笑いし、卑猥なことを話し、悪口を言い、あらゆる類の放蕩に染まっていました。私は哀しく思って彼らに警告し、どうか私たちが今どこにいるのか思い出して下さい、またそんなことをやめて神にお祈りして下さい、とお願いしました。ところが、その言葉にはどんな効果があったというのでしょうか。一人は私のことを嘲笑し、二人目は文句を言い、三人目は手で殴り、四人目は投げ飛ばそうとしたのです。欺瞞氏は、黙っていなさいよ、あなたはよその家のお客さんなのよ、ここでは耳が聞こえないし目が見えないのが一番なのよ、と忠告してくれました。それにもかかわらず、「ああ、こんな忠告はこんな慣習の人々には良い結果をもたらすことは不可能だ」と私は声に出して言ってしまったのです。すると彼らは嘲笑しました。私は、そのような小馬鹿にした態度を見て、黙らないわけにはいきませんでした。しかし、彼らのところに何らかの罰が下るのではないかと思ったのです。

船の沈没

そのうちに、嵐が強まり、恐ろしい強風が襲いかかってきました。そうなると、海が天にまで波しぶきを上げ始め、次には波が私たちを球のように扱い、その次には深海が口を開いて、一呑みにするぞと脅すときもあれば、天高く持ち上げるときもありました。またその次には風が、私たちを車輪にはめ込んで回し、あるときにはこちらに、またあるときにはあちらにと放り投げられて、ついにすべて打ちのめされてしまって、何万という小片に砕けたようになったのです。そして私はまったく死人のようになり、破滅以外は目の前に何も見ることができなくなってしまいました。水夫たちも、もはや力づくで抵抗することができなくなり、岩礁や浅瀬に乗り上げるのではないかと恐れて、翼という帆を降ろし、極めて太い縄につながっている鉄製の大きな鈎のような錨を海に投げ込みました。つまりそのようにして、嵐が過ぎ去るまでその場に留まることにしたわけです。ところが、そうしても無駄でした。縄を伝ってはっていた人たちのなかには、激しい風によってイモムシのように吹き飛ばされ海に投げ込まれる者もいました。また、錨は強い力で引き込まれて、深みに沈んでしまいました。そうなると、私たちも船ももはやすべての防壁を失い、流れる川に浮かぶ散乱物のようにもてあそばれることになったのです。それから次第に、あの気まぐれな鉄製の人食い鬼にも似た荒波に意気消沈させられることになったのです。すなわち、心も薄れ、苛らだち、どうすれば良いか分からなくなり、それからようやく神のことを思い出し、祈るように注意を促して、自分でも手を上げたのです。次に、私たちを乗せた船の底が海底に付き、水の下に隠れていた岩にぶつかり、そのために沈んで壊れ始めました。やがて、水があちこちの裂け目から流れ込んできました。老いも若きもできる限りの手段と方法を使って水を汲み出すように命じられましたが、まったく効果がありませんでした。水は力まかせに私たちのところに押し寄せ、私たちはそこに巻き込まれてしまいました。その次には、激しい泣き声、叫び声、うめき声が起き、目の前に見たことといえば、残酷な死だけだったのです。生命が惜しい者はテーブル、机、杖といったつかめるものを手につかみました。もちろん、それにつかまれば水没から身を守って必ずどこかに流れ着けるものかどうかは分かりませんでしたが。私も船がついに沈没してすべてが水没すると、何かにつかまって脱出して、少数の人々と一緒に岸のようなところに着きました。それ以外の人々は、あの恐ろしい奈落に飲み込まれてしまったのです。その場で、驚きと恐怖が緩んで我に帰るや否や、案内人たちに、こんな酷い目に合わせて、と責め始めました。すると、「あんたは何も傷ついていないじゃないの。脱出できたんだから、あんたも良い気持でしょうよ」と言いました。それで私は言ったのです。「気持ちが良いのはそのとおりです。しかし、死に際までこれと似たようなところに案内されるのは御免です」と。

ところが見てみると、一緒に脱出したあの水夫たちが、再び走って行き、また船に乗り込むのが分かりました。そこで私は言いました。「向こう見ずの人たちですね。あなた方は駆けて行って本当の不幸に行き着いたらいいんだ。でも、私は二度とあんな不幸を目にしたくありません」と。すると解説者が言いました。「こんな柔弱な人は、そういるもんじゃないわよ。だって、財産や物財は美しいんですもの。それを追い求めるために人間は生命も賭けなくちゃならないのよ」と。私は反論しました。「肉体のためだけに、また肉体を追い求めながら生命を賭けなければならないなんて、私たちはどんな野獣なのでしょうか。それどころか、野獣だってそんなことはしませんよ。人間だったら自分のなかに魂というさらに優れたものを秘めているのですから、その魂から出てくる収穫や快楽を探さなくちゃいけなかったはずです。」

第十章　巡礼は学識者の身分を調べましたが、最初は全般的に次のようなことが分かりました

　すると案内人が言ったのです。あんたをどこに引っ張って行けば良いのか、あんたの考えが理解できたよ。学識者の間に引っ張って行こう。学識者の間にあるものは、あんたにとって魅力的なものだし、この人たちの生活よりももっと穏やかな、もっと平安な、もっと精神に役立つ生活なんだ、と。すると解説者も言いました。「そうですわ。あそこではそのとおりよ。なぜって、人間が、この物質的な肉体に関わる苦役というものを避けて、またそれを尊重しないで、あらゆる類の高尚な事柄の探索に専念できるようになっているわけですもの、それよりも快楽に満ちたことはないわよね。それに専念したら、死すべき者である人間だって、本当に不滅の神に似た者に、いや神とほとんど等しい者になれるんですもの。人間は全知者のようになって、天でも地でも奈落でも、現在のことも、かってあったこ

とも、将来生じることも、すべて追求して、すべてを知ることができるようになれるのよ。もちろん、すべての者が、等しく完全にその卓越性を手に入れられるっていうのは本当じゃありませんけど。」そこで私はお願いしました。「私をそこへ連れて行って下さい。どうしてぐずぐずしているんですか」と。

一　その前の厳しい試練

そこで私たちは、ある門に着きました。彼らは、この門は訓練と呼ばれているんだ、と紹介してくれました。そこは長く、狭く、暗くて、武装した門番がいっぱいおり、学識者の街路に行きたいと思う人は誰でも受け答えをして、入門をお願いしなくてはなりませんでした。そこに一群の若い人々がやって来て、すぐにさまざまの厳しい試練を課されていくのを見ました。最初の試練は、どの場合でも、どんな財布、どんな臀部、どんな頭、どんな頭脳（それは入っている粘液から判断していました）、どんな皮膚を持っているかを調べることだったのです。その人の頭が鋼鉄で、頭脳が水銀で、臀部が鉛で、皮膚が鉄で、財布が金であれば、門番たちは賞賛し、すぐさま快諾して奥に連れて行きました。五つのものを持っていない者がいれば、説教して追い返したり、あるいは悪い結果を予想していても、実にいい加減に受け入れていたのです。そこで私は不思議に思って尋ねました。「なぜあの人たちは五つの金属を問題にしているのでしょうか。すべてのことについてあんなに一生懸命に首を突っ込んでいるなんて。」すると解説者は答えてくれました。「いいえ、それはとても大事なことなのよ。鋼鉄の頭を持っていなければ、その人の頭は壊れてしまうでしょ。水銀の頭脳を持っていなかったら、頭脳で鏡を作れないでしょ。ブリキの皮膚を持っていなかったら、形成という鞭打ちに耐えられないでしょ。鉛の尻を持っていなかったら、孵化させられないからすべてが雲散霧消してしまうでしょ。また、金の財布を持っていなかったら、どこで暇を手に入れられるの、どこで生身のないしは故人となった親方を手に入れられるの。こんなに大事なことが無意味だなんて、あんたに考えられるの」と。それで、それが何を意図しているのかということ、すなわち、この身分に入るためには健康、知能、継続性、忍耐心、資産を携えていなくてはならないということが、私に理解できたのです。それでこう言いました。でしたら、誰でもうまくコリントを訪れることができるわけではない[16]というのはそのとおりだと言えますね。どんな木材にも良材としての素質が備わっているわけではないというのですね、と。

二　そこに入る困難と苦痛・記憶術

さて、その門の奥に入って行くと、どの門番も一人ないしは数人の者を労働させるためにつかまえては手を引いて連れて行き、耳に何かを吹き込み、目を拭い、鼻先や鼻孔に嗅がせ、舌を持ち上げたり曲げたりし、手や指を折り曲げたり伸ばしたり、そのほか私には分からないさまざまなことをしていたのです。頭に穴を開けて何かを注ぎ込もうとしている者さえいました。それにおびえている私を見て、解説者は説明してくれたのです。驚くんじゃないわよ。学識者はね、愚かな部類の人が持っているのとは違った手、舌、目、耳、頭脳とか、その他すべての内外の感覚を持っていなくちゃいけないのよ。だから、ここで徹底的に改造されているのよ。でも、それには苦労も不愉快も伴わないってわけにはいかないのよ、と。私が眺めていると、人々が徹底的な改造のために、可哀想にどれほどたくさん差し出さなくてはならないかという様子を目撃したのです。財布について言っているのではありません。改造のために差し出すというのは、皮膚をまさしくむき出しにしておかなくてはならないということです。言うまでもなく、拳骨、指示棒、杖、鞭が、顔面、頭蓋骨、背中の上から、また臀部の下から振るわれて、血が出るまでやられたので、ほとんどいつでも鞭跡、切り傷、打ち傷、タコだらけになっていたのです。ですから、それを見て、形成者に身を預ける前に、いや門からのぞいただけで逃げ去る者もいましたし、形成者の手を振り切って逃げ出した者もいました。しかし、彼らのうちでもわずかの者は留まって、ようやく大部屋に入れてもらえたのです。かくいう私も、この身分に入りたいと思っていたものですから、困難や悲痛を伴わなずにできることではありませんでしたが、何とかこの形成の場所に留まりました。

その門から出ようとすると、研ぎ澄まされたどの人にも徴が与えられることが分かりました。それは、学識者に所属していることが認められるようにさせるためです。それは、帯の後ろにインク壷、耳の後ろにペン、手には学芸を探究するために何も書いていない帳面というものでした。私もまたそれを手に入れたのです。ところで、そのとき全知氏が私に尋ねてきました。「さて、もうここからは四本の分かれ道になっている。哲学と医学と法学と神学だ。最初にどこに行きたいかね。」そこで私は、「あなたの判断にお任せします」と答えました。すると彼は言いました。「じゃあ、最初に広場に行くことにしよう。そこにはすべての者が集まっているので、全体的に見わたせるからね。その後で、それぞれの職種に応じた講堂に入って行くことにしよう」と。

三　そこにあったのは欠乏

彼は私をある中央広場に連れて行ってくれたのですが、そこには雲のように大勢の学生、修士、博士、牧師、若者、白髪の者たちがおり、彼らのうちには山のような人だかりのなかで話し合ったり議論する者もいれば、他人の目を避けて、隅に身を隠している者もいました。（私はうまく観察できたことがあったのですが、彼らにありのままに言うことはできませんでした。それはこういうことです。）目を持ってはいるが舌を持っていない者もいれば、舌を持っているが目を持っていない者もいました。また、耳だけ持っていて、目も舌も持っていない者等々もいました。それで、ここにも欠乏した者が住んでいると理解できたのです。ところで、すべての人々が、蜜蜂が巣から出て巣に帰るように、自分たちの出てきたところに帰って行くのを見たので、私は、そこに入ってみましょうよ、と誘ってみました。

そういうわけで、私たちもそこに入って行きました。すると、そこはとても大きな広間で、その端が見えないほどで、部屋のなかの側壁いっぱいに棚、戸棚、薄板箱、蓋付き箱がかかっていたのです。それは一万台の荷車に載せても運びきれないほどで、それぞれには題名や表題が付いていました。そこで私は尋ねました。「どっかの薬屋に入ってきてしまったのでしょうか」と。すると解説者が答えてくれたのです。「ここは精神の病いを癒す薬を保管している薬屋なのよ。本来の名は書庫なんですけど。ご覧なさい、ここには何と無限の知恵の宝庫があるんでしょう」と。見ると、大勢の学識者が近づいては、さまざまな仕方でその周りを回っているのが分かったのです。私の見たなかには、この上なく美しく繊細なものを選びとって、一きれずつ引き出しては、自分の口に入れ、ゆっくり噛んで消化している者もいました。私は立ち止まって、一人の人に、「何をしているのですか」と尋ねたのです。するとその人は、「向上しているのですよ」と答えてくれました。また、「それはどんな味がするものでしょうか」と尋ねました。するとその人は答えてくれました。「口のなかで噛んでいる間は苦く酸っぱい感じがしますが、後で甘く変わるのです」と。それからまた私は、「一体何のためにそんなことをしているのですか」と尋ねたのです。するとその人は答えました。「身体のなかに運び込むのがだんだんたやすくなると、ますます確信が持てるようになるからだよ。どうして君にはその効用が分からないのかね」と。そこでもっと一生懸命に見ますと、その人は頑丈で太っていて、美しい顔色をし、目は灯火のようにきらびやかで、言葉は注意深く、またそれ以外の身体もすべて活力に満ちているのが分かったのです。すると解説者が、「もちろん、そんな様子は他のあっちの人たちだって同じよ」と言いました。

四　学習における苦労と無秩序

そこで私が見てみると、まったく貪るようにそれを扱って、手当たり次第に何でも次々と口に詰め込んでいる者たちがいました。その人たちをもっと真剣に見ると、彼らの腹が腫れたり膨らんだりしているだけで、顔色や肉体や皮膚の艶にとって何もよくないことが分かりました。さらに、自分の腹に詰め込んだものを身体の上下から未消化のまま吐き出しているのも分かりました。そんな人々のなかには、目まいに襲われたり、感覚を失う者もいましたし、青くなり、干上がり、死ぬ者さえいました。そのことに気づいて、互いに指摘しあう者もいましたし、書物（なぜなら、彼らはその蓋付き箱をそう呼んでいるからです）の扱いがどれほど危険なのかを互いに話し合う者もいたのです。ですから、逃げ出す者もいれば、ひたすら用心深くそれを扱うようにと警告を促される者もいました。警告された者は、胸中に取り込むというより、身体の前後に金入れや金袋をぶら下げて、あの薄板箱（その表題となっているもので最も多く見出せたのは、語彙集・辞書・辞典・簡易説教事例集・華詞集・慣用語集・注釈集・対照辞典・植物標本集[17]等々で、その表題は個々の人が自分のために役立つと判断したとおりに付けられていたのです）を詰め込んで持ち歩き、発言したり書き付けたりしなければならないときになると、ポケットから取り出して口やペンに運んでいました。私はそれに気づいて言いました。「あの人たちはポケットに学芸を入れて持ち運んでいるようですね。」すると解説者が答えました。「あれは記憶の手段なのよ。あんた、聞いたことがないの」と。すると、何人かの人々が記憶の仕方を賞賛して、だから自分たちだけがさまざまの事柄を規定どおりに言い表わすと評判なんだ、と話している声が聞こえてきました。それはそうかもしれません。しかし、そこには別の不都合も生じていることに気づきました。すなわち、私の目の前で、自分の薄板箱を散逸したり、しまっている間に火事に遭って消失する者が出るという事態が起きたのです。ああ、その場でどんなに走ろうと、手をもじろうと、嘆こうと、口で助けを求めて叫んでも無駄でした。するとと、彼らはその瞬間から誰一人としてもはや議論も執筆も説教もしようとせず、うなだれて歩き、身をかがめ、顔を赤らめていましたが、知り合いのところで懇願したりお金を払って、もう一度その小さな容器を求めようとしたのです。もちろん、学識を胸中に蓄えていれば、そんな出来事をそれほど恐れることはなかったのでしょうが。

その間、私は薄板箱をポケットに入れないで、ある小さな部屋に運んでいる別の人を見ました。そこで後を付けて行くと、彼らは薄板箱の美しい入れ物を用意しているのが分かったのです。その入れ物にさまざまな色を塗ったり、なかには銀や金で飾りつけている者もいたのですが、彼らはその棚に薄板箱を並べ、また取り出して見つめ、閉じてはまた開き、近づいたり離れたりしながら、まったく表面だけですが、美しいということを自分で見たり他人に見せていました。また、書名を言えるようになろうとして、四六時中、表題を眺める者もいたのです。そこで私は尋ねました。「あの人たちは一体どうしてあの書物でままごとをしているのですか」と。すると解説者が答えてくれました。「ねえ、あなた、美しい書庫を持っているのは美しいことなのよ」と。そこで私は「使わないときでもそうなんですか」と尋ねました。するとまた解説者から、「書庫を愛している者だって学識者のうちに数え入れられるのよ」という答えが返ってきたのです。それで私は考えました。「それなら、山のようにたくさんの鍛冶鋏を積み上げながら、使い方を知らない者を鍛冶屋と呼んでいるようなもんじゃないか」と。しかし私は、誰かに襲われないようにするために、それを言葉に出すことができませんでした。

五　書物に書かれてある内容の無秩序

その後、小さな部屋から出てもう一度広間に入ると、薬屋の容器のようなものが全壁面にだんだんと増えているのが目に付きましたので、どこからそれを運んできているのかと思って目を凝らしました。すると幕のようなものを張ってあるところからだということが分かりました。そこで私がその幕の裏側に入って行くと、多くの旋盤工を目撃しました。一人ひとりが競い合い、一生懸命かつ小ぎれいに、木材、骨、石やその他の素材からあの薄板箱を作っては、軟膏や蛇の毒消し薬を満たして、世間の人々に使わせるために差し出そうとしていました。解説者が私に言いました。「あの人たちは賞賛に価する、また、あらゆる類の讃辞にも価する人々なのよ。どうしてかっていうとね、あの人たちは、人類に奉仕するためにこの上なく有用な事物を捧げようとして、知恵と学芸の増大にどんな苦労も努力もいとわないで、自分の栄光ある贈物を他の人たちに分け与えているからよ」と。そのとき（知恵とか贈物とか呼んでいる）当のものが何からどのように作られ調剤されているのか見たいという気持ちが私のなかに起きました。すると、香りのする根や草を探し出し、薄切りにし、揺り動かし、煮立て、蒸溜し、さまざまな蛇毒消し、濃縮液、糖蜜、その他の人間生活に役立つ薬を調剤する人が一、二人見えたのです。そうする人たちが百人以上もいました。そこで私はこう言ったのです。「あの人たちは水を注いでいるだけですよ」と。すると解説者は答えました。「こういうふうに学芸は増やされるのよ。どうして、同一のものを違ったやり方で調剤できないわけ。最初にあるものは何かを付け加えたりして、必ず改善できるものよ」と。しかし、虚偽が行なわれているのをはっきりと見たものですから、私は怒って、この人たちだって汚れているじゃないかと、言ったのです。言うまでもなく、他人の小容器の中身を空けて何個かの自分の容器に満たすと、自分のできるやり方、すなわち、せいぜい水を注いで薄めている者もいたからです。また、ひょっとしたら埃や屑かもしれない、さまざまの混ぜ物を付け加えて濃くして、新しく作られたもののように見せかけているだけの者もいたのです。その間彼らは、恥らいもなく、元の薬以上に豪華な表題を付けて、他の毒消し家たちがやっているように自分のものを称賛していました。ところが、私が不思議に思い怒りもしたのは、受けとる側の人もまた、（先に示唆したように）中身の実体を検査する者は滅多におらず、むしろほとんどの者が何でも並んでいるままを、あるいは少なくとも無差別に受けとったということですし、また選びとる者がいる場合でも、表面的な外見や表題しか見ていなかったということです。ですから、彼らの精神がどうして内奥から溌剌とさせられないのかが理解できました。それどころか、その薬を多く暴飲すればするほど、ますます多くのものを嘔吐し、ますます青くなり、ますますやつれ、ますます衰えることになったのです。ところで、極めて大量の毒消しは、人間に使用してもらう場面に一度も出会うことがなかったので、蛾や甲虫類の幼虫に、クモやハエに、埃やカビに、また最後には、薄暗い書庫の裏や隅にあてがわれていたのをこの目で見たのです。それを恐れている者は、自分の毒消しが調剤できるや否や（いやそれどころか調剤し始める前からそうする者さえいたのですが）、次々と隣人のところに序文、詩、文字謎[18]を書いてもらうために駆け回ったり、それに名前と財布とを授けてくれるパトロンを探し求めたり、題名や表題をできるだけ飾り立てて描いたり、さまざまな図形や手彫りの花模様によってできるだけあでやかな線で飾ったりしていました。また、それを人々に見せるために持ち運んでは差し出し、いわばありがた迷惑になるほど押し付けたりしていました。しかし、私には、最終的にそれさえもまったく役に立たないことが分かりました。なぜなら、そういうものが極端に多くなり過ぎてしまったからです。その人たちは清純な平安を持てるのに、まったく必要性や用途もないのに、それどころか、自分の名を賭け、同胞に損害を与えながら、山師稼業に身を捧げているのを見て、一度ならず残念なことだと思いました。ところが、私が忠告をすると、共通善を妨げたといって、憎しみを買うことになってしまいました。正真正銘の毒物から調剤した者がいたように、薬と同じだけ多くの毒も売りに出されました。私は嫌々ながらその無秩序に耐えていたのですが、それを改善できる者は誰もいなかった、ということはもはや申し上げません。

六　憤怒と不和

それから私たちは、もう一度、学識者の広場に入りました。しかし、ああ、彼らの間に口喧嘩、不和、格闘、大混乱が起きていました。激闘の相手のいない者はほとんどいませんでした。若い人々だけではなく（それなら年端がいかないために横柄になることもありえましょうが）、年寄りたちも一緒になって略奪し合っていたのです。そればかりか、自分の方が学識があると見なしたり、あるいは他人から学識があると認められている者ほど、ますます多く不和のきっかけを作っては、周囲にいる人々に不和という剣を振って切りつけ、不和という矢をもって発射して、それを見ていることが怖くなるほどでした。しかし、彼らはそこにこそ賞賛や影響力の基礎があると考えていたのです。そこで私は言いました。「おや、どうしてこんなことになるのでしょうか。この身分はこの上なく平安な身分だと私は考えていましたし、あなた方もそうだと請け合って下さいましたよね。ところが、私はこんなに多くの不和を見ているのですよ」と。すると解説者が答えました。「あんたには理解できないのよ。あの人たちは練磨し合っているのよ」と。そこで私は反論したのです。「何を磨いているというのですか。私の見ているのは殴り合いですし、血と怒りと、互いに殺し合う憎しみですよ。職人の身分では、これと似たようなことはまったく目にしたことはありませんでしたよ」と。するとその人は言いました。「それはそうよ。だってね、さっきの人たちは職人や奴隷の技術だけど、こっちの人のは自由学芸なのよ。だから、こっちの人たちの場合には、あっちの人たちには許されないし、黙認されていないことを行なえるという自由が山ほどあるのよ。」そこで私は反論しました。「しかし、どうすればそれを秩序と呼べるのか私には分かりませんね」と。ところで、彼らの甲冑を見ると恐ろしいところはまったく見受けられなかったのです。なぜなら、彼らが身に着けたり腰に帯びたりしている槍、剣、彎刀は皮製だったからです。彼らはそれらを手に握るのではなく、口のなかに納めていたのです。

彼らの弾丸は葦と砂でできていて、それを水で溶かした埃でふくらませ、紙製の筒で発射していました。ですから、表面的に見れば恐ろしいことはまったくなかったというのです。しかし、そっと射当てられた者が、どのように引き抜き、叫び、息を切らせ、逃げ出したのかを見て、それがふざけているのではなく本当の戦闘なのだということが容易に理解できたのです。彼らのうちには何度も襲いかかられて、ついには剣による音で耳鳴りするほどになった者もいましたし、雨あられと紙製の弾丸を浴びせられる者もいました。しかし、勇んで身を守り防衛して、自分を攻撃する者をすべて撃退する者もいたのです。けれども、傷を負って倒れる者もいました。また、他のところでは異常と思われるような残酷な行為も見たのです。すなわち、すでに打ち倒されて死んだ者を放り出して、いや、そうであればあるほど、ますます頻繁かつ無慈悲に、相手に切りつけ殴りかかったのですし、もはや自分に対抗できなくなった者に、この上なく喜んで報復したのです。自分たちどうしではもっと穏やかに対処している者でさえ、対立意見や誤解をそのまま放置する者はいなかったのです。なぜなら、誰かが何かを発言するや否や、たちまち他の誰かが異を唱え、雪であっても白いか黒いかとか、火であっても熱いか冷たいかという発言があったからです。

七　それらの大きな紛糾

そのとき、不一致に割って入り、平安をもたらすように忠告し始める者もいました。私はそういう人々が現われたのを見て喜びました。すべての論議は和解に至ることができるという台詞も出されたのです。ところが、誰がそれを行なうのかが問題になりました。すると次のような答えが返ってきました。知恵の女王のご裁可を得てすべての身分からこの上なく判断力のある人々を選び、個々の事柄に関して相対立する考えに耳を傾けて判別したり、できるだけ正しい判決を下したりすることができましょう、と。そこで、裁判官になることができる者、ないしはなりたいと思う者が少なからず集まってきたのです。また、彼らの前に、考えの相違のために不和に陥っている偉大な人々も大勢集まってきました。そのうちで私の見た人々は、アリストテレスとプラトン、キケロとサルスティウス、スコトゥスとアクィナス、バルトルとバルト、エラスムスとソルボンヌ派の人々、ラムスやカンパネッラと逍遥学派の人々、コペルニクスとプトレマイウス、パラケルススとガレヌス、フスやルターやその他の人々と教皇やイエズス会士、ブレンツとベーズ、ボダンとヴィエール、スレイダヌスとスリウス、シュミードリンとカルヴァン派の人々、ゴマルとアルミニウス、バラ十字兄弟団員とエセ哲学者とか[19]、その他無数の人々でした。非難や不満の仲介者がこの上なく簡潔な語彙で把握できる答弁書と陳述書とを差し出すように命じると、彼らは書物を山のように積み上げました。その書物は調べるためには六千年[20]をかけても不十分と思われるほどでした。それから彼らは、次のように要望したのです。自分たちの意図の総括が今この時点で受け入れられますように、また、さらにこの後も、必要に応じて、さらに詳細に説明したり実施したりする十分な自由が残されますように、と。それで、仲介者たちがそれらの書物を調べ始めたのですが、調べた者はたちまち調べた書物に酔ってしまい、それらを擁護し始め、一方があるものを、他方が別のものを擁護すると、仲裁者と関与者との間に大きな錯乱が生じたのです。それで彼らは何も決定することなく解散し、学識者たちは元どおり自分たちで討議することになりました。それは泣きたくなるほど残念なことでした。

第一一章　巡礼は哲学者の間に入って行きました

一　全般的に

解説者が言いました。さて、もうあんたを哲学者だけがいるところに連れて行くわ。その人たちの労働は欠点を改良するための人間の手段を探索して、正しい知恵が何に基づいているのかを知らせることなの、と。私はこう返事をしました。「そこなら、ひょっとして何か確かなことを学べるかもしれませんね」と。するとこう言って請け合ったのです。「もちろんよ。なぜって、それぞれ真理に通じている人々がいるからよ。あの人たちが及ばないことは、天だってまったく行なうことができないのよ。奈落だって隠しおおせないわ。あの人たちは人間の生命を上品に形成して、徳に至らせているのよ。村落や地方まで照らしているのよ。神を友人と見なして、自分の知恵によって神の秘密にまで到達しているのよ。」そこで私は言ったのです。「行きましょう。その人たちのところに行きましょう。どうか、もっと急いで下さい」と。しかし、そこに連れて行ってくれると、多数の老人や彼らの奇妙な行ないを目にして、私は唖然としました。そこでは、ビオンが静かに座り、アナカルシスが散歩し、タレスが飛び、ヘシオドスが耕し、プラトンが空中でイデアを追求し、ホメロスが歌い、アリストテ

レスが議論し、ピュタゴラスが沈黙し、エピメニデスが眠り、アルキメデスが地面を押しのけ、ソロンが法を、またガレヌスが処方箋を書き、エウクレイデスが広間を測り、クレオブルスが将来のことを歌い上げ、ペリアンデルが義務を基準に則って割り当て、ピッタコスが戦争をし、ビアスが物乞いし、エピクテトスが奉仕し、セネカが一トンの黄金の間に座って貧困を誉め称え、ソクラテスが一人ひとりについて何も知らないと語り、クセノフォンが一人ひとりにすべてについて勧告すると約束し、ディオゲネスが樽からのぞいて通り過ぎて行く者を小馬鹿にし、ティモンはすべての人を呪い、デモクリトスはすべてを嘲笑し、ヘラクレイトスはそれと反対のビラを貼り、ゼノンは断食し、エピクロスは饗宴し、弟子アナクサルクスはすべてのものは存在しない、ただそのように見えるだけに過ぎない[21]、と言ったのです。その他の取るにたりない哲学者もたくさんいましたし、それぞれ何か特殊なことを実行していました。しかし、私はすべて記憶することができませんでしたし、思い出したくもありません。それから私は、目をやりながら言いました。「この人たちが賢人なのですか、地上の光なのですか。ああ、ああ、私は何か違ったものを期待していたのです。ところが、ここでは居酒屋にいる農夫のように、どの人も遠吠えしたり互いに違うことをしているんです」と。すると解説者が言いました。「あんたが間違っているのよ。あんたにはこの秘密が理解できないのよ」と。私はそれが秘密だと聞かされたので、注意深く熟慮してみました。すると、解説者がそれを説明し始めたのです。ところがそのとき、誰かが近づいてきたのですが、その人も哲学者のマントを着ていて（タルソのパウロだと名乗りました[22]が）、私の耳にこうささやきました。この地上で知恵ある人だと見なされたいなら狂気になりなさい。そうすれば、その人は賢人になれましょう。なぜなら、言うまでもなく、この地上の知恵は神の前では狂気であるからです。なぜなら、「主は賢者の千慮が虚しいものであることをご存知です」[23]と書かれているからです、と。私に見え聞こえることとその言葉を比べてみて、私は素直に立ち留まりました。そして、もうどこにも行かないことにしよう、と言いました。すると、解説者が私を罵って、あんたって狂気だわ、なぜって、賢者から何かを学ばなければならないのに逃げ出そうとするからよ、と言ってきたのです。そこで私は、黙って先に進むことにしました。

二　文法家の間へ

私たちがある講堂に入って行くと、そこは、ああ、筆で字母、コンマ、点を描いている老若の者であふれていました。彼らは、一方が他の人と違ったように書いたり言ったりすると嘲笑したり、口論していました。その後、彼らは両側にいくつかの単語をつるして、ある語形がどんな語形になるのか等々について論議し、それらの単語をさまざまな形に合成したり、分解したり、構成し直したりしました。私はそれに目を向けましたが、その様子以外には何も分かりませんでしたので、こう言いました。これは子ども騙しですね。他のところに行きましょう、と。

三　修辞学者の間へ

別の広間に入って行くと、ああ、大勢の人が小さい刷毛を持って立ち、どのようにすれば、書く単語であれ、口から発せられる語であれ、緑、赤、黒、白といった色や、思うままの色で彩ることができるものかを話していたのです。そこで私は、何のためにそうしているのですか、と尋ねました。すると、そこにいた人が答えてくれたのです。「あれこれの仕方で、聴衆の頭脳を染めつけられるようにするためです。」そこで私は、「あの絵の具を使っているのは真理を描くためですか贋物を描くためですか」と尋ね直しました。するとその人は、「成りゆき任せにしているだけです」と答えたのです。ですから私は、「ここには真理と有用性と同様に虚偽と虚しさがたくさんあるんですね」と言って、そこから出ました。

四　詩人の間へ

私たちは別のところに入ることにしました。すると、ああ、数人の元気の良い若々しい人々が群がり、綴りを小さい天秤に載せて量ったり、指がねで測ったりしていたのですが、その周りで歓喜したり飛び跳ねていたのです。私はそれが何なのか不思議に思いました。すると解説者は説明してくれたのです。「文字に由来するすべての学芸のうちで、こんなに技巧的で生き生きしたものはないよ」と。そこで私は、「ところであれは一体何なのですか」と尋ねました。するとこう答えてくれたのです。「単純に色づけして処理できない単語は、このように折りたたむことで処理できるんですよ」と。そこで、その折りたたみ方を学んでいる人々がある書物をのぞき込んでいるのが分かったので、私ものぞき込んだのですが、次のようなことが書いてあるのが分かりました。「蚊について」、「雀について」、「同性愛について」、「男根について」、「愛の技術について」、「変態」、「賛辞」、「ごたまぜ」[24]、要するに茶番、虚構詩、いちゃつき、あらゆる類の奔放ということです。それらを見ていると、すべてに対して嫌悪感を催しました。その綴り測定者たちが、自分たちに媚びる者がいれば、その人を賞賛しようと技術のすべてを尽くし、都合良くない者がいれば、その人にすべての面からすべての類のからかいを浴びせたのを見たときには、とくにそう感じました。ですから、その技術が媚びるか噛みつくためにしか使われていないことも分かったのです。私はその人たちがどんなに怒りっぽいかに気づいたので、大急ぎで彼らのところから離れました。

五　弁証家の間へ

私たちはさらに進んで別の建物に入りました。するとそこには、のぞき眼鏡を作って売っている人がいました。そこで、あれは何ですか、と尋ねると、次のような答えが返ってきたのです。それは二次観念というものよ。それを持っていたら、すべてのことを表面ばかりでなく内部まで見ることができるのよ。とくに、互いに相手の頭脳までのぞき込んで、理性という点で相手に超越することができるの、と。

多くの人々が来て、その眼鏡を買っていたのですが、親方はそれをどのようにかけるのかとか、必要な場合にどうやってたたむのかを教えていました。ところで、眼鏡を作っている親方は教える方の親方とは別人で、隅の方に自分の作業場を持っていたのです。彼らは同じものを作っていたのではありません。大きなものを作る者もいれば、小さなものを作る者もいましたし、丸いものを作る者もいれば、角ばったものを作る者もおり、それぞれ自分のものを賞賛して売る人をおびき寄せ、互いに我慢できずに論争し、投げつけ合っていたのです。ところで、買い手のなかには、誰からでも買っては鼻にかける者もいれば、一つだけ選んでしっかりとかける者もいました。ところが、さほど奥深くまで見えないと言う者がいたり、自分には見えると言って、頭脳の背後までも、また理性の背後まで見せ合う者もいました。しかし、歩き始めるとたちまち石や木片に乗りあげ、穴に落ち（それが至るところに満ちていたことはあらかじめお話してあるとおりです）倒れる人たちを少なからず目にしたのです。そこで私は尋ねました。あの眼鏡を使ってすべてを見ているはずなのに、どうしてあんなつまらないものを避けられないのでしょうか、と。すると、それは眼鏡のせいじゃなくって、眼鏡の使い方を知らない人たちのせいなのよ、という答えが返ってきました。親方たちも言ったのです。弁証法という眼鏡を持っているだけじゃ十分じゃないんだ。むしろ、視力が自然学や数学という明るい眼薬できれいにされなくちゃならないんだ。だから、別の講堂に行って視力を調えるようにしなさい、と。そこで、ある者は自然学へ、ある者は数学へと向かったのです。それで私も案内人に言いました。「私たちも行きましょうよ」と。しかし、私はその要望がかなえられる前に、全知氏の勧めでさまざまな眼鏡を受けとってかけることにしたのです。すると、本当にもっと多くのことが見えてきて、何種類かの方法で見えるものがあるように思われました。しかし私は、ここで語られた眼薬を体験したいと思ったものですから、先に進みましょうよ、と絶えずしつこくせがみました。

六　自然学者の間へ

さらに進んで行くと、彼らは私をある広場に連れて行ってくれました。そのまんなかで、大きな枝を広げた樹木を目にしました。その木にはさまざまの葉が付き、（すべてが殻のなかに入っている）さまざまの果実がなっていたのです。彼らはその木のことを、自然という名の木ですよ、と教えてくれたのです。その木の周りには哲学者たちが群れをなし、どの枝、葉、果実がどのように名づけられるのかということを調べ、互いに指示し合っていたのです。そこで私は言いました。「あの人たちは、事物を命名することを学んでいるように聞こえます。でも、彼らが自然を探究しようとしているのが、私にはまだ分かりませんが」と。すると解説者が答えてくれました。「こういう処理はどんな人でもできるものじゃないわよ。あっちの人たちをご覧なさい」と。するとそこには、枝を折って、葉や果実を押し広げて、胡桃《くるみ》に突き当たると、その場でそれらを歯で噛み砕いて粉々にする者たちが見えたのです。しかし、彼らは殻を壊しているのだと言い、そのなかを調べながら、密かに自分は核心を持っているのだと自慢し合っていました。しかし、それをほとんど誰にも見せなかったのです。そこで私も、彼らの間で慎重に調べましたが、表面上は彼らの持っていた硬皮や皮殻は実際に粉々になりどろどろになっていたのですが、包まれた核心を含んだもっとも堅い殻はまだそのままだということを、はっきりと私は見たのです。ですから、その場で自慢が虚しく、苦役が無駄だと分かったので（苦役とは、言うまでもなく、何人かの人が目で調べ、歯で噛み砕いていたという様子を私が見ていたからです）、外へ出ましょうよ、と言いました。

七　形而上学者の間へ

それから、私たちはある広間に入って行きました。すると、ああ、そこには哲学者の方々がいて、牛、ロバ、狼、蛇やその他の獣、小鳥、地を這う虫、また、木材、石、水、火、雲、恒星、惑星や、天使に至るまでも目の前に置いて、その一つひとつの被造物から他の被造物との相違点と見なされる性質を失わせて、すべてのものを同類にするにはどうしたら良いのか、と論じ合っていたのです。それから彼らは、それらの被造物から最初に形相を、次いで質料を、最後にすべての属性を取り去って、単なる実体だけが残るようにしてしまいました。また、すべてのものが単一であるのか、善であるのか、真に今存在しているとおりなのかを探究し、また、それに類する質問をさらに多く出し合っていました。また、その質問に注意を向けてみると、人間の才能がどれほど高く上っていくかと驚嘆して、こう言い始めた者もいたほどでした。見よ、人間の才能はすべての存在を凌駕し、すべての具体物の具体性を解きほぐすこともできるし、また解きほぐす術も知っているのだ、と。私もその鋭さについには嬉しくなってしまったのです。しかし、一人の男が現われて、それが許されるなんて空想に過ぎない、と叫びました。彼の後に続いた者もいれば、哲学から最高の学芸すなわち学芸の頭のような位置を切りとりたいと思っているのだから、彼らは異端者であると立ち上がって非難する者もいました。私は彼らの討議に耳を傾けながらも、その場から出ました。

単一、真、善

P・ラムス

八　算術家の間へ

さて、私たちが歩いていると、ある人たちが広間一杯を数字だらけにして、そのなかで調べているところにたまたまぶつかったのです。そのなかには、山のように積み上げたところから数字を運んできて並べる者もいましたし、両手一杯にかき集めて、もう一度小山のように積み上げる者もいましたし、またその小山から一部を取り出してはまき散らす者もいましたし、またまたその小片を一つにまとめる者もいましたし、それをまた分けて分類する者もいましたので、私は彼らの作業にとうとう呆れてしまいました。彼らは、哲学全体のなかでこれ以上確実な学芸は存在しない、なぜなら、ここには何一つ疑わしいものも、何一つ取り除けるものも、何一つ付け加えられるものもないからである、と断言したのです。私は、「その学芸は一体何のためになるのですか」と尋ねました。すると彼らは、何て愚かな人だ、と言って驚きましたが、すぐに次々とその奇蹟を言葉で説明し始めたのです。最初の人は、羊の群れのなかに何羽ガチョウが飛び込んだのかを、数えずに言えるということでした。次の人は、何時間で洗濯場が五本の小管であふれ出すかを私に言えるということでした。三番目の者は、私が財布のなかに何グロッセン持っているのかを、調べずに言えるということでした。その他の人々も似たことを言いました。そしてついに、一人の人が海の砂を計算することに同意して、直ちに書物に記す場面に出会ったのです。

アルキメデス

また別の人が、彼の実例によって（最大の精確さを得ようとして）太陽のなかで飛んでいる埃を数えようとさえしました。それには私も驚きました。彼らは私に理解させたいと思

エウクレイデス

って、自分たちの基準である三の倍数、集合数、順列、虚数を見せてくれたのです。その後、彼らが代数学ないしは数量学と呼んでいる最後のところに私を連れて行こうとしたとき、私はとても大きな曲線や鉤を山と積んでいるものがあることに気づいて、やや目まいに襲われてしまいました。私は目がくらくらしたので、ここから出させて下さい、とお願いしたのです。

九　幾何学者の間へ

それで、私たちは別の講堂に入って行くと、その上方に「幾何学を知らない者は入るべからず」[25]と書いてありました。そこで立ち止まって尋ねたのです。私はそこに入って行けるものでしょうか。幾何学者しか入れないようですが、と。すると、全知氏が、「入って行きなさいよ」と言ってくれたので入って行きました。ところが、ああ、そこには、棒線、鉤、十字形、輪、正方形、点を書いている人たちが大

勢いて、どの人も沈黙していたのです。[26] ところが、ある人が別の人のところに近寄って、証明してみせました。すると、それは間違いだと言う者も、正しいと言う者もいたのです。そうです、口論になったのです。新しい直線ないしは曲線のようなものを発見した者がいると、喜んで歓声を上げ、他の人たちを呼び集めて証明してみせていました。すると、それを見せられた人々のなかには異議を唱えたり、否認するために指や頭を振ったりする者もいましたが、それぞれが自分の区画に駆け込んで、同じようなものを書き付けたのです。的を射た者も、的外れの者もいました。ですから、その広間はすべて、床も脇壁も天井も棒線だらけで、足も手もそれらに触れないわけにはいかなかったのです。

幾何学の矛盾する公式。円を四角にすること

彼らのなかで最も学識のある人たちが、まんなかに集まって、一生懸命に実験していたのですが、他の人々は口をぽかんと開けて結果を待っているだけだということが分かりました。そこでは、地上のすべての巧妙なものよりも驚嘆することとか、見出されれば何も不可能なものがなくなる、といったことについて何度も語られていたのです。ですから私も、それがどんなものなのか知りたくなってそばに寄ってみると、彼らは自分たちの間に円を置いて、どうすればそれで四角を作れるのかを問題にしていました。その探究に尋常でない苦労が伴うと見なされると、それぞれよく考えるようにという課題を負わされて解散したのです。ところがしばらくすると、突然ある者がこう叫びながら跳び上がりました。やったぞ、隠された秘密を手に入れたぞ、やったぞ、と。そこで、すべての人がその人に群がり、急いで見て驚嘆したいと思ったのです。その人は二つ折り版の大きな書物を持ってきて、彼らに見せました。そして、何という勝利を収めたことだろうという評価や歓声があがったのです。しかし、このお喋りを別の人が直ちに抑え、出せ

ヨゼフ・スカリゲル

る限りの大声で、欺かれてはなりません、それは方形ではありません、と叫びました。それから、さらに大きな書物を書いて、先の人が推測した方形をすべて円に戻し、あの人が試みたことを人間に通用させることは不可能である、と力強く立証したのです。[27] そこで、すべての人々がうなだれて自分の棒線のところに戻って行きました。

ヨゼフ・クラヴィウス

一〇　測地学者の間へ

その後、私たちは別の広間に移ったのですが、そこには、指がね、広げた親指から子指までの長さの物差、肘尺、尋尺、天秤、一三ガロン枡、鉄梃、ジャッキ、滑車やそれと似た道具を売っており、量や重さを量るものが満ちていました。自分のために広間を測っている者もいたのですが、出された値はどの人もほとんど違っていました。それから彼らは、悶着に陥ったので、測り直しました。広間の長さ、広さ、高さを測っている者もいましたし、天秤にかけて重さを量っている者もいました。要するに彼らの言うには、この地上、いや地上外でさえ、自分たちの測れないものは何もないということでした。しかし、彼らの職を見ると、必要以上に賞賛がなされているのが分かりました。ですから、私はここも駄目だと頭を振って合図し、そこから出たのです。

一一　音楽家の間へ

そこで私が別の部屋に行くと、歌唱や歌声、さまざまな楽器の高い音や低い音に満ちているのを耳にしました。ところで、その音のする周りに立って、上や下や脇から、それらを見つめたり耳をそば立てて、それがどんな音か、どの位置にある音か、またどこからどこまでの音か、さらに、ある音がどの音と合ったり合わなかったりするのかを判断している者がいました。さらに、それが分かったとか、神々しいものや秘密を越えた秘密があると言って、歓喜している者もいました。彼らは大喜びで飛び跳ね、それらを組み分けたり、組み立てたり、組み換えたりしていました。しかし、うまくなし遂げる者は千人に一人もいませんでした。他の人たちは傍観しているだけでした。ところが、手を出したいと思う者がいても、実は私の場合もそうだったのですが、キーキーとか、ガリガリという音がするだけでした。また周知のとおり、立派な人々がそれを遊戯ないしは時間の損失[28]と見なしているのがよく分かったので、そこから退出したのです。

一二　天文学者の間へ

それから、全知氏が私を引き連れて、バルコニーのようなところに行きました。そこでは、梯子を作って空に昇る準備をする人々が群がっているのを目にしました。彼らは、梯子をはい上って星を捕らえ、その上に紐、定規、錘、コンパスを当てがい、運行路を測っていたのです。そして腰を降ろすと、いつどこで、またどのように星が寄り集まったり拡散したりするのかを測定し、規則を書いたのです。私は、天にまで駆け上って星に規則を与えようという人間の大胆さに驚嘆しました。それで私自身も光栄な学芸の虜にされてしまい、それに生き生きと取りくみ始めました。しかしそれに従事すると、星々が人々の奏でている曲とは違ったように踊っているのをはっきりと見てしまったのです。彼らもまたそれに気づき、天の変則について嘆き、いつもあれこれと違ったように規則化しようとして、星の位置さえも変えて、ある星を大地に引きずり下したり、大地を持ち上げてある星の間に据えたりするまでに至りました[29]。要するに、彼らはあれこれと仮説を考えたのですが、それに完全に当てはまるものは何もなかったのです。

一三　占星術師の間へ

ですから、それ以上よじ登らない者も出てきました。むしろ、彼らは星を下から眺めているだけで、どの星が何のために準備されているのかと観察して、三角形、四角形、六角形、連結、対立、その他の視点を並べて、地上にやって来る全般的な幸福や不幸であれ、一定の個人だけに私的にやって来ることについてであれ宣告を下して、そして出生簿や変転簿[30]を書き記して人々の間にばらまいたのです。そうしたものから人間に恐れや不安が生み出される場合も、喜びが生み出される場合も少なからずありました。とくに若干の人々はそうでした。しかし、そんなことをまったく気にかけずに、隅に放り投げて、彼らは星を利用した嘘つきだとあざけり、変転簿がなくたって食ったり飲んだりできるんだ、と言う者もいたのです。その学芸が確かであれば、そうした一方的な断定を顧慮するのは適切ではない、と私には思われました。[31] しかし、私がその学芸を観察するほど、確実性が少ないことに気づいたのです。その予言が一度当たったとしても、誤りはその後五度も起きました。ですから、星がなくても推測するのは困難ではないし、しかも、言い当てれば賞賛され、間違えばごまかされるに違いないことが理解できたので、もはやこれ以上かかずらうことは虚しい、と私は思いました。

一四　歴史家の間へ

それから私たちは、また別の場所に入って行きました。そこでは、ああ、新奇なものを目にしたのです。そこでは少なからぬ人々が、まっすぐではない、曲がったラッパのようなものを持っていたからです。彼らは一方の端を自分の目に押し当て、もう一方の端を肩に載せて背後に向けていました。あれは何ですか、と尋ねると、解説者が答えてくれました。それは背後を探るための遠眼鏡なのよ。なぜって、人間でありたいと思う者はね、足の前の方にあるものを見るだけじゃなくて、すでに過ぎ去ったものや背後にあるものを眺めて、過去から現在や将来の事柄を学ぶようにしなくちゃならないからよ、と。それで、私はそれを珍奇なものだと思いましたので（言うまでもなく、それまでそのような取っ手の付いた遠眼鏡があるとは知りませんでしたから）、私にもちょっと貸して見せていただけませんか、とお願いしました。すると、彼らのうち何人かが貸してくれたのです。ところが、ああ、それは何と奇怪な道具ではありませんか。それらを通して見ると、ものが違ったように見えたのです。ある遠眼鏡を通して見ると何かが遠くに見えたかと思うと、別の遠眼鏡を通せばその同じものが近くに見え、ある遠眼鏡ではある色に見えたものが別の遠眼鏡では別の色に見え、三番目の遠眼鏡を通して見ると何もなくなってしまうこともありました。ですから、私がここで検証できたことといえば、示されたことがそのとおりであったということを確かめることはできず、むしろ、どの遠眼鏡も作られた狙いどおりに物事が着色されて見えるようになっているということだけでした。ところが、彼らはどの人も自分の観点を信用していたことが分かりました。それで、彼らはさまざまのことについて実に激しく論争したのです。それは私の気に入りませんでした。

一五　倫理学者や政治学者の間へ

彼らが私を別のところに連れて行こうとしたので、私はこう尋ねました。学識者たちについて間もなく終りになるのでしょうか。彼らの間に入っていて心がもつれるのにほとほと嫌になりました、と。すると遍在氏が、「最も良いものが残っているよ」と言ったのです。そこで私たちは、ある広間に入って行きました。そこには、一方の壁にはとても美しくきれいな絵画が、他方の壁には醜く極めて奇怪なものの絵画がいっぱいかかっていました。その周囲に哲学者たちが歩いて行って、それを眺めるだけでなく、美しい方の絵画には美しくするための色を、醜い絵画には醜くするための色を重ねられるようになっていたので、塗り重ねていたのです。そこで「あれは何ですか」と尋ねました。すると、解説者は詰問するように「前の方に表題が書いてあるのにどうして分からないの」と言ったのです。そして私を連れて行くと、その表題を指しました。そこには、剛勇、節制、正義、一致、王道等々で、もう一方の側には、傲慢、美食、欲望、不一致、覇道等々という表題が書かれていました。ところで哲学者たちは、近づいてくるすべての者に、美しいものを愛し、醜悪なものを忌み嫌うようにと、願望したり勧告したりしていました。また、美しいものをできる限り賞賛し、醜いものをあらん限りけなし中傷していたのです。それは私の気に入りましたので、こう言いました。「さあ、ここで私は人類にふさわしい事柄を行なっている人間を見つけたぞ」と。しかしやがて、美観を勧めた当の忠告者たちが美しい情景画にまったく執着することがなく、もう片方の醜悪なものに執着し、美しいことよりも醜悪であることを恥ずかしげもなく行なっているのを目にしたのです。それどころか、少なからぬ人々が醜いものの周りで愉快そうに大騒ぎをしていたので、他の人たちもそこに戻ってきて、奇怪なものに戯れたり、暇をつぶしたりして楽しんだのです。そこで私は怒って言いました。「ここで私は、（イソップの狼が言ったとおり）人々は言っていることとやっていることとが違うということが分かったぞ。口先で賞賛したって彼らは精神においてはそれているし、舌で忌み嫌っていたって心では執着しているんだ」と。すると解説者は不愉快そうに言いました。「それなら、あんたはきっと人間の間で天使を探しているんだわ。いつになったら、どんなふうなら気に入るって言うの。あんたはどこでも欠点だけを探しているのよ」と。それで私は黙ってしまい、うなだれるしかありませんでした。なぜなら、彼らを見つめてその意味を理解できた人々も、私のことを嫌な気持ちで眺めているのが分かったからです。それで私は、彼らのところを離れて、外に出ました。

第一二章　巡礼は錬金術を調べました

そこで遍在氏が言いました。さあ、とにかく行こう。人間の才能の頂点がある場所に連れて行こう。そこでは、一度でもその労働に携わった者なら、精神に高尚な喜びがもたらされるんだから、生きている限りそこから離れられなくなるほど快楽に満ちた労働が行なわれているんだ、と。そこで私は、ぐずぐずしないで見せて下さい、とお願いしました。そういうわけで彼は、私を丸天井の部屋のようなところに連れて行ってくれたのです。すると、ああ、そこには何列かの炉床、小炉、釜、ガラス製のものが並んでいて、すべてが光輝いていました。人々は、走って行って木片を運んできてその下に敷いて点火し、火を消してから何かを注いだり、さまざまの仕方で別の容器にあけたりしていたのです。そこで私は、「あの人はどんな方ですか、また、何をしているのですか」と尋ねました。すると、こう答えてくれたのです。「あの方々はこの上なく巧みな哲学者なのよ。天の太陽がその熱を使っても大地の内奥では多年にわたって処理できなかった事柄をなし遂げたからよ。つまり、あらゆる類の金属を最高段階、言い換えると金にまで高めたのよ」と。そこで私は、さらに尋ねました。「どうしてそんなことをするんですか。だって、鉄やその他

の金属が金より有用なのに」と。すると、こう言い返してきました。「またそんなたわけたことを言って。いつだって金はこの上なく高価なものじゃないの。それを持っていたら、貧乏だって怖くないでしょ。」

賢者の石

「それに、金属を金に変えるという物質は、他にも極めて不思議な力を持っているのよ。たとえば、人間の健康を死に至るまで保たせて、二、三百歳にでもならなければ死なないようにさせているの。それればかりじゃなくて、それを利用する術を知るようになれば、不滅の者にもなれるのよ。もちろん、その石というのは生命の種子そのものなの。つまり、動物だって植物だって金属だって元素だって存在させてもらう元になっている、地上のすべての事物の核心と要約なのよ」と。私はそんな不思議なことを聞いて怖くなったので、「それなら、あの人たちは不滅なのですか」と尋ねました。すると答えてくれました。「すべての人がその石をうまく見出せるわけじゃないわよ。またうまく見出せる者でも、必ずしも完全に扱えるわけじゃないわ」と。そこで私は言いました。「その石が私の手に入ったら、死に襲われないようにして、それをうまく扱いたいですね。それから、自分のためにも他人のためにも金をたくさん手に入れたいですね。ところで、その石は一体どこで手に入れられるものでしょうか」と。すると、「そこで準備しているのよ」と答えたのです。「その釜のなかでですか」と私が尋ねると、「そうよ」とその人は答えたのです。

錬金術師の到来

それで私は、胸をわくわくさせて急いで進み、何がどのようになされているのか、すべてを見て回りました。すると彼らすべてが、一様にうまくやっているわけではないことが分かったのです。火の温度を下げ過ぎて溶解できない者もいましたし、熱くし過ぎて容器が壊れ、何かを吹き出させてしまう者もいました。するとその人は、窒素が蒸発してしまったと言って泣き出しました。また中味があふれてこぼれたり、あるいは間違って混合する者もいました。目をいぶされて、凝固したり凝縮するのを見守れない者もいました。あるいは、蒸気が充満して、それらを粉に戻さないうちに、窒素を自分の容器から蒸発させてしまった者もいました。また、煙を吸い込んで死ぬ者さえいたのです。さらに最も多かったのは、石炭を買うお金が財布にないので、借金するためによそに走って行かなくてはならない人たちでした。しかし、その間に容器の中味が冷えてしまい、すべてを無に帰すことになってしまったのです。そうした出来事は極めて頻繁に、ほとんど絶え間なく起きていました。なぜなら彼らは、十分に中味の入った財布を持っていない者は仲間に入れてやらなかったのですが、誰の場合でもたちまち干上がってしまうので、財布のなかには何も残らず、そのまま放置するか、あるいは借金をするためによそに走って行かなくてはならなかったからです。

そこで私は、彼らに目を留めて言いました。ここで無意味な労働をしている人々がかなりいることは分かりますけど、石を手に入れることができそうな者は誰一人として分かりませんね。あの人たちは金を煮たり生命を焼いたりして、両方とも無駄に焼き尽くしているのが分かりましたけど、あの人たちは一体どこで山ほどの金や不滅性を手に入れているのでしょうか、と。すると答えてくれました。「ええ、そういうものはあんたには見えないでしょうよ。彼らに見られないようにしておいてって、私からも忠告しておくわ。なぜって、そんな素晴しいものは秘密にしておかなくちゃならないもの。さもないと、そういう人のことを権力者の誰かが聞き及ぶことにでもなれば、つかまえておきたいと思うから、その人は長期間つかまえられちゃって囚人のようになってしまうでしょ。だから秘密にしておかなくちゃならないの」と。

そのうちに、私は火傷を負った人々が集まっているのを見たので、耳をそば立てると、自分たちの失敗の原因を検討しているのを聞くことができました。すなわち一人の人は、その学芸があまりにも曖昧な処方しかしていないということで哲学者のせいにしました。二番目の人は、ガラス容器の脆さに不平を述べました。三番目の人は、惑星の方位が折り悪く不適切であると指で示していました。四番目の人は、水銀のところにあった土の濁った混合物に怒っていました。五番目の人は、資産が不十分だとこぼしていました。要するに、彼らの学芸で解決できるのか分からないほどたくさんの原因があることが、私には分かりました。それで彼らが一人ずつ出て行くと、私もそこから出たのです。

第一三章　巡礼はバラ十字兄弟団員を見ました

兄弟団の宣言[32]

すると、そこでラッパの音が聞こえました。そちらのほうを見ると、馬に乗って哲学者たちを呼び集めている者が見えたのです。人々が哲学者たちの群がっているところから急い

で集まって来ると、その人は、自由学芸と哲学全体の不完全性について五ヶ国語で話し始めたのです。それに続いて、そうしたすべての欠陥を調べて充足し、人間の知恵を堕落以前の楽園にあった状態に戻すように、神によって覚醒された何人かの立派な人々が、どのようにしてそれを成し遂げたのかについて話し始めました。さらにこうも言ったのです。金を作ることは、自分たちの間では百の小事のなかの一番の小事である。なぜなら、自然全体は自分たちにはもはやむき出しになっており、暴かれているからである。だから、どんな被造物からでも形相を奪うことも、またどんな形相を与えることも思いのままである。すべての民族の言語ものにでき、地の果てまでも、新世界であっても、生じることはどんなことでもすべて知っているし、また千マイル遠くに離れている人々とでも話し合うことができる。また、賢者の石を持っており、あらゆる類の病気を完全に治し、また長寿も与えられるのだ。なぜなら、自分たちの先行者であるフーゴー・アルヴェルダ[33]は、すでに五百六十二歳であり、彼の同僚も彼よりもそれほど年下ではないからだ。たとえ何百年間も身を隠していても、彼らは自分たち（七人で）哲学の改良に苦労していたのである。さて今やすべてが完成し、地上のすべてに改革が到来するのが分かったので、もはやこれ以上身を隠しておきたくないと思い、それどころかはっきりと公言して、自分たちの希少な秘密を、知らされるにふさわしいと認められる者だけにではあるが、一人ひとりに伝える準備をしているのである。たとえどんな言語を話す者に属していようと、どんな民族に属する者であろうと、自分はその一員であると公言すれば、我らのものはすべて手に入れられるだろうし、どんな人でも無視されることはなく、心のこもった返答を得られることになるだろう。ところが、ふさわしくない者、すなわち貪欲ないしは好奇心だけでそれを手に入れたがっている者は何も見出せないだろう、と。

宣言に関するさまざまな判断

使者はそれだけ言うといなくなってしまいました。ところが、そこにいた学識者たちを見ると、ほとんどすべての者がその知らせに驚愕していたのが分かったのです。しばらくすると彼らは、徐々に頭を集めて相談し始め、ささやく者がいれば声に出して判断を下す者もいました。それで私も、あちこちに近づいて耳を傾けたのです。すると、ああ、極度に歓喜して、悦びのあまり、足元が定まらなくなる者さえいました。彼らは、自分たちの先祖にはその生涯の間これと似たことが何も起こらなかったと言って、自分たちの先祖に同情したのです。ところが、自分たちのことを祝福して、完全な哲学がすでに充分にもたらされたんだから、間違いなくすべてのことが分かるし、欠けるところなくすべてのものを持てるし、希望さえすれば、病気になることも老いることもなく何百歳までも生きることができるんだ、と言ったのです。それから決まってこう繰り返しました。「幸福な、極めて幸福な現代よ」と。そのような言葉を聞いていると、私自身も楽しくなり、他の人たちが切望しているものを、願わくば手に入れたいものだと期待するようになりました。しかし他方では、深く考え込んでいる人たちも見たのです。彼らはそのことをどう考えたら良いのかと、大いに躊躇していました。すなわち、もし公言された事柄が耳にしたとおり正しいのであれば嬉しいが、それは物事をぼかし、理性を超越しているように思われる、ということだったのです。さらに、バラ十字兄弟団員の言葉をはっきりと否定し、ペテンやまやかしだと言う別の人たちもいました。すなわち、そんな人々が何百年も前からいたというなら、なぜあらかじめ姿を現わさなかったのか。自分のことに確信を持てるのだったら、闇でコウモリが飛ぶように隅にいないで、なぜ身を光にさらさないのか。哲学はうまく設定されているんだし、それを改革する必要なんてないんだ。それを手から叩き落とせば、誰だってそれを持てなくなってしまうよ、と。その上、彼らのことをひどく批判し呪って、彼らは占い師、魔法使い、肉をまとった悪魔だ、と言う者さえいたのです。

兄弟団のとり巻き連中

要するに、広場全体が騒々しくなったのです。ほとんど誰もがそれを手に入れたがって上気していたのです。そこにいた人々のうち少なからぬ人は、密かにであれ公然とであれ嘆願書を書いて彼らに送り、仲間に入れてもらえるのではないかと悦びにひたっていました。しかし、どの嘆願書も、隅を切りとられて開封されているのに返事もなく差し戻されたので、楽しい期待が憂鬱に変わってしまいました。それどころか、あの疑っていた人たちから冷笑されさえしたのです。それでも、二度、三度あるいはそれ以上も改めて手紙を書き送って、ムーサ[34]の全き恩恵を授けて下さいますようにと、可能な限り低く身をかがめ、どうか魂が願わしい学芸から遠ざけられることがございませんようにと嘆願し、さらにはひざまずいてお願いした者さえいたのです。なかには、返事が引き伸ばされるのに我慢できず、自ら地上の端から端まで駆けめぐったあげく、その幸福な人々に出会うことができなかったと不幸を嘆いた者もいました。それを自分が不適切であると自分のせいにする者もいましたし、あの人たちの都合が悪かったのだと相手のせいにする者もいました。そこから絶望に陥る者もいましたし、改めて自身を振り返り、彼らの後を追うための新しい道を改めて探そうと悩む者もいたのです。それで、私自身もついに最後まで待てなかったものですから、憂鬱になってしまったのです。

バラ十字兄弟団の宣言の継続

そのうちに、ああ、再びラッパが鳴り始めて、その音をめざしてたくさんの人々が走って行きました。私も走って行ったのですが、そのとき、私はある人をこの目で見たのです。その人は店を開けると、人々に、極めて不思議な秘密に気づいて下さい、その秘密を買い求めて下さい、と口上を述べていました。その人の言うには、その秘密とは新しい哲学の宝と見なされ、秘密の知恵を熱望しているすべての者に満足を与えるものだということでした。そこでは、まさしく聖なるバラ十字兄弟団が姿を現わし、隠し立てすることなく自分たちの宝物を細工していて、多くの人々がそこに行っては買っていたので、悦びに湧いていたのです。ところが、売り出されたものはすべて蓋付き箱に包まれていて、その蓋は彩り鮮やかで、あらゆる類の美しい標題が付けられていました。たとえば、「知恵の門」「学問の小要塞」「普遍性のギムナジウム」「大・小宇宙の特性」「二つの宇宙の調和」「キリスト教的カバラ」「自然の洞穴」「原素の要塞」「天上からの魔術」「総三位一体」「勝利のピラミッド」「ハレルヤ」[35]等々というものでした。ところでそれらを買った者は、その蓋を開けてはならないと命じられたのです。なぜなら、その秘密の知恵には箱から浸み出して作用する力があるが、蓋が開けられれば蒸発してしまうからだということでした。それにもかかわらず、好奇心のある者は、我慢しきれずに開けてしまったのです。そういうわけで、自分の蓋付き箱がまったく空であるのが分かると他人に見せる者が出てきました。そこでその人たちも自分のものを開けましたが、何かを見出せた者は誰一人いなかったのです。そこで、「まやかしだ、まやかしだ」と叫んだり、怒って売っている人に食ってかかったりしたのです。しかし、その人は涼しい顔で言ったのです。それこそ秘密中の秘密なんだよ。学問の息子以外には、それを見ることはできないんだ。そうなれるのは千人に一人もいないのさ。だからそうなれないのは私のせいじゃないよ、と。

宣言の結末

それで大部分が静かになり、やがてその人は姿を消し、見物人たちはさまざまな気分で、ある者はこちらに、またある者はあちらにと散って行きました。誰が新しい秘密を見つけられたのか、それとも見つけられなかったのかは、今もって分かりません。分かったことは、すべてがとにかく静かになったということであり、また、走って行ってその場を歩き回っていたのを見かけた人々が、どこでも隅っこで口に錠でも下ろされたかのように押し黙って座っていたということだけだったのです。（誰かがその人について推測しているとおり）秘密に入ることを許されたので誓約の沈黙を実行しなくてはならないのか、それとも、（眼鏡の脇からのぞいて、私にはそう見えたのですが）自分が期待したり躍起になって苦労したことに恥ずかしくなったからなのかは分かりませんでしたが。ですから、すべてが散り散りになり、静かになって、あたかも、雷雨の後で雨が止んで雲が散り散りになっていくのと同じだったのです。そこで、私は一行に向かって言ったのです。「あんなにたくさんの出来事があったというのに、どうして何も生じなかったのでしょうか。ああ、私の希望よ。私はここでこんな下らないものを見て喜んでいたのです。自分の精神を養うのにぴったりした糧を見つけたなんて思って」と。すると解説者が答えました。「少なくともそんな状態に出会えるなんて、誰に分かるもんですか。でもひょっとしたら、あっちにいる人たちなら、いつ誰に顕示してもらえるのか、都合の良い時を知っているかもしれないわね。」そこで、私よりも学識のある無数の学者のうち誰一人として、たった一つの実例でもうまく行なえたという事実を見られなかったものですから、私は言ったのです。「顕示してもらえるかもしれない時まで待たなければならないのでしょうか。私はずっと大口を開けて待ちたくありません。ここから出ましょうよ」と。

第一四章　巡礼は医学を調べました

解剖

それから、彼らは私を自然学と化学の講堂の間にある小さな街路に連れて行ってくれ、それまでとは違った広場のところで止まりました。そこで私は、恐ろしい光景を見たのです。そこにいた人たちは一人の人間をバラバラにして調べていたのですが、肢体を次々と切り離し、その人間の内臓をすべて突き回し、何かをどこかで見つけたと喜んで見せ合っていたのです。そこで私は尋ねました。「えーっ、どうしてあの人たちは、人間を獣でも扱うように残酷に扱っているのですか」と。すると解説者がこう言いました。「ああしなくっちゃいけないのよ。あれはあの人たちの学校なの」と。

植物記述学

やがて彼らは死体をそのままにして、庭園、畑、野原、山に分かれて出かけ、そこに生えているものを見つけると、抱えて運んできて、山のように積み上げたのです。その山は大き過ぎて、検査したり調べたりするのに長い年月をかけても時間が足りないほどでした。また人々は、ちょうど自分の目に触れたり手に触れたりしたものを草の山のなかからつかみとると、切り開かれた肉体のところに走って戻り、その肢体の上で広げて、一方の草と他方の草を長さ、幅、厚さで測り比べたのです。ある者はぴったりだと言い、別の人はぴったりしないと言いました。やがて大声をあげて、いざこざを始めたのです。そればかりか、その草の呼称についても実に大きな諍いが生じました。ですから、彼らのうちで草の名前を最も良く知っていて、測り比べたり評価できる者には、その草で花輪を結って冠をかぶらせ、この学芸の博士と呼ばれるように定めたのです。

治療の実践

それから私は、化膿したり腐敗臭を発したあらゆる類の内外の傷を負った者が彼らのところに運び込まれたり連れてこられたりしているのを見ました。傷を負った者たちが近づくと、彼らは腐ったところまでのぞき込み、そこから出る悪臭を嗅ぎ、凸部や凹部から流れ出す汚物を、吐きたい気持ちになるまで突き回しました。彼らはそれを診断と呼んでいたのです。それから初めて、煮沸消毒し、熱湯消毒し、表面を焦がし、あぶり、焼灼し、冷やし、焼き焦がし、切り、切り落とし、突き刺し、縫い合わせ、結び、薬を塗り、固め、やわらげ、包帯をし、洗い流しました。それ以外のことをやっていたかどうかは私には分かりません。やがて、その傷ついた人々は彼らの手元に運ばれながらも死んでいったのですが、それは彼らの未熟さや不注意によってもたらされたのだと、少なからぬ人々が嘆いたのです。要するに私に分かったことは、彼らの学芸が当の治療者たちに何らかの利益をもたらすことがあるにしても、（たとえ彼らがその天職に満足したいと思っても）多くの、いやとても多くの努力を要する、また大部分が吐きたい気持ちのする労働をもたらすということです。最後に、それは讃辞と同様に多くの不快感をもたらしたのです。ですから、私にとって好ましいものではありませんでした。

第一五章　巡礼は法学を眺めました

最後に、彼らは私をなおもう一ヶ所の広い講堂に連れて行ってくれました。そこでは、著名人がこれほどたくさんいるところは他のどこにもないということを、私は見たのです。その周りにある色塗られたどの側にも四壁、詰め所、垣根、板壁、境界横木、牧場囲、門前遮断棒があり、また、そこを通り抜けるとあれこれの空堀や穴、扉や門、横木や閂があって、そこにはさまざまの鍵、小鍵、留め金が付いていました。彼らは、そのすべてを指し示しながら、どこでどのようにしたら通り抜けできるのかできないのかを分類していたのです。そこで私は尋ねました。「あの人たちは一体何をしているのですか」と。すると解説者は答えてくれたのです。「あの人たちはね、秩序と一致を保つために、どうすれば地上でそれぞれの人が分を守ることができるのかとか、他人のところから自分のところに何らかの所有権を穏便に移すことができるのか、といったことを探究しているのよ」と。それで、「それは素晴しいことですね」と私は言ったのです。しかし、ちょっと見ているだけで、それに嫌悪感を催してしまいました。

法は何を扱うのか

その理由の第一は、私の気づいたとおり、その境界横木に錠を下ろして守ってもらう対象は、人間の魂でも精神でも肉体でもなく、むしろ人間に随伴している事物、すなわち財産だけだったからです。私が見たように、そんなものを守るためだといってあれほどたくさんの極めて困難な労働がなされているのですが、それほどの作業が価するとは思われなかったのです。

それに加えて、その学芸のすべてが、ある人々の恣意に基づいて確立されているだけだということも分かりました。なぜなら、これこれの人にこれこれの事柄が法として指定されていると見なされるように、他の人たちもそのことを法として遵守していたからですし、あるいは、（私がここで気づいたのですが）どの人の頭脳をも混乱させるような仕方で石壁を作ったり空堀を掘ったりしていたからです。ですから、ここでは互いにまったく逆になっている事柄がたくさんあり、それらを処理する際には他の人たちも特有で巧妙な仕方で苦心しなければならなかったので、ついに私は、千年かけてもほとんど何も出てこないような、また、重要性のほとんどないような無用な些事のために、彼らがこのように熱を上げたり汗を流したりしているのが不思議になりました。しかも、彼らはそのことを少なからず自慢していたのです。なぜなら、石壁を破り抜き、多くの場所で空堀を突破し、再びブロックで埋め戻すのが上手にできればできるほど、その人はますます気に入られ、他の人々もそれを大声で称えたからです。しかし、その人に反対して（知能をしぼり出しながら）、垣をめぐらしたり空堀を掘ったりするのはこのようにしなくてはならない、と叫ぶ者もいました。そうです。それで放心状態になり、争いが起きたのですし、分裂が起きると、それぞれが旗幟を鮮明にして、観衆を自分の側に誘い込んだのです。そこで私はその悪ふざけを見て、頭を振りながらこう言いました。「急いでこ

法の基礎

法の複雑さ

こを出ましょう。もう憂鬱になってしまいました」と。すると解説者が怒って言ったのです。「それならこの地上にあるもののうちで、一体どんなものがあんたの気に入るようになるって言うの。気まぐれ頭の人ね、あんたはこの上なく高貴なことだって欠点だけ見ているんだわ」と。そのとき、遍在氏がその人にこう言いました。「彼のところには宗教的な精神の臭いがするようだ。あそこに連れて行こう。そうすれば、少なくともあそこではお気に入りのものを見つけ出せるだろうよ」と。

第一六章　巡礼は修士や博士の学位授与式を見ました

しかし、ああ、そのとき、儀式に呼び集めるかのようなラッパの音が高なったのです。すると彼が、何が起きるのか承知しているらしく、こう言ったのです。私たちもついて行こう。あそこで大したものが眺められるぞ、と。そこで私は、「何があるんですか」と尋ねました。彼は教えてくれました。「アカデミアが、他の人たちよりも熱心で、学芸の頂点に到達した人たちに冠をかぶせるんだ。つまり、他の人たちのお手本になるように冠をかぶせるんだ」と。ですから、私もそんな特別のことをどうしても見たいと思い、また、走って行く群衆を目にしたものですから、他の人たちの後からそこに入って行きました。すると、ああ、そこには、哲学の天頂の下にある人物が紙製の王笏を持って立っていたのですが、その人のところに群衆の中央から、高度な学芸の習得証明をどうしても欲しいと思っている何人かの人々が進み出て行ったのです。その人は彼らの欲求が適切であると称え、彼らがどんな事柄をなす術を知っているのか、また何に関する卒業証明を欲しているのかを申請用紙に記しなさい、と命じました。そこで彼らは、一人が一般哲学の最高位、また別の者は医学の最高位、また別の者は法学の最高位と記入し、それをさらに円滑に進めてもらうために財布から賄賂を出して添えたのです。

ですから、その人は彼らを次々と受け入れ、一人ひとりの額に称号を貼りつけたのです。それは、自由学芸修士、医学博士、民法と刑法の有資格者等々でした。それから、出席者にも不在者にもすべての者に対して、パラスに憎まれるといけないので、この人たちに出会う者は誰でもその称号以外の名で呼ばないようにと命じたのです。それから、彼らと群衆を解散させました。そこで私は、「もうこれ以外には何もないんですか」と尋ねました。すると解説者は言いました。「あんたはどうしてこれで満足しないの。すべての人が彼らに道を譲ることになっている様子が分からないの」と。すべての人がそのとおりに道を譲ってはいたのですが。

それにもかかわらず、その後で彼らが何をするのか是非とも見たいと思い、その学芸の修士たちを見てみると、修士になっても、何かを数えるように頼まれても、測定するように頼まれても、星の名を聞かれても、三段論法を構成するように頼まれても、外国語で話すように頼まれても、自国語で弁論するように頼まれても、そして最後に、読み書きするように頼まれても、いずれもその術さえ知らなかったのです。そこで私は尋ねました。「自由七科の修士が、綴ることも知らなければ、またどんな事柄のなす術をも知らないというのは、一体誰のせいなのでしょうか」と。すると解説者が答えてくれました。「一人がその術を知らなくたって、二人目、三人目、四人目の人がその術を知っているのよ。どこだって、完全な人ばかりってわけにはいかないわよ」と。そこで私は言いました。「だったら、学校時代に時間を費やした後でも、財産を費やした後でも、称号や押印まで賦与してもらった後でも、最後になって一体何を学んだのかと尋ねる必要があるということが分かりますね。おお、こんな出来事から救い出してください」と。すると解説者は言いました。「お利口ぶるんじゃないったら。ひどい目に遭いたくなかったらね。これ以上無駄口をたたいていると、きっと何かひどい目に遭うわよ」と。それで私は反論したのです。「だったら、七十七種類の学芸の修士と博士がいても良いし、またすべての学芸のなす術を知るようにさせても良いし、どんな学芸のなす術も知らないままにさせておいても良いということになるでしょう。私はもう何も言いたくありません。とにかくここを出ましょう」と。

第一七章　巡礼は宗教家の身分を調べました

一　異教徒

それで彼らは、通路のようなところを通って私を連れて行き、円形広場に着きました。そこには、さまざまな形式に基づいた寺院や礼拝所がたくさん建っていて、人々がそこに群がって出入りしていたのです。そこで私たちは、最も近いところに歩いて入ったのですが、そこには、どの壁にも一面に、男女の、また、あらゆる類の獣、鳥類、地を這う虫、樹木、草をかたどった彫刻や銅像がいっぱいかかっており、太陽、月、星の像などもあり、また醜い悪魔の彫刻や銅像までもいっぱいかかっていたのです。ところが、そこに来た人はそれぞれ自分にとって好ましいものを選んではひざまずき、キスをし、香をたき、犠牲を焼いて供養したのです。そこでは、すべての人々が融和しているのが不思議でした。それというのも、ほぼどの人も違った仕方で自分のことしか行なっていないのに、互いに黙認し合っていたからですし、それぞれが心安らかに他の人が自分なりの考えに留まることを許し合っていた（それは、他の場所では私がそれ以降目にしなかったことです）からです。しかし、そういうことがあったとしても、鼻を刺すような悪臭にとり囲まれ、恐怖に襲われたものですから、私は急いで

そこから逃げ出しました。

二　ユダヤ教

タルムード38の形像

ですから私は、白色の小ぎれいな別の寺院に入り込んだのです。そこには生き物の絵図以外のものはありませんでした。しかし、ある者は相手の言うことを否定して頭を振ると低い声で何か言い、またある者はつかみかからんばかりにして耳をふさぎ、犬のような口先をできる限り広げて、狼の遠吠えそっくりの声を出していたのです。そこでは、山のように群がって集まった人々が本のようなものを調べていたのです。私がそこに近づいて行くと、奇妙な彩色画が見えました。たとえば、羽や翼をもった獣とか羽や翼のない鳥、人間の手足をもった家畜とか家畜の手足をもった人間、多数の頭を持った一つの肉体とか多数の肉体を持った一つの頭というものでした。また、尻尾の代わりに頭をつけていたり頭の代わりに尻尾をつけていたりする化け物もいれば、また腹の下に目をつけていたり背中の上に足をつけている化け物もいたのです。また、目、耳、口、足を無数に持っている者もいれば、それらがまったくない者もいたのです。すなわち、すべてが奇妙に転換され、ひっくり返され、折り曲げられ、損なわれ、極めて不釣り合いになり、片側の手足が足の長さだと、もう片側の手足は竿の長さがあったり、また片側が指一本の幅だともう片側は樽の幅になっていたりしたという具合でした。要するにすべてが醜く、信じられないほどだったのです。しかし彼らは、それこそ事実の叙述であると言って、そのすべてがどれほど上品であるかと誉めながら、老人は若者にこれが秘密なんだと見せていたのです。それを見て私は言いました。「しかし、どの人のことを人間って呼べるのでしょうか。あの人たちはあんな嫌な味のするものでも口に合うって言うんですから。彼らから離れて、別のところに行きましょうよ」と。私たちがそこを離れると、彼らも別の人々の間に歩いて行くのが見えたのですが、彼らは皆に気嫌いされ、物笑いにされたり戯れの対象にさせられていました。それを見て、私も彼らを蔑む気になったわけです。

三　マホメット教

私たちは別の寺院に入って行きました。その寺院は丸く、その内部も少なからず丸味を帯びていて、壁に幾つか書かれている文字や、床にある何枚かの絨毯以外には飾りが何もありませんでした。ところで、そのなかにいる人々は、物静かに信心深く振舞い、白装束に身を固め、清らかさをとても愛していたようでした。なぜなら、いつも身を洗い、施しを与えていたからです。その様子を見ていると、私の心のなかに彼らへの慈悲が生じてきました。そこで私は、「あの人たちがああいうことをする根拠とは一体どんなことでしょうか」と尋ねました。すると全知氏が答えてくれたのです。「あの人たちが着物の下にそれを隠して持っているんだ」と。そこで私は近寄って行き、是非とも見せて下さいとお願いしたのです。ところが彼らは、解釈者以外の者は見てはならないのだと、私の願いを断りました。しかし、私はどうしても見たいと思ったものですから、生命の門の管理人である運命様からもらった許可証を見せたのです。

コーランの頂点

すると彼らは、一枚の図表を取り出して、私に見せてくれたのです。そこに描かれていたのはこういう絵でした。一本の樹木が立っていて、一本の根を下方の空中にくねらせ、枝を上方の大地に突き立てていたのです。また、その枝の周囲ではたくさんのモグラが穴を掘っていたのですが、一匹の大モグラが歩き回り、他のモグラたちを呼び集めては労働の指図をしていたというものでした。それから、次のように説明してくれました。上方の地下にある樹木の枝々にはあらゆる類の好ましい果実がなっていて、その果実を静粛で勤勉な小動物たちが掘り出しているのだ、と。そこで全知氏は言い添えました。「それこそこの宗教の頂点なのだよ」と。それで、空中にあると推測されているその宗教の根拠と目的と果実は地中から掘り出されるのであり、目には見えないところにある快楽に将来の楽しみを求め、何やら分からないものを盲目的に探すことである、ということが私には理解できたのです。

そこから出ると、私は案内人に尋ねました。一体全体、彼らはどういうところから、それが確かで正しい宗教的根拠であると結論づけているのでしょうか、と。すると、案内人は、「こっちに来て見てみなさいよ」と答えてくれました。そこで、私たちは寺院から広場へと入って行きました。すると、ああ、そこではあの白装束の、身を清めた人々が、肘の裾をまくり上げ、目を光らせ、唇を噛み、恐ろしい唸り声をあげながら走り回り、出会った者にサーベルを振るい、人間の血で身をすすいでいたのです。私は怖くなって駆け戻り、こう尋ねました。「あの人たちは一体何をしているのですか」と。すると案内人は答えてくれました。「宗教について議論し、コーランが正しい書であることを結論づけているんだよ」と。

コーランについてのペルシアとトルコの争い

そういうわけでしたから、私たちは寺院のなかへもう一度入り直そうとしました。すると、ああ、あの図表を運んできた人々の間にも、私の理解できたところによれば、あの最上位の大モグラについての争いがあったのです。言うまでもなく、その大モグラが一人だけであの小さなモグラたちを管理するのだという者たちもいれば、あの大モグラには助手を二人つけなければならないと言う者たちもいました。そのことについて事態が収まりそうもなく拡大したので、最後にはよそで鉄や火で争議になったのと同じように、自分たちで争い合うようになってしまったのです。それで私は、ついに怖くなってしまいました。

第一八章　巡礼はキリスト教を調べました

そこで、案内人は私が恐がっているのを見て言いました。さあ行こう。キリスト教を見せてやることにしよう。それは、確かな神の顕示に基づいて建てられているので、見事に首尾一貫しているんだ。また、この上なく実直でこの上なく才能に富む人を満足させるために、天の真理を明瞭に光にさらし、吐き気を催させ道を踏みはずした虚構を投げ倒しているんだよ。また、一致と愛とを飾りとしているんだ。それに、これまで無数の敵対者に囲まれても無敵だったし、今でも無敵なんだよ。だから、あんただって、その源泉は神に由来しているに違いないっていうことも、また、正しい慰めを見出せるっていうことも、容易に理解できるね、と。それで私もその言葉に嬉しくなり、そこに出かけたのです。

洗　礼

私たちが来てみると、そこに行くために通り抜けなくてはならない門があるのが見えました。その門は水のなかに建っていて、それぞれの人は水のなかを歩いて渡って門をくぐり、身を洗って、白色や赤色でできた聖餐を次のような誓いと共に受けとらなくてはなりませんでした。すなわち、彼らの法と秩序を守りたい、同じように信じ、同じように祈り、同じ決まりを守りたい、と誓うことだったのです。39 私はその誓いを、何かある高貴な秩序の端緒として好ましいと思いました。

言葉による説教

私はその門をくぐり抜けながら、人々が大勢群がっているのを見ました。すると、なかには他の人たちと服装が違っている人が何人かいて、あちこちの演壇に立って、他の人々に画像のようなものを見せていました。その画像はあまりに巧みに彩られていたので、それを見た者は誰でも、見れば見るほど、ますますそこに目をやらなくてはならないほどでした。ところがそれは、金色とか何か目立つ色で大々的に描かれてはいなかったし、遠くからではさほどはっきりとは分からなかったものですから、遠くにいる者はその美しさに十分に惹きつけられなかったし、近くにいる者はさほど満足できなかった、ということが私には分かりました。

キリストの画像

ところで、その肖像を運んで来た者たちは大いに賞賛し、神の子と呼び、そこにあらゆる類の上品さが描かれていると言い、また、それは天から地に送られたもので、人々がどのように徳を整えるべきかという範例を学びとれると言ったのです。すると、悦びと歓声とが湧き上がり、ひざまずきながら、天に向かって手を上げ、神を称えました。ですから私も、その光景を見ながら声をあげて唱和し、その場所に受け入れて下さった神様を称えたのです。

聖餐式

そのうちに、どの人もその画像に則って形成するようにという忠告をたくさん耳にしました。それから、どの場所でも、その画像を託された人々が小さな肖像を作り、それを包みのようなものに入れて皆に配り、人々はそれを厳かに口に入れているのを見たのです。そこで私は、「あそこで何をしているのですか」と尋ねたのです。すると解説者が答えてくれました。「神の子と連呼されていたあの画像を表面から見ているだけじゃ十分じゃないのよ。内臓のなかにまで取り込まなくちゃならないの。そうすれば、人間はその画像の美しさに同化できるようになれるの。なぜって、そうすれば、この天の薬でいろんな罪がうち負かされるに違いないって言われているからよ」と。そこで私は、そのような処置に満足して、悪を斥ける手段と援助策を備えている祝福された人間として、自分もキリスト者になっていることを喜んだのです。

キリスト者のだらしのなさ

しかし、(彼らの言ったように) つい今しがた神を受け入れたという人々を見回してみると、次から次へと酒盛りしたり、口論したり、不品行をはたらいたり、盗んだりすることに身を捧げている者がいたのです。しかも、信じられないことに、もっと注意して目を見開いて見てみると、大酒を飲んだり酔っ払ったり、格闘し合ったり殴り合ったり、虚言と暴力で互いに盗ったり掠奪したり、奔放に馬鹿笑いしたり飛び跳ねたり、歓声をあげたり狂喜して跳び上がったり、私通したり姦通したり、よそでは見たこともなかったほど悪いことがなされていることが、まったく本当であると分かったのです。要するにすべてが、彼らが忠告されたり誓約したのとはまったく逆になされていたのです。それで私は悲しくなり、嘆息しました。「ああ神様、これはどうしたことでしょうか。私の見たかったものはこんなものじゃなかったのに」と。すると解説者は答えたのです。「そんなに仰々しく驚かないでよ。人間に見習わせるために見せつけられていることはね、完全になるための階段なのよ。でも、人間には弱さがあるから、どんな人にだって完全になるなんてできやしないわ。もちろん、他の人を導いている人たちはもっと完全よ。でも、その案内人の後を追うなんてことは、普通の人間は弱いわけだから、十分になんてできやしないわ」と。そこで私は言いました。「それなら、その案内人のところに行きましょう。そのことを見てみたいんです」と。

説教家の熱のなさ

そこで、その人は演壇に立っている人のところに私を連れて行きました。演壇の人は、なるほどその画像の美しさを愛するようにと人々に忠告していたのですが、どこかおずおずと忠告しているように思われたのです。なぜなら、誰かが言うことを聞いてそのとおりにすればそれで良かったのですが、何も言うことを聞かなくても良かったからです。だが、鍵のようなものを鳴らし、言うことを聞かない者には神の許に入って行く入り口を閉じてしまう力が自分にはあるのだと言う者も何人かはいたのです。だが彼らは、しばらくの間は誰に対しても入り口を閉じはしませんでした。ところが入り口を閉じる段になると、彼らはふざけながらやっているようだったのです。ですから、彼らがそのような閉鎖を大ざっぱにしてはいけなかったのだということが、私にはよく分かりました。なぜなら、少しでも厳正にしたいと思っている者がいると、人々は説教する気かと言って叱りつけたからです。ですから、口で言えない者は、書物でその罪を論難したのです。しかし、人々は非難書を広めていると言って、いきり立った声を上げました。そういうわけで、人々は厳格な者たちを遠ざけて言うことを聞こうとしなかったり、あるいは、その者たちを階段から引きずり落として、自分への非難を和らげようとしていたのです。それを見て私は言いました。「案内人や忠告者を自分の追従者や太鼓持ちにしたいと思う人たちなんて、狂気の沙汰ですね」と。すると解説者が説明してくれました。「地上の歩みでそうなっているのよ。別に問題じゃないわ。あの叫んでいるおしゃべりたちが何をしても良いと許されていたって、誰にも分からないんだけど、思いどおりにならないことってあるのよ。だから、あの人たちだって越えてはならない一線が引かれているところで自制しなくちゃいけないのよ。」

霊界の人々の世俗的生活

そこで私は言ったのです。でしたら、そういうところに行って、彼らだけしかいない場面を見させて下さい。彼らが聖堂から出て自分の家に帰ってからどうやって自分を秩序づけているのか見せて下さい。なぜなら、そこには彼らを制約したり妨げたりする者は少なくとも誰もいないはずだからです、と。そして私たちは、彼らだけが住んでいるところに入って行きました。そこでは、彼らが祈ったり秘密を探究したりしている場面を見出せると思っていたのですが、私はあいにくとんでもない場面を見てしまったのです。すなわち、こちら側では羽布団にくるまっていびきをかいているかと思うと、あちら側ではテーブルの周りに陣どって宴会をして、物が言えなくなるまで詰め込んだり飲み込んだりしていたのです。そうかと思えば、ダンスをしたり飛び跳ねたりする者がいたり、財布や蓋つき金庫や金庫部屋に貯め込む者がいるかと思えば、いちゃついて奔放に身をさらす者がいたり、身に帯びている拍車、短剣、刀、小銃を振りかざす者がいるかと思えば、犬を使って野兎を追いかけ回している者がいたという状態だったのです。そういうわけで、彼らが聖書に費やす時間はこの上なく少なく、いや、ほとんど手にすることがない場合さえ教師であると自称している者がいたのです。私はそれをこの目で見て、言いました。「ああ、私の悲しみを聞いて下さい。こういう人々が天へ導いてくれる者や徳の実例になるんですか。地上ではペテンやまやかしに関わらないものをまったく見出せないものでしょうか」と。すると、彼らのうちの何人かがそれを聞きつけ、私が彼らの異常な生活に嘆いているということに気づいたので、私を横目でにらみつけて不平を言い始めました。もし猫かぶりだとか上辺だけの聖人のような者を探しているのだったら、他のところで探せるだろう。自分たちは寺院で自分の義務を果たす仕方だって、家のなかや人々の間で人間らしく振舞う仕方だって知っているんだから、と。それで私は黙らなければなりませんでした。もちろん、彼らの姿、つまり、白い法衣の上に鎧をつけ、司祭帽の上に鉄兜をかぶり、片手に律法、もう片手に剣を持ち、前方にペトロの鍵を下げ、後方にユダの財布を下げ、精神は文字で磨き上げられながら、心は実益ということを仕込まれ、舌は宗教心に満ちていながら、目は奔放であることが、まさに怪異であるとはっきり分かったからですが。

それから、何人かが説教壇の上でとても巧みにかつ信心深く語っているので、私も他の人たちも、天から降りた天使と変わらないぐらい好ましいと思ったのに、その私生活も他の人々と同じく放埓だということを見ましたから、私はこう言わざるを得ませんでした。ご覧なさい、良いものを流しているラッパですよ。でも、あの人たちは自分で流しているものをつかんでいないんですよ、と。すると解説者氏は言いました。「それだって神の賜物なのよ、神のことを美しく言うことができるっていうこともね」と。そこで私は言いました。「それは神の賜物でしょうけれども、その言葉に溶け込まなければならないんじゃないんですか。」

そうしていると、この人たちの上に（司教、大司教、大修道院長、大会堂司祭長、主教補佐、教区監督、監察官と呼ばれる）上席者が現れ、誰もがその重厚さと高貴さに敬意を表わすのを見て、私は考えたのです。なぜあの人たちは配下の者たちを秩序正しくさせないのだろう、と。私はその理由を知りたいと思って、一人の後について行き、その人の小部屋に入りました。その後、二人目、三人目、四人目等々の人の後にもついて行ったのです。すると、配下の者たちを監視する時間が常にないほど多忙だということが目に留まりました。彼らの職業とは（少なからぬ点で配下の者たちと共通していましたが、それ以外に）教会の（彼らの言うところによれば）収入と財宝の計算記録を扱うことだったのです。そこで私は言いました。「彼らを霊の父と呼ぶことは間違いのように思います。むしろ収入の父と呼ぶことができましょう」と。すると解説者は返事をしました。「神様が賜りたいと思召しになって敬虔な先人から与えられたものを教会が失わないように、あの人たちが世話しなけりゃいけないのよ」と。ところが、彼らのうちの一人（その人はペトロと呼ばれていました）が腰に二つの鍵をつるして来て、こう言ったのです。兄弟よ、私たちが神の言葉を投げ捨てて食卓や金庫に仕えるのはふさわしくありません。評判の良い者を選んでこちらの労働を委ねましょう。私たちは祈りと言葉の奉仕に励みましょう（「使徒行伝」第六章第二〜四節）、と。私はそれを聞いて嬉しくなりました。私の考えでは、それは良い忠告だったからです。ところが、彼らは誰一人その言葉を理解しようと思わなかったのです。すなわち、数え、受けとり、支払うことは自分で直接しながら、祈りや言葉の奉仕は他人に任せるか、すぐに切りあげてしまったのです。

彼らのうち誰かが死んで、上位者の職務を他に移譲しなくてはならなくなると、歩き回っては飛び込んで、口添えを求めている者の姿を、私は少なからず目撃しました。人々はそれぞれ、座席の熱が冷める間もなく、その職務を奪いとろうとしたのです。そこで、空席を埋める役の人は、その人たちに認可の理由について聞きとりをしたのです。ところが、その理由は極めて多種多様でした。すなわち、ある人は自分は血縁者であると叫びました。二番目の人は姻戚関係者である、三番目の人はずっと前から年長者に仕えていたので報酬を期待する、四番目の者は約束してもらったので当てにしていた、五番目の人は正直な親から生まれたのだから相応の立場に就くことを期待していると叫んだのです。六番目の人はよそから乞い求めた賛辞を見せびらかし、七番目の人は贈物をこっそり差し出し、八番目の人は深く高く広い感覚の持ち主だから自分をもっと発展させられる立場が欲しいと言ったのです。さらに、私には何だか分かりませんが、それ以外のこともありました。さて、私はそれらを目にして言ったのです。「こんなことは秩序にかなっていないと思いますよ。身をすり減らして立場を得ようとして争うなんて。その場で指名されるのを待っていなくてはならないと思いますけど。」すると解説者氏は反論したのです。「どうして就きたくない者の名を呼ばなくちゃいけないの。だから、その座席に就きたいという目的を持っているなら名乗り出なくちゃ」と。そこで私は再反論しました。「この世では神のご指名を待たなければならないと、私は本当に考えていたんです」と。するとこう言ったのです。「どうしてあんたは神が天から誰かを指名するって考えているの。神のご指名はね、指名される準備ができている者なら誰にだって意のままに強要できるという年長者のご好意のことなのよ」と。そこで私は言いました。「ここでは教会の奉仕のために誰かを探し求めて就任を促す必要はないことが分かりました。むしろ奉仕職から追い払った方が良いくらいの人ばかりなんですね。何はともあれ、必ずご好意が求められなければならないのなら、謙譲、静粛、勤勉になすことによって、その人たちを教会に好ましく振舞うように努めようとさせなくてはなりません。私が見聞きする状態ではいけないんです。好き勝手にさせたら駄目です。それは無秩序です」と。

キリスト者たちの信仰

私が動じないのを見て、解説者氏が言ってきたのです。キリスト者の生活のなかでは、神学者の場合でも他のところより不平等が多いのは本当よ。けれども、キリスト者は生きているときは悪くても、死んだら良くなるのも本当なのよ。なぜって、人間の救いは業じゃなくて、信仰によるからなのよ。信仰が正しかったら、救いをとり逃がすことはあり得ないの。だから、キリスト者の生活が不確かだと言って気を悪くしないでね。信仰さえ確かなら十分なのよ。

神学者たちの争い

だったら、少なくとも信仰に関してはすべての人が一致しているのですか、と私は尋ねました。するとこう答えたのです。「ほんのちょっと違っていますけど。でも、それがどうしたの。すべてが同じ根拠に基づいているのよ」と。それから彼らは、大きな寺院のまんなかにある柵のようなところの裏側に私を連れて行きました。そこで私は、円く大きな鎖につるされた石を目撃しました。彼らはそれを試金石と呼んでいました。前方の人たちがその石に近づくと、一人ひとりが手で何か、たとえば、金、銀、鉄、鉛、砂、籾殻等々を運んできて、それらで石の周囲をこすって、持ってきたものが吟味に耐えたといって称賛したのです。ところが、見ていた人たちは、吟味に耐えていないと反対したのです。また、彼らは同じように互いに罵っていたのですが、誰も自分のものが非難されるのを許さなかったし、相手のものを承認してやろうとも思わなかったのです。それから互いに悪口を言い、呪い、帽子であれ耳であれ、つかめるところをつかんでは引っ張りあっていました。また、その石についても、どんな色なのかと言い争っている者もいました。青だと言う者も、緑だと言う者も、白だと言う者も、黒だと言う者もいて、ついには、その色は変化するので、押し当てられたものと同じ色に見えるんだ、と言う者さえ見出されたのです。また、石を砕いて粉状にして、どうなるものか調べたら、と忠告する者もいましたし、そんなことはさせまいとする者もいたのです。その上、この石は不和を引き起こすだけだから、取り去って片づければ、人々はもっと容易に照合できますよ、と言い出す者までいたのです。大部分の人たちが、最上位の方でさえ、それらの意見に賛同したのです。ところが、それをも拒む者がいて、そんなことなら命を捨てる方がましだ、と公言したのです。ですから、口論や小競り合いが増大して、少なからぬ人々が打ち倒されました。それでも石は残り続けたのです。なぜなら、それは円くてとても滑りやすく、手を伸ばした者も取り除くことができず、たちまち手から滑り落ちてしまい、柵のまんなかで回り続けたからです。

試金石としての聖書

キリスト者の宗派

その柵から出ると、ああ、寺院の周囲にたくさんの小礼拝堂があるのが見えました。それら別々の礼拝堂に、その試金石のところで照合できなかった者たちが分かれて入って行きました。また、一つひとつの礼拝堂にはかなりの人々が引き寄せられていましたが、集まった人々に、どのように、また何によって他と区別されるかという規則を与えていました。こちらでは、水と火とで自分たちを特徴づけていました。また、掌やポケットに十字架の徴をつねに用意するようにした者たちもいました。また、すべての者が崇拝しなければならない主要な彫像のほかに、さらに完璧を期して、もっと小さな別の像をできる限り多く持ち運んでいる者もいたのです。また、祈る際にはひざまずかない、なぜならそれはパリサイ人のやり方だから、という者もいたのです。奔放な事だといって音楽を受け入れない者もいました。また、霊の内的現象だけで十分だから、誰にも学習させない、とする者もいたのです。要するにそれらの礼拝堂を調べると、至るところに特殊な決まりがあることが分かったのです[40]。

そのうちの一つは最高の礼拝堂で、この上なく飾り立てられ、金と宝石で輝き、なかでは楽しい楽器の音が聞きとれたのです。何をさておき、私はその礼拝堂の方へ引っ張って行かれ、案内人は、この礼拝堂にはどこよりも美しい宗教があるのが見られますよ、と推奨したのです。するとああ、その壁いっぱいに天に行き着く方法を示した人物画がかかっていたのです。そこには、梯子を作って天にかけて登って行く人の彩色画も、何枚かかかっていました。峠や丘を集めた大きな山を登って行く人の絵もありました。翼をこしらえて肩にかける人の絵もありました。また、翼を持つ被造物を捕らえ、どうにかして身をつないで乗り、思い切って飛び上ろうとする人々の絵等々があったのです。それから、さまざまに異なる装いをした司祭の絵もたくさんありました。それは、そうした人物画を人々に示して、その衣裳を公認させるためなのです。すなわち、さまざまの儀式の際に司祭が他と区別できるように人々を涵養するためだったのです。それから、金と緋色の衣をまとった人が最高位を占めて、忠実に仕える臣下や顧問官に格別の賜物を分けている絵もありました。ですから、そこには美しい秩序があるように私には思われましたし、他のどんな絵よりも気持ちが良いとも思われました。しかし、他の諸宗派が脱退して、その宗派の人々を恐れつつ厳しく攻撃し、またあの人たちのすべてを批判し追及しているのが分かると、私もそれらの絵に描かれていることに疑いを抱きました。とくに、絵のところでは控え目に同意したり自己弁護しているのに、一方では石、水、火、剣で騙し、また他方では黄金で騙して人々をおびき寄せているのを見て、疑いを抱いたのです。そればかりか、彼らの間に多くの錯乱、誘惑、嫉妬、追い落とし、その他の無秩序があるのもこの目で見たのです。ですから私は、そこから離れて、新教と呼ばれる他派を見に出かけました。

ところで私は、互いに近い二、三の礼拝堂が歩み寄って一つになろうと協議しているものが幾つかあるのを見ました。しかし彼らの間でも、どんなに手を尽くそうとも、互いに和解できる方法に行き当たることができませんでした。なぜなら、いずれも頭のなかで把握していたものに固執し、同じ考えを他にも押しつけようとしていたからです。愚かな者は、自分たちの頭に突然浮かんだものを主張することがありましたし、狡猾な者は、相手を騙せる策略を見出すと、そのやり方で近づいたり離れたりしたのです。それで私は、当のキリスト者の悲惨な紛糾ともつれに、ついに怒り出しました。

実践的キリスト者

だが、錯乱に関わりを持たない者にも若干は出会ったのです。彼らは歩くときも沈黙を守り、あたかも熟考しているかのように静かで、また物静かに天を見上げ、誰に対しても愛想良く応対していました。また、彼らの様子は見すぼらしく、ボロをまとい、飢えと渇きでやせ細っていました。ところが、他の人たちは彼らを笑い者にしたり、後ろからはやし立てたり、口笛を吹いたり、引っかいたり、引っ張ったり、馬鹿にして二本指で触ったり、足を押えてつまずかせたり、悪口を浴びせかけたりするばかりだったのです。それでも彼らは、盲者や聾唖者であるかのようにすべてに耐え、人々の間を歩んで行ったのです。彼らが樹皮におおわれたようなところから出入りしているのを見て、私もついて行って、何を手に入れているのか調べてみたいと思いました。ところが、解説者はこう言って引き止めたのです。「そこへ行って何をしたいの。あんたも笑い者にされたいの。どうして、あんたはそこまでして行かなくちゃならないの」と。それで私は、そこへ行くのを諦めました。しかし、ああ、私は、呪われた欺瞞氏に騙されたので、探し損ねてしまったのです。そこで、天と地の中心も、満ち足りた慰めへと導いてくれる道をもとり逃がし、再び地上という迷宮がもたらすもつれに引き戻されてしまったのです。ですから私は、神が私をお救い下さり、迷いから元の道へと引き戻して下さるまでは、もつれのなかにいることになったのです。いつどのように神の救いがなされたのかについては、後でお話します。しかし、そのときは判断できませんでした。それどころか、上辺の平安と安楽を求めていたので、他のところを急いで眺めたいと思ったのです。

なおこれ以外で、この街路でどんなことに出会ったのか言わずに済まないことがあります。それは、遍在氏が、聖職者の間に身を置きなさい、と私を説得したことです。さらに、その身分に属するのは私の運命だと、請け合ってもくれたのです。しかし実を言えば、彼らの慣習がすべて好ましいわけではなかったとしても、その身分に属するのは私の気持ちにかなっていました。それで私は、その誘いに乗って、帽子と頭巾をかぶり、他の人たちと一緒にあちこちで説教壇に上がりました。すると、私の教区民だという人々が紹介されました。しかし、その人たちを見ると、一人は私に背を向け、二人目は首をひねり、三人目は私に向かってまばたきをし、四人目は拳骨で脅し、五人目は馬鹿にして二本指を突き出したのです。最後には、何人かが私を怒鳴りつけ、私を追い払って別の人を据え、あんなことをしゃがって、これでもお釣りが来るんだ、と言って脅したのです。私は怖くなって逃げ出し、案内人たちに言いました。「こんな憐れな地上の姿がありましょうか。すべてが滅茶苦茶です。」すると解説者が言い返したのです。「当然よ。どうしてあんたは人を苛だたせないように注意して振舞わないの。人々と一緒にいたいのなら、どこでも石頭よろしく切りつけるんじゃなくて、自分を人に合わせなくちゃならないのよ。」そこで私は言いました。「私にはもう何も分からなくなりました。こんなことなら、何でもなるがままにしておけば良いんだ。」「そうしちゃいけない。私たちはヤケになっちゃいけない。あんたは、ここのことができなくたって、他のことならできるだろうよ。さあ、こっちへ来て、もっと見て回ろう」と。そう言うと彼は私の手をとって、他のところに連れて行ってくれたのです。

第一九章　巡礼は君主の身分を眺めました

それから私たちは、別の街路に行ったのですが、そこには四方に高い椅子や低い椅子があり、人々はそれらの椅子に座っている人々を、地方太守閣下、地方長官閣下、市長閣下、執政官閣下、摂政閣下、城代閣下、宰相閣下、代官閣下、判事閣下の方々、慈悲深い国王、公爵、領主と呼んでいたのです。そこで解説者が説明してくれました。「さあ、あんたの前にいる方々は、裁判をして宣告を下し、悪を罰し、善を保護し、地上で秩序を維持していらっしゃる方々なのよ」と。そこで私は返事をしたのです。「これはもちろん素晴しいことですし、人類に不可欠なことだと思います。ところで、これらの人々はどこから連れてこられるのですか」と。すると、解説者は答えました。「こうなるために生まれついている者もいれば、すべての人たちのなかで最も賢明だとか、最も体験しているとか、正義と法に最も通じていると認められたので、生まれつきの上位者方や地域の人々から選ばれた者もいるのよ。」そこで私は、「それは素晴しいですね」と言いました。

それから私は、その場で眺めるのを許されました。すると、その席を買いとって就任する者もいれば、懇願したり、へつらったり、腕力を使って席に就く者もいるのを見たのです。それを見て、ご覧よ、ご覧、何という無秩序なんだ、と叫びました。すると解説者が言ったのです。「お黙り。詮索好きな人ね、もしも聞かれたら、あんたが不幸になるわよ」と。しかし、私は尋ねました。「あの人たちは、どうして選んでもらうまで待っていないのでしょうか」と。すると、その人の答えはこうでした。「おや、まあ。あの人たちは自分たちが選ばれるのを疑っていないし、その労働をうまくやる仕方も知っているのよ。他の人たちがあの人たちを受け入れるなら、あんたにどんな関わりがあるの」と。

ふさわしくない者が公務に昇進させられる

それで私は黙り、眼鏡をかけ直しながら、注意深くその人たちを見ると、予期しない事柄を目撃できたのです。彼らのうちのほとんどは、身体器官がすべてはそろっておらず、どうしても必要なものも十分には備わっていませんでした。つまり、耳がないので臣下の不満を聞きとれない者、目がないので自分の前にある無秩序に気づかない者、鼻がないので法に刃向かう悪党の陰謀を嗅ぎとることができない者、舌がないので物言わぬ者のために発言できない者、手がないので正義の意見を遂行できない者がいたのです。いや、多くの者には心がないので、正義の命じることを行なうことができなかったのです。

ふさわしく公務を果たす者の災

ところが、すべてを備えている者は呪われているということにも気づいたのです。なぜなら、それらすべての器官に絶えず何かが飛び込んでくるので、食べることも眠ることもできなかったからです。それとは逆に、他の半分以上の人々は怠慢な生活を送っていたのです。そこで私は尋ねました。「裁判や法のために必要な器官のない人たちに、なぜ裁判や法を委ねるのでしょうか」と。すると解説者は、私が不可欠だと思っている事柄は関係のないことなのよ、と言ってから、その理由を説明してくれました。「なぜなら、『素振りを見せる術も知らぬ者は支配する術を知らぬ』と言われているからよ。だから、他人を支配する者は、たとえ自分で見たり聞いたり理解できるとしたって、頻繁に見たり聞いたり理解しちゃいけないのよ。あんたは政治のことに未経験だから理解できないのよ」と。しかし私は反駁したのです。「でも、はっきり言いますが、彼らのところにはあるべきものが確かに何もないことが分かりました。」すると解説者は言いました。「黙りなさいって、あんたに忠告しているのよ。利口ぶるのをやめないと、嫌なところに入れられるのよ。裁判について論じるのはね、首切りにまで及ぶってことをどうして知らないの」と。それで私は口を閉じ、黙ったままますべての事柄に目をやりました。そこで、とり立てられた椅子のところで目撃したことについて、その罪状をすべて列挙しようとは思いませんが、二つだけ触れておきましょう。

裁判官たちの頻繁な不当行為の描写

私は元老の法廷に留まって、その様子を見つめました。そこで裁判官閣下の名において見たのは、無神論、喧嘩好き、鵜飲み、的外れ、えこ贔屓、金亡者、収賄、無検査、無知、無関心、性急、投げやりといった者たちでした。ところで、そこでのすべての長である裁判長ないしは主席は「かく思召す」閣下でした。そこで私は、彼らの名からして、通常どんな裁判がなされているものか、すぐに推測し始めたのです。すると、私の目の前でちょうど事件が起きました。実直という女が告発者から告訴されたのです。それは、彼女が善良な人々を中傷しようとして、守銭奴のうちでも貪欲者だとか、酔っ払いのうちでも大酒飲みだとか、その他は私には分かりませんでしたが、言いがかりをつけたということでした。証人として陰口、嘘、邪推の三人が連れてこられました。ところで、一方ではお追従が、他方では無駄話が裁判の法廷弁護人に任じられたのですが、実直さんはそういう人は必要ないと言いました。そこで実直さんは、自分がなぜ告訴されたのか知っているかと尋問されると、愛しい裁判官様、存じております、と言い、こう付け加えました。ですから、私は出頭しているのです。私は違ったことは申しません。神様、私をお助け下さい、と。そこで、裁判官たちが集まって賛否の意見を交わしました。無神論判事は言いました。「もちろん、この娘の言うとおりだ。しかし、彼女はなぜこのような無駄口をたたかねばならぬのか。このままにしておけば、恐らく私たちをも口で打撃を与えようとするだろう。ゆえに、彼女が罰せられるように私は提案する」と。喧嘩好き判事は言いました。「もちろんだ。こんなことが一度でも放置されたら、他の者たちも許してもらおうと思うだろう」と。鵜飲み判事は言いました。「私には、そもそも何がどうだったのか分からない。しかし、告訴人がこれほど重大視しているのだから、告訴人を悩ませているということは分かる。ゆえに、彼女を罰することにしよう」と。的外れ判事は言いました。「私は、あのたわごとを言う女が自分の知っていることを何でも言いふらすということが最初から分かっていた。ゆえに、彼女の口をふさぐ必要がある」と。えこ贔屓判事は言いました。「被害者は私の良き友人なのだ。ゆえに私のためにも、この女は少なくとも彼に気を配るべきであったし、そんな駄洒落を言うべきではなかったのだ。ゆえに、罰せられて然るべきだ」と。金亡者判事は言いました。「いや、ご承知のとおり、あの告訴人は自分がどれほど気前の良い人間かを見せたのだから、あの男は弁護されて当然なのだ」と。収賄判事は言いました。「そのとおりだ。彼の訴えが不問に付されるなら、私たちだってありがたくはない」と。無検査判事は言いました。「私には類似の判例が分からない。それ相応で我慢しなさい」と。無知判事は言いました。「皆さんがいかなる判決を下しても私には理解できないので、私はそれに同意する」と。投げやり判事は言いました。「どんなことでも、すべてに賛成する」と。無関心判事は言いました。「この訴訟を放置しておきたいと思わないか。おそらく後になったらはっきりするのじゃないか」と。性急判事は言いました。「駄目だ。即刻判決を下せ」と。そこで、裁判長閣下は言ったのです。「もちろんだ。誰に気兼ねする必要があるものか。法の欲するところを妨げてはならないのだ」と。それから彼は立ち上がり、決定を下しました。「この多弁な女は、あらゆる仕方で善良な人々の感情を害するという、あまりの不作法に専念しておるので、浮いた舌を抑えるため、また、他への見せしめとして、平手打ち四十回を一回減じて与えよ。これが決定である」と。そこで、告訴人は法廷弁護人や証人と一緒におじぎをし、この正当な審判結果に礼を述べたのです。実直さんにも、その結果が伝えられました。しかし、彼女は泣いて手をもじったのです。すると彼らは、彼女が法を尊重しないのだからもっと厳罰を科されなければならないと言って、彼女を捕らえて懲戒するために連れて行きました。私はその絶えざる不当行為を見て、我慢できなくなって声に出して叫びました。「ああ、地上の裁判がすべてこのようだとしたら、全能の神よ、決して裁判官にならないで済みますように、また、どんな人とも法廷で争わないで済みますようにお助け下さい。」すると解説者が、お黙り、狂人め、と言って、私の口に拳を突きつけました。それから、「ああ、あんたはあの女ほど悪い非難はしていなくても、きっとあの女と同じように罰せられるわ」と言ったのです。すると、ああ、告訴人がお追従弁護人といっしょに、私に対する証言をし始めたのです。私もそれに気づいて怖くなり、ほとんど気を失わんばかりになって、どこを通ってどうやって脱出したのかも分かりませんが、そこから逃げ出したのです。

法廷弁護人の不条理

私は法廷の入口まで出てきてから一息つき、目を見開きました。すると、訴状を持って裁判所にやって来るたくさんの人々を見たのですが、彼らはすぐさま（無駄話、お追従、歪曲、裁判引き延ばし、その他の）法廷弁護人のところに駆け寄り、援助を要請していました。しかし、法廷代理弁護人たちは、誰がどんな訴訟をするのかではなく、むしろ、どんな財布を持っているのかを最初に調べたのです。それから、どの法廷弁護人も（神学者の間では見たこともない）自分の法典を熱心に運んできて、熱心にのぞき込んでいたのです。ある判例集の上には「大地の貪欲なかみつき」という表題が、またある判例集の上には「大地の略奪的なごまかし」という表題が見えました。しかし、もはやそれ以上見たいとも思いませんでしたから、私はため息をつきながら後にしました。

諸侯の絶対的な支配

すると全知氏が言ったのです。まだ最も良いものが残っているんだ。来なさいよ、そうすれば、王や大公やその他の世襲権で臣下を支配している人々の処置を見られるよ。それだったら、恐らくあんたの気に入ると思うがね、と。そこで私たちは、再びあるところに入って行きました。ああ、その場所では、道具でも使わなくては登って近づけないほど高くて広い椅子に腰かけた人々がいました。言うまでもなく、その人たちは皆、両耳の代わりに長い管のようなものを付けていたので、話したい者は話したい事柄をその管に向かってささやかなくてはなりませんでした。しかも、管は曲がりくねって穴だらけだったので、多くの言葉は頭まで届かないうちに抜けてしまい、たとえ行き着いても、大部分が変化してしまうのです。それで、話している人に必ずしも回答が与えられるわけではないし、誰かが大声で叫んでも、君主たちの頭脳に声を届かせられるわけでもないということに、私は気づいたのです。ときに回答が与えられることがあっても、的を射たものではないのです。同じように、目や舌の代わりにも管があったのですが、そんなものを使うわけですから、事実と違って見えることが頻繁でしたし、恐らく君主自身が思し召すのと違った回答がなされることも頻繁でした。それが理解できたので、私は尋ねました。「でも、一体どうしてこの管を取り除いて、

高官たちのごまかし

他の人たちのように自分の目、耳、舌で直接に見たり、聞いたり、答えたりしないのでしょうか」と。すると解説者が答えてくれました。「上位の人物で威厳ある地位の方々なら、とり巻きを置かなくちゃならないのよ。あんたには、あの方々が目や耳や舌を煩わしても構わない農夫のような者と同じに見えるの」と。

顧問官たちによる不都合

そのとき、玉座の周りの人々がやって来たのですが、彼らのうちには、管を使って君主の耳に何かを吹き込む者、君主の目に別々の色のついた眼鏡をかけさせる者、君主の鼻の下で何かの香をたく者、君主の手を折り曲げたり伸ばしたりする者、君主の足を組んだり元に戻したりする者、君主の足下で椅子を直したり固定させたり等々する者がいました。私はそれを見て「あの人たちは誰なのですか、また、何をしているのですか」と尋ねたのです。すると解説者は答えてくれました。「あの人たちはね、国王や偉大な君主に進言する枢密顧問官なのよ」と。そこで私は言いました。「私なら、その地位に就いても、あの人たちにあんなことをさせてはおきません。それどころか、自分の身体の使い方も行動の仕方も勝手にさせてもらいたいですね」と。すると、その人は反論したのです。「一人の人間が自分だけを基準にしちゃいけないし、それは一人の人間に許されてもいないのよ」と。そこで私はまた言いました。「でしたら、偉大な君主たちは農夫よりも憐れなんですね。だって、他人の意思によらなければ身動きできないように縛られているんですから」と。すると、その人は反論してきたのです。「しかし、そうした方が一人でやるよりも確かなのよ。ほら、あれをご覧」と。

顧問官がいなければさらに不都合

私がそちらに目をやると、ああ、その椅子に腰かけている者たちが他の人たちに口を挟ませないようにして、進言者たちを追い払ったのです。それは私の希望にかなうことでした。ところが、私はすぐに別の不都合を目にしました。言うまでもなく、その追い払われた若干の者の代わりに他の多くの者がやって来て、君主の耳や鼻や口に吹き込んだり、目にさまざまに覆いをしたり、覆いを取りはずしたり、手や足をあちこちに伸ばそうとしたからです。それは、やって来た者は皆、自分の利益になる方向に君主を連れて行ったり引っ張って行こうと思ったからです。そして、憐れな君主のなかには、何をしたら良いのか、誰に命じたら良いのか、誰を避けたら良いのか、またすべての事柄をどうやって脇へどかしたら良いのか、分からなくなる者まで出ました。そこで私は言いました。「すべての者にあんな大騒動を起こされるよりは、選ばれた何人かに身を守られる方がましなことは分かりました。しかし、どうにかしてほかのやり方でできないものでしょうか」と。すると、その人は反論してきたのです。「どうしたら他のやり方でできるっていうの。この天職はね、すべての人々から不満、訴え、要求、願い、論点、反論を受けとって、すべての人々に正義を授けなくちゃならないのよ。だから、あの人たちが今しているままにさせておきなさいな」と。

投げやりな君主たち

それから、彼らは私に何人かの君主たちを見せてくれました。その君主たちは、自分を安楽にさせようと工夫したり整えたりする者以外は誰も近づかせなかったのです。ですから、私が君主たちのところで見た人々は、君主のとり巻きになったり、身体をさすったり、枕を敷いたり、鏡を目の前に置いたり、扇子で微風を送ったり、羽毛やクズを拾い集めたり、衣類や上靴にキスしてもいたのですが、それらはすべて上辺だけのものでした。君主から排出される唾や鼻汁をなめて、甘いと喜んでいる者さえいたのです。しかし、そんな光景は私にはまったく好ましくありませんでした。なぜなら、そうした君主たちのほとんどの椅子は多少とも揺れており、忠実に支える者たちがいなくなると、君主が予期しないうちに、その椅子もろとも不意にひっくり返されてしまったからです。

巡礼の危険な出来事

それが目の前で起きたのですが、ある一人の君主が、椅子が突然揺れて砕けてしまい、大地に投げ出されたのです。すると、ああ、人々の喚声がして、背後から見ていると、人々は別の人を連れてきて椅子に据え、前よりも良くなるだろうと歓声をあげているのが見えました。そして人々は、その君主のとり巻きになり、支持し援助しました。[41] 私も、それが共通善に十分に役立つと考えた（なぜなら、人々がそう言っていたからです）ので、その人たちに近づいて行って、ほんの少し加担しました。すると、私を賞賛する者もいたし、憎しげに横目でにらむ者もいました。そのうちに、前の君主が自分の軍隊を集めて、棍棒を持って私たちの間に入ってきて、群衆に殴りかかりました。それで、皆は追い散らされて離れ離れになり、首をはねられた者もいたのです。私は不安に襲われていたので思い出せないのですが、ついに、案内人の全知氏が、前の君主たちが自分以外の者を王座に据えたり援助の手助けをした者を追捕しているのを耳にして、私にも逃げなさいと言って、手を引っ張ったのです。ところが欺瞞氏は、逃げる必要なんかないわよ、と言ったのです。それで私は、どちらの言葉に従うべきかあれこれ考えていると、振り回されている棍棒に当たってしまいました。それから私は、失神から立ち上がると、ようやく隅に逃げ込んだのです。こうして、椅子に腰かけることも、その周りにいることも、あれこれの仕方でその椅子に関わりを持つのも危険だということが理解できました。それで私は、ますますここから出たくなり、もはや決して戻るまいと決心したのです。私はそれを案内人たちに話しました。「登りたくない者を山に登らせないで下さい。私も登りたくない者です」と。

それというのも、あの人たちは皆、地上の支配者と呼ばれたがっているとしても、至るところに不実が満ちているのに気づいたからです。なぜなら、君主が領民に自分との対話を管でさせようとも、他人の教唆によって布告をしようとも、正義と同じだけ多くの不正行為があるのを見ましたし、楽しそうな声と同じだけ多くのため息とうめき声を聞きましたし、正義には邪悪を、権力には裁判を混ぜ込んでおり、市役所、裁判所、書記官室は正義と同様に不実を

正義の処置の滑りやすさ

も製作する作業場であり、地上の秩序の守護者と称されている者であっても、秩序と同様（いやむしろ）無秩序の守護者である場合が多いことも、はっきりと理解できたからです。

ですから私は、この身分には多くの虚しさと輝ける悲惨とが隠されているのを見たので、彼らに別れを告げて去りました。

第二〇章　兵士の身分

そうして私たちは、最後の街路に入って行ったのです。するとその街路では、すぐ最初の場所に少なからぬ人々が赤い衣類を着て立っており、近づいてみると、次のようなことについて話しているのが聞こえました。それは、死に

翼を与えて、遠くからでも近くからと同じように一瞬で駆けめぐることができるようするにはどうすれば良いのか、という話だったのです。また、長年かけて建てた建物を一時間も経たないうちに壊すにはどうすれば良いのか、という話もありました。

人間の残忍さ

私は、そんな話を聞いて怖くなってしまいました。なぜなら、これまで私が見てきた人間の行為は、人間を質量ともに発展させるとか、人間生活を安楽にすることについての話と労働だったのに、そこの人たちは人間の生命と安楽を奪うことで相談していたからです。すると解説者は答えてくれました。「この人たちのしようとしていることも、これまでの人たちと同じなのよ。やり方がちょっと違うだけなの。それはとくに、障害になるものを片づけるっていうやり方をしているところなの。後になれば、あんたにだって分かるわよ」と。

そのうちに、私たちはある門のところに来ました。その場で私は、何人かの人が門番として徴兵太鼓を持って立っているのを目にしたのです。その人たちは、門に入りたいと思っている一人ひとりに、財布を持っているかね、と尋ねていました。入ろうとしている人が財布を見せて中を開けると、彼らはそのなかに小銭を投げ込んで言ったのです。生皮のお代を受けとりな、と。それから門番たちは、その人たちを穴倉のようなところに連れて行って、鉄製の刀剣と火銃で武装させてから、もう一度そこから連れ出し、広場をずっと進んで行くようにと命令したのです。

私は穴倉のなかのものを見たくてたまらなかったので、すぐそこに入って行きました。すると、ああ、壁中いっぱいに、壁の端が見えないほど多く、地面の上にもいっぱいに、この上なく高い城ほど高く、多種多様の残酷なものが、かけられたり山と積まれていたのです。それらは、突いたり、切ったり、切り裂いたり、突き刺したり、切り刻んだり、挟んだり、切り殺したり、引き裂いたり、焼いたりする、要するに、生命を奪うための鉄製、鉛製、木製、石製の道具でした。またその量は、何千という大量の荷車でさえも運びきれないほど多かったのです。それで私はついに怖くなって、こう尋ねました。どんなにどう猛な獣に使うためにこんなものが準備されているのですか、と。すると解説者はこともなげに、「人間に使うためなのよ」と答えたのです。そこで私は言いました。「人間にですって。ああ、私は、何か荒れ狂った獣かどう猛で狂暴な肉食獣に使うのかと思っていました。それなのに、おお神よ、人間が人間に使うためにこんな恐ろしいものを考え出すなんて、何と残酷なんでしょう」と。するとその人は、「どうしてそんなに感傷的になるの」と言って笑い出したのです。

兵士の生活の乱れ

私たちはその穴倉から出て、さらに下って行くと、広場に着きました。そこでは、ああ、鉄製の鎧を着て、鉄製の角と爪をつけ、ひと固まりの群れになって一人ずつ順につながれている人々を見たのです。彼らは飼葉桶や水桶のところで横になっていました。彼らに食わせたり飲ませたりする際は、それらの桶に食物があけられたり飲み物が注がれたりしていました。すると彼らは、次々と他人を踏み台にしてはい登り、貪り食ったり、音を立てて飲んだのです。そこで私は言いました。「一体どうしてここで屠殺場行きの豚たちが食わせてもらっているのですか。私が見ている顔つきは人間ですが、行ないは豚と同じですよ」と。すると、こう説明してくれたのです。「こうするのがこの身分の人たちの安楽なのよ」と。そのうちに彼らは、飼葉桶から離れて立ち上がると、浮かれたり、飛んだり、跳ねたり、歓声をあげ始めました。すると解説者が質問してきました。「ご覧。あの人たちの生活が快楽に満ちているってことが分かるかしら。あの人たちに心配事なんてあると思うの。ここにいることが楽しいんじゃないの」と。そこで私は返事をしたのです。「これからどんなふうになるのか、様子を見てみましょう」と。ところが、そう言っている間に、彼らは手当たり次第に他の身分の人々を追いかけて捕らえたり略奪し始めたのです。その後はごろごろして、恥じらいなく、神への恐れも抱かずに男色や破廉恥行為に耽っていたので、ついに私は恥ずかしくなって抗議の声をあげました。ああ、彼らはこんなことをするのは許されていないはずだ、と。すると解説者は、こう言って彼らを弁護しました。「いえ、許されているに違いないわ。なぜって、この身分の人たちはあらゆる類の自由を欲しているからなのよ」と。それから彼らは、座り直すと貪り食い、物が言えなくなるまで食物を詰め込んだり飲み物を流し込んだりして、倒れていびきをかいて寝てしまったのです。やがて時が過ぎると、徴兵業者は彼らをある広場に連れて行ったのですが、そこでは彼らは、雨、雪、雹、霜、みぞれ、渇き、飢え、その他のあらゆる類の悪徳を浴びせかけられて、少なからぬ者が身震いをし、がたがた震え、身をぼろぼろにし、へたばって死んでしまい、そうなった者は皆、犬や渡り鳥の餌になってしまいました。それでも、他の者はまったく気にかけず、依然として放蕩を続けていたのです。

戦闘の描写

それから、太鼓が打たれて合図が出され、ラッパが高鳴り、騒音と叫び声が起こりました。すると、ああ、それぞれの人が立ち上がって、小刀、猟刀、銃剣、その他自分の持っているものをつかんで、情け容赦なく互いに襲いかかり、ついには血を飛び散らせ、この上なく非情な肉食獣よりも残忍に互いに切りつけたり、切り込んだりしたのです。こちらではどよめきが四方八方に広がったかと思うと、あちらでは馬の蹄の音、甲冑の鳴る音、刀の音、弓の音、飛ぶ矢や弾丸で耳に聞こえる音、ラッパの音、太鼓の音、戦闘をけしかける者の叫び声、勝利者の叫び、負傷者や死ぬ者の叫びが聞こえました。また、こちらでは、恐ろしい鉛の雹が降るのが見えましたし、あちらでは、驚くべき火の雷鳴と轟音が聞こえました。そちらでは、別々の人の手、頭、足が飛び散っており、一人の人の上に別の人が折り重なって倒れ、すべてが血だらけになったのです。そこで私は嘆息して言いました。「ああ、全能の神よ、どうしてこんなことになったのでしょう。この地上は滅びなくてはならないのでしょうか」と。私はほとんど思い出せませんが、どうやってどこを通ったのかも分からず、その場から逃げ出し、ちょっと一息つきながら、しかし震えながらですが、一行に向かってこう言って抗議しました。あなた方は私を一体どこに連れてきたのですか、と。すると解説者は答えました。「あんたって意気地のない人ね。人間になるにはね、虐待しても差し支えないのよ」と。「だとしても、あの人たちは一体なぜあんなことをしたんですか」と私は尋ねました。するとその人は答えました。「君主たちが仲違いしたからよ。それで、その問題を平定させなくちゃならなかったのよ」と。そこで「あんなふうにして、彼らが和解させることになるんですか」と反問しました。すると解説者は答えたのです。「もちろん和解させているのよ。なぜって、裁定する裁判官のいない大公や国王や王国を誰が和解させられるの。あの人たちはね、自分たちの事柄を剣で解決しなくてはならないのよ。鉄で身体を守ったり火で焼き焦がしたりするのが他人より上手にできる者が頂点に登るのよ。」そこで私は嘆いて言いました。「おお何という野蛮でしょう。獣と同じです。平和になるための別の道がないものでしょうか。こんな仕方で平和を目指すのは、人間ではなく野性の獣にふさわしいです」と。

そのうちに、少なからぬ人々が手、足、頭、鼻を切り落とされ、肉体に銃創を負い、皮膚を傷だらけにし、まったく血で汚れて、戦場から連れてこられたり、運んでこられるのを目にしました。私は可愛想で、その人たちをほとんど見ることができなかったのですが、解説者は説明してくれたのです。みんな治療されるのよ。兵士は何事にも動じちゃいけないのよ、と。そこで私は反論しました。「それじゃあ、あそこで首をなくした者はどうなるんですか」と。

するとその人は答えました。「生皮のお代はもう支払い済みなのよ」と。そこで私は、「どのようにして支払ったんですか」と尋ねました。するとその人は、こう反論したのです。「あの人たちにあらかじめどんな安楽が授けられたのか、あんたにはどうして分からないの」と。そこで私は言いました。「だからといって、あの人たちはどんな不都合も受け入れなくてはならないのですか。しばらくの間、快楽だけが先行しても、すぐに屠殺場に行かなくてはならないから食わせられるというのは、人間にとって悲惨です。この身分はどんなことになっても嫌悪すべきです。好きになれません。好きになれません。ここから出ましょう」と。

第二一章　騎士の身分

すると解説者は言いました。せいぜいご覧なさいな。ここで英雄的に振舞ったり、剣、槍、矢、銃弾で成果をあげる者がどんなに名誉であるかをね、と。それから、私を宮殿のようなところに連れて行ってくれました。そこでは、

廟蓋におおわれた玉座にあって、とりわけ他の者よりも勇敢に振舞った何人かの者を呼びつけている人を目にしました。それで、敵からもぎとった頭蓋骨、大腿骨、肋骨、握り拳と、敵から奪いとった財布や銭袋を携えて、多くの人々がやって来たのです。彼らはそれらのもののお陰で賞賛を受けたのです。また、廟蓋におおわれた玉座にいる者が、何らかの彩色がほどこされたものを称賛の徴として彼らに与えたのです。それは、他の人々にはない特別な何らかの自由を与えられたという徴でした。ですから彼らは、それを竿の先に引っかけ、すべての者に誇示できるようにしたのです。

爵位は何に対して授与されるか

そうして見ていると、それまでのように戦士ばかりではなく、職人や著作家も少なからずやって来ました。彼らには、先述の人々のような傷跡や敵から奪いとった獲物はありませんでしたが、自分が元々持っていた財布、ないしは、書物で書きなぐった金釘文字があったので、それらを見せ、差し出して、献上しました。それで、彼らにも先の者に与えられたのと同様のものが与えられたのです。いや、たいていは先の者たちより豪華な勲章が与えられ、先の者たちよりも豪華な大広間に通されたのです。

私が彼らの後について行くと、その人たちが群がって散歩しているのを目にすることができました。彼らは、頭には羽毛を載せ、踵には拍車を付け、腰にはコルセットの鋼を巻いていました。私はそこに近づけなかったのですが、それは幸いでした。なぜなら、すべての場合ではありませんが、彼らの間に入り込もうとした他の人たちの間で事態がどれほど丸く収まらないかをすぐ目にしたからです。言うまでもなく、へまをして彼らの腰に近づき過ぎた者や、十分脇に身をそらせなかった者や、十分に膝を下に曲げられなかった者や、その称号を十分に正しく言えなかった者は、拳骨を見舞われたのです。それを見て怖くなった私は、ここを出ましょう、とお願いしました。しかし全知氏は言ったのです。「もっと良く見なさいよ。でも注意だけはしなさいよ」と。

貴族たちの全般的な罪

ですから、彼らの行ないがどのようなされるものか、私は遠くから眺めました。すると、この目で見た彼らの労働とは、（言われているとおり、この身分の自由に従って）舗道を闊歩すること、馬にまたがること、グレーハウンド犬を使って兎や狼の猟をすること、農夫に賦役させること、彼らを塔に閉じ込めたり釈放すること、多種多様な料理を並べた長いテーブルについて、その下でできるだけ長く足を伸ばすこと、両足を絡み合わせて指にキスすること、双六やサイコロで巧みに遊ぶこと、猥せつで淫らな事柄を恥ずかし気もなく大声で話すといった類のことだったのです。ところで、彼らの言うところでは、彼らの行なっていることはどんなことでも貴族的であると言われるようになっており、光栄な人間以外には誰もその人たちと交わることができないということが、自由の証として彼らに保証されていたのです。なお、自分たちの盾の寸法を一緒に測っている者もいたのですが、一方を他方と比べて、他人よりも大きくて古めかしいものを持っている者が、いっそう尊敬されたのです。他方、新しいものを持ってきた者には、他の人たちは頭を振ってだめだと合図していました。そこではさらに他のさまざまな事柄も見たのですが、私には奇妙で稚拙にしか見えませんでした。しかし、すべてをお話しなくても良いでしょう。ただ、私はそれらの虚しさを十分に目にしたので、案内人たちに改めてもうここを出ましょうとお願いし、それが叶えられたということだけを申しておきましょう。

私たちが歩いていると、解説者はこう説明してくれました。さて、もう人間の労働と苦役を調べ終えたんだけど、あんたは、ひょっとしたらこの人々には労働以外に何もないんじゃないかと想像して、気に入らなかったんじゃないの。でもね、あの労働はすべて安らぎへ行き着く道だってことを考えてみてよ。その労働を怠けなかった者なら誰でも、最後はそこに行き着くことになっているのよ。つまり、財産や物財、あるいは栄光や尊敬、あるいは安楽や快楽を手に入れたら、あの人たちの精神は十分にそれを享受できるってわけなのよ。だから、今度はあんたを慰めの城に連れて行くことにするわ。そうすれば、人間の労働の目的がどんなものか、あんたにだって分かるわよ、と。私はその言葉を聞いて嬉しくなりました。なぜなら、そこに行けば、精神の確かな安らぎと慰撫があるのを請け合ってくれたからです。

第二三章　巡礼は報知人のところに行き当たりました

私たちが門に近づくと、広場の左側に人々が群がっているのを目撃しました。すると遍在氏が言ったのです。ご覧。あれを見逃がしちゃいけないよ、と。そこで私は、「あの人たちはあそこで何をしているのですか」と尋ねました。すると彼は、こんな返事をしてくれたのです。「行って見てきなさいよ」と。そこで私たちは彼らの間に近づいて行

きました。すると、ああ、彼らは二、三人ずつ一緒に立っていて、互いに相手を指さしたり、それは違うと頭を振ったり、賛同の拍手をしたり、困りはてて耳の後ろをかいたりしていました。最後に、一方が跳び上って喜ぶと、もう一方が泣き出したのです。そこで私は尋ねました。「あそこでは一体何をしているんですか。喜劇のようなものを演じているのですか」と。すると解説者は説明をしてくれました。「あれを演技と考えちゃいけないわ。あの人たちにとっては本当のことなのよ。でも、それは人によっては驚いたり、笑ったり、怒ったりすることになるのよ」と。そこで私は言いました。「彼らがどういうものに驚いたり、笑ったり、怒ったりしているのか是非とも知りたいものですね」と。ところでよく見ると、彼らが笛のようなものを熱心に吹き、互いに相手の方に身をかがめて、耳に向けて笛を吹いているのが見えました。人々は、笛の音が快ければ喜び、きしむような音がするとすすり泣いたりしていたのです。

しかし、同一の笛なのに、ある人には思わず飛び跳ねてしまうほど好ましいのに、他の人には耳をおおって逃げ出したくなるほど腹立たしく思われたり、あるいは、聞いていると、泣きわめいてしまい、胸を引き裂くばかりに号泣するほど腹立たしく思われるということが、私には不思議に思われました。そこで言ったのです。「あれは奇怪ですね。同一の笛なのに、ある人にはとても甘美で、別の人にはとても辛いなんて」と。すると解説者は説明してくれたのです。「それは音に違いがあるんじゃなくて、聞く耳によってそうなっているのよ。そのわけはね、同一の薬だって、さまざまの患者にその病気次第で一様ではない効果を及ぼすでしょ。それと同じで、その人の胸中の傾向とか物事の好き嫌いがどんなものかということ次第で、そういう事柄の外的な音も、同じように甘いとか辛いとか感じられるのよ」と。

ところで彼らはその笛を一体どこで手に入れたんですか、と私は尋ねました。すると解説者は説明してくれました。「どこからでも手に入れられるわよ。あんたには、どうしてあの売り子が見えないの」と。それで私が見回すと、ああ、それを売るためにわざわざ免許を受けた人たちが、歩いたり馬に乗ったりしてきて、その笛を配っていたのです。多くの者が荒れ馬に乗って売りにきていました。他方では、徒歩で来たり、なかには松葉杖を突いて足を引きずっている者もいたのですが、理性ある者は、こちらの方が確かだと言って、その人たちから買っていました。

私は、彼らの様子を眺めるだけではなく、あちこちで立ち止まっては、自分の耳で聞いたのです。すると、あらゆる方向から聞こえてくるさまざまな音を聞いていると本当に愉快な感じになる、ということに気づきました。しかし、無鉄砲な振舞いをしていた者には嫌になりました。つまり、自分が手に入れられるだけの笛をすべて買い込んでは、一つひとつをちょっとだけ吹き鳴らすと、投げ捨ててしまう人たちがいたのです。また、さまざまな身分に属する者のうちにも、ほとんど家に座っておらず、いつも広場で待ち伏せして、どこかで吹き鳴らされるものがあれば、それを探ろうと耳をそば立てる者もいたのです。

けれども、その事柄の虚しさに気づくと、私はそれがもちろん嫌になりました。なぜなら、悲しいどよめきが何度も湧き起こると皆が悲しみますが、すぐ後に別の音が鳴り響くと不安に脅えていたはずの人々がどっと笑ったからなのです。また、ある笛の音があまりにも快く鳴ったので皆が歓声をあげて喜んだのに、その音はすぐに変わって、止まったり悲しくきしんだ音になったりしたからです。そういうわけで、音で身を処す者は、さまざまな事柄の楽しみを何度も予期しても、さまざまな事柄に恐れを抱いても虚しかったというわけでした。なぜなら、その楽しみや恐れは、結局、雲散霧消したからなのです。ですから、人々がこれほど軽薄で、どんな一吹きの風にでさえ惑わされるように身を任せていることが物笑いの種になったのです。ですから、そんな狂態に関心を抱かずに、自分の労働だけを見つめる者を私は賞賛したのです。

しかし私は、周りで笛を吹いて伝える際に、その事柄に注意を払わない者がいると、さまざまのところからさまざまなことがその人の首に降りかかってくるという不都合も見ました。最終的に、それらのさまざまな笛を扱うのは種々の点で安全でないということをも見ました。なぜなら、それらの笛は相異なる耳には相異なる音に聞こえますから、不和や喧嘩が少なからず生じたからなのです。そのことは、私が事件に巻き込まれたことからも分かります。私は、ある鋭いはっきりとした音がする笛が偶然に手に入ったものですから、それを友人に贈ったのです。ところが、他の人々がそれを取り上げて、地面に投げ捨て、踏みつけると、そんなものを広げようとするとは許せない、と言って私につかみかかってきました。それで私も、彼らが狂ったように激昂していることが分かったので、そこから逃げ出さざるを得なかったのです。それから案内人たちは、幸運城[42]に必ず連れて行ってやると慰めてくれたので、私たちはそこに向かったのです。

第二三章　巡礼は幸運城を調べました、最初にそこに入る入口

その城に近づいて行くと、都市のすべての街路から走って抜け出し駆けめぐり、どこを通ればその頂上に行き着けるかと探している一群の人々を見ました。ところで、かつてはその城に入る高くて狭い門が一つだけあったのですが、その門は壊れてしまい、地面に埋まって、荊でおおわれてしまっていたのです。その門は徳と呼ばれていたものだと思います。聞くところでは、昔は、その門が唯一城に入るために設けられていたのですが、その後間もなく、ある事件で埋もれたというのです。それで別のもっと小さな門が幾つかこしらえられたのですが、先の門は通って行くにはあまりに険しく、近づきがたく、入りにくかったので、放置されたというのです。

かつての名誉へ行きつく道・徳

ですから、城壁をくり抜いて両側から通路をこしらえたのですが、よく見ると、偽善、嘘、お追従、不実、策略、暴力等々という表札が見えたのです。しかし、私がその表札を文字どおりに読むと、何人かの人がそこへ入ってきて、私の読み方を聞いて、怒り、不平を述べ、投げ倒そうとしました。それで私は、小さくなっていなくてはなりません

でした。ふと見ると、廃墟や荊の薮の間を通ってあの古い門をはい上がろうとする者が何人かいるのが分かりました。はい上がれた者も、はい上がれなかった者もいました。そして、できなかった者は改めてもっと低い通路の方に戻ってくると、そこから入って行ったのです。

私たちもその低い通路から入って行くと、そこはまだ城ではなく広場で、大勢の人々が立っていて、もっと高いところにある宮殿を見上げてため息をついている姿が見えました。そこで私が、あの人たちはここで何をしているのですか、と尋ねると、次のように答えてくれました。幸運様という愛しい方がお姿を見せて城へ入る許可を下さるのを待ち望んでいる者なのよ、と。「それじゃあ、どうしてここにいるすべての人たちが必ずしもそこに行き着けるとは限らないんですか。だって、すべての人がそこに行き着けるようにと忠実に努めたんですから」と。するとこう答えてくれました。「どの人だって、分かっている限り、能力の及ぶ限り、努力しているかもしれないわ。でも、最後は幸運様次第なのよ。そのお方が誰を受け入れたいとか、受け入れたくないと思召しているか、それがどういう具合になっているのか、あんたは眺めることができるわよ」と。さてそこには、それ以上高い階段も門もなく、絶えず回転している車輪のようなものだけがあって、それに引っかけられた者だけが上の階に持ち上げられ、幸運様に初めて受け入れてもらい、それからさらに先に進むことが許されるようになっていたのです。ところが、下にいる者は、車をつかまえたくてもつかまえることができませんでした。機会という名の幸運様の執政官に車輪のところに連れて行ってもらったり、その車輪に載せてもらうしかなかったのです。なぜなら、その他の人の手は皆、そこでは滑ってしまうからです。ところで、この機会という女代理人は、群衆の間に入り、たまたま出会った者を捕らえては車に載せていました。もちろん、彼女の目の前に身を乗り出し、救いを求めて手を伸ばし、自分の努力している労働、汗、手まめ、傷跡、その他の結果を見せながらお願いしている者も何人かいたのですが。私は、彼女がまったく耳が聞こえず目も見えないので、人物を顧慮することも要求に注意を払うこともまったくできないのだ、と思いました。

そこにはあらゆる身分に属する多数の人々がいました。その人たちは、私がかつて見たときには、自分の天職であれ、徳の門を通ってであれ、あるいは脇の通路を通ってであれ、苦労も汗も出し惜しまなかった者だったのですが、それでも生き長らえて自分の目で幸福を見ることができなかったのです。他方では、ひょっとしたらそういう事柄をまったく考えていないと思われる人々もいたのですが、そういう人たちが手元に引き寄せられて、持ち上げられる場合もありました。ところが、多数の待っている者のうちには、機会がその順番を自分たちに回さないようにしようとして、少なからぬ者がついには老人になってしまうのではと、大いに懸念した者もいたのです。そのため絶望に陥り、幸福を断念して、労苦の多い作業に戻る者もいましたし、彼らのうちの何人かは、再び物欲しそうに城にあがり、幸運様に目と手を差し出す者もいました。それで、この幸運を期待する生き方は、いずれにせよ惨めで憂鬱であることが分かったのです。

第二四章　巡礼は金持ちの生活様式を調べました

そこで私は案内人に言いました。私はもう、あの上方にどんなことがあるのか、幸運様がどのように客人をもてなすのか、見たくてたまらないんです、と。彼は、「そうだろ」と言うと、私が考えるいとまもなく、私を連れて飛び上がりました。ちょうどそこでは、幸運様があちこちに動く球体の上に乗りながら、王冠、王笏、支配権、鎖、勲章、財布、称号と名称、蜂蜜と砂糖を配って、それから初めて上に進むのを許していたのです。そこで私は城の建物を眺めたのですが、それは三階建てで、下の階の小部屋に案内される者、まんなかの階の小部屋に案内される者、最も上の階の小部屋に案内される者がいるのを見たのです。すると解説者が、私にこう説明してくれました。「下に住んでいるのは、幸運様からお金と物財を授けられた者よ。まんなかの部屋に住んでいるのは、快楽というご馳走を食べさせてもらっている者よ。頂上の宮殿に住んでいるのは、他人から重視され、賞賛され、尊敬されるように、栄誉を賜った者なのよ。なかには二つ一緒あるいは三つとも享受する者もいるけど、その人たちは好きなところに歩いて行けるのよ。ここでうまくやっていけることがどんなに幸福か、あんたにだって分かるでしょ」と。

富という足枷と重荷

そこで私は言いました。まず、その人たちのなかに入って行きましょうよ、と。それで私たちは、下の階の穴倉に入って行きました。すると、ああ、そこは闇で居心地の悪いところでした。最初はほとんど何も見えず、カチンというような音しか聞きとれず、カビの悪臭が隅々から襲ってきました。そのうちに、視力がやや戻ってかすかに見えてくると、あらゆる身分の人々がたくさんいるのが見えました。彼らはそこで歩いたり、立ったり、座ったり、横になったりしていたのですが、どの人も足枷をはめられ、手を鎖で縛られていたのです。その上、首の周りにまで鎖を巻き、重荷のようなものを背負っている者もいました。私は驚いて言いました。「おや、これはどうしたことだ。私たちは牢屋に来てしまったのかな」と。すると解説者が、笑って答えました。あんたはそんなにわけの分からない人なの。それは幸運様の賜物なのよ。幸運様が自分のかわいい息子たちにまとわせて下さるのよ、と。それで私は、一人の賜物を一つ、二つ、三つと見てみると、鋼鉄製の足枷、鉄製の手枷、鉛製や陶土製の籠だということが分かりました。そこでこう言ったのです。「何て賜物なんでしょう。私はそんなものは欲しくありません」と。すると解説者は、こう言い返しました。「お馬鹿さんね、あんたの見方が間違ってるのよ。それはすべて金なのよ」と。そこで私は、改めてもっと注意しながら見てから、鉄や土以外には見えませんけど、とその人に言い返しました。すると、その人は言ったのです。「あー、あんたはお利口でなさ過ぎるのよ。自分の目よりも人の言うことを信用しなさい。あの人たちがそれをどんなに貴重だと思っているか知りなさい」と。

そこで見ると驚いたことに、彼らがその状態をとても喜んでいる様子を目にしたのです。こちらでは自分の鎖の小輪を数えている者もいましたし、解体してもう一度組み合わせる者もいましたし、自分の手で鎖の重さを量る者もいましたし、親指から子指までの長さで測る者もいましたし、口に持っていってキスする者もいましたし、霜や熱気や損傷から守るために覆いをかぶせる者もいました。二人、三人と寄り集まっては、互いに手枷の鎖の長さや重さを比べ合う者もいたのです。そうして自分の方が軽いと気づいた者は悲しみ、嫉妬したのです。他方、大きくて重いものを持っている者は、歩き回り、威張り散らし、自賛し、自負していたのです。しかし、彼らのうちには、再び黙って隅に座り、大きな鎖と足枷をはめられた状態を密かに喜んでいる者もいました。それは、盗みや嫉妬を恐れているので、そうした方が他人に知られるのを心配しなくても良いからなのでしょう。また、手提げ金庫いっぱいに土塊や石を詰め込んで、あちこちと持ち運んでいる者や、それをなくさないようにどこにも行けなかったり、眠れなかったりしながら、錠を解いたり下ろしたりする者もいました。いや、手提げ金庫でさえ信用できずに、自分の身体に縛りつけたり吊りさげたりしていたのですが、あまりにも多過ぎて、歩くことも、それを持って立っていることさえできずに、息をあえがせ、しわがれ声を出しながら、横になっているだけの者もいました。ですから私は、それを見て言ったのです。「えーっ。これを幸福な人間と呼ばなくてはならないなんて。私は下界で人間の労働や苦役を調べましたけれど、ここの幸福な人間に勝る悲惨はまったく見たことがありません」と。すると全知氏は言いました。「本音を言えば、あの幸運様の賜物を持っているだけで使わなけりゃ、快楽よりも心配の方が多くなるのはそのとおりだ」と。すると解説者は反論したのです。「でも、その賜物を使えないのは幸運様のせいじゃないわよ。幸運様はご自分の賜物を惜しまず与えているのよ。だからそれは、賜物にカビを生やしてしまい、自分の安楽や他の人びとの安楽に役立てる術を知らない者のせいなの。ともかく、結局は、それをこれからも持っているのが大きな幸福なのよ」と。そこで言ったのです。「私だったら、ここで見ているような幸福には関心がないですね」と。

第二五章　地上で快楽にふける者の生活様式

全知氏は言いました。だったら上に行こう。あそこではちょっと別のことが見られるのを約束するよ。つまり快楽そのものだよ、と。そこで、私たちは階段を上って行き、最初の広間に入って行きました。すると、ああ、柔らかな羽に包まれてつるされ、あちこちに揺れている何列かのベッドがあり、そのなかで転がっている人たちが、蝿叩き、扇子、その他のあらゆる奉仕に役立つ道具を持った多くの召し使いを身の周りにはべらせていたのです。寝ている人のうちの誰かが起きると、すぐに下のあらゆる方角から支える手が伸びてきました。衣服を着るときには、絹の柔らかな衣裳以外は差し出されませんでした。どこかに出かける必要があれば、クッションつきの椅子で移動したのです。

一　快楽という虚弱に身を捧げた者

すると解説者は説明しました。「さあ、どう。ここではあんただって、ご覧のとおりの安楽な暮らしができるのよ。これ以上望めることがほかに何かあるの。すべての良いものをたくさん持っているから、まったく心懸かりがなく、手を触れなくても欲しいと思ったものはすべて多量に持てるんですし、悪い空気でさえ自分の方に吹きつけさせないようになっている状態は、祝福されたことではないかしら」と。

そこで私は答えました。「もちろん、こちらのほうが、下の階の拷問室にいるよりは本当に楽しいですよ。でも、ここでもすべてが私の気持ちにかなうわけではありませんけど」と。すると、「まだほかに何かあるの」とその人が尋ねてきたのです。そこで私は言いました。「あの怠け者たちが、うつろな目、空っぽの頭、ビールっ腹、潰瘍で痛くて何も触れられないようになった手足しか持っていないのを、私は知っているんですよ。ですから、あの人たちが何かを中傷し、誰かがあの人たちを当てこすると、あの人たちにはたちまち悪いことが起こるんですよ。『澱んだ水は腐り、悪臭を放つ』という諺を耳にしたことがありますが、ここではその実例を見ているんですね。あの人たちは、生活もまったく享受しているわけじゃないんですよね。だって、生涯を眠り続け、怠けて過ごしているからです。ですから、そんな生活なら私にとっては何もないのと同じですね」と。すると解説者は言ったのです。「あんたって変な哲学者ね」と。

それから彼らは、次の広間に私を連れて行ってくれました。そこでは、目や耳にあふれんばかりの魅惑を目撃したのです。それらは、快楽に満ちた庭園、養魚池と動物園、獣、小鳥、魚、あらゆる類の快い音楽、楽しい仲間との交際というものでした。その交際とは、飛び跳ねたり、逃げ回ったり、ダンスをしたり、追いかけたり、フェンシングしたり、劇を演じたり、また何をしているのか分かりませんでしたが、それ以上の騒ぎはないほどでした。そこで解説者は、「こっちは澱んだ水じゃないでしょ」と自慢げに言いました。ですから私は、こう言い返したのです。「そのとおりです。けれども、この様子をもうちょっと見させて下さい」と。それから私は、眺めてから言いました。「しかし、あんな娯楽なら、誰も飲み込まれてしまうことはありませんね。それどころか、どの人も疲れて隅に駆けて行き、今度は別の面白いことを探そうとしているのが分かりま

二　遊びと見物に没頭する者

すよ。ですから、それは私には小さな快楽にしか思われませんね」と。するとその人は、「だったら、飲み食いの快楽を見たいなら、あっちに行きましょう」と言ったのです。

それで私たちは、三番目の広間に入って行きました。すると、そこでは、ああ、山と盛られた食卓とテーブルで宴会している人々を見たのです。その人たちは、目の前にすべてのものを多量に並べて楽しそうでした。そこに近づいて行くと、次のような様子が見えたのです。そこでは、たて続けに自分の口に放り込み、流し込み、ついには、腹が破裂しないようにするために、ベルトを緩めなくてはならないほどになる者もいました。ついには、口から吐き出したり、尻から漏らす者もいました。また、珍味しか食べない者たちは、舌鼓を打ったり、鶴のように首を長くして、長い間その美味しさを感じとれるようにしたいと願っていました。また、自分は十年も二十年も太陽が昇るのも沈むのも知らなかったよ、それは、太陽が沈むときは決してしらふでなかったし、太陽が昇るときは決して酔いから醒めていなかったからだ、と自慢する者もいました。ところで、彼らの座っている様子はむっつりはしておらず、むしろ、あらゆる類の音楽が奏でられ、その音楽にどの人も自分の声を合わせ、あらゆる類の小鳥や獣のように聞こえました。そこで一人が遠吠えすると、もう一人がうなり、三人目がアヒルの声を出し、四人目は吠え、五人目が笛の音をさせ、六人目がさえずり、七人目がうめき声をあげる等々していたのです。その際に、彼らは奇妙なしかめっ面をしたのでした。

三　美食者

そのとき解説者が、この調和はお気に召していただけたかしら、と尋ねてきました。それで私は、「少しも」と言いました。すると、その人は言い返してきたのです。「どうしてこれが気に入らないの。この楽しさに感動を受けないなんて、あんたは棒きれじゃないの」と。そのうちに、テーブルの前にいた彼らのうちのある者が私に気づいて、一人が私のために乾杯と言い、もう一人が私に席に着くようにと目くばせし、三人目が、あなたは誰ですか、ここで何をお望みですか、と問いただしてきたのです。四人目は、どうしてお前は神のお恵みがありますようにって言わないんだ、と私にからんできたのです。私はそれを聞くと怒り出して言いました。「どうして神が、こんな豚のような不潔な宴会にまでお恵みを垂れるのでしょう」と。ところが、すっかり言い終えないうちに、ああ、平皿、深皿、カップ、グラスが雹のように私に降り注いだので、すんでのことで身をそらすことも、それらを防いでうまく抜け出すこともできないところだったのです。ところが、しらふの私が逃げる方が、酔っ払いの彼らが私にうまく当てるよりも、はるかに容易だったのです。すると解説者は、こう小言を述べました。「ほら、ずっと前にあんたに注意しなかったっけ。舌を歯の後ろに引っ込めて、利口ぶらないようにしなさい。うまく対応しなさい。他の人々があんたの考えに従わなければならないようにはしちゃいけないよ」って。

すると遍在氏は笑い、私の手を取りながら言いました。もう一度あそこに行こう、と。しかし、私は行きたくなかったのです。すると彼はまた言ったのです。「あそこにはまだ見なけりゃいけないものが残っているし、黙っていれば、あんたは見ることができるんだから。さあ行こう。注意深く振舞えば良いだけなんだ。とにかく距離を置いていなさい」と。それで私はその言葉に従い、もう一度入って行きました。すると、どうして拒否できましょうか。私は言いくるめられてしまい、席に着いて、私のために乾杯を受け、酒をつぎ、もちろん最後には、どんな楽しさがあるやら試したくなって、歌ったり、歓声をあげたり、跳んだりし始めたのです。要するに、他の人々がしていることを私もしてみたのです。しかし、そういったことは、少しもやりがいのあることではなかったのです。なぜなら、それは私にまったくふさわしくないと思われたからです。また、私がそれをうまくやれないのを見て、あざ笑う者もいれば、酒をつがないといって怒り出す者もいました。そのうちに、上着の下で何かがかじりつき、帽子の下で何かが皮を剝ぎ、何かが私の喉を擦り、足はよろめき、舌はもつれ、頭は車輪のように回り、それから初めて、自分自身にも案内人にも怒りがこみ上げ、こんなことは獣のすることで人間がすることじゃないと、もうはっきりと叫んでいたのです。それは、この酒のみとは違った快楽主義者たちのところで、その人たちの快楽をほんの少しの間ですがもっとよく見たとき、とくにそう感じたのです。

言うまでもなく私は、食べ物も飲み物も味わいたくもないし喉に通したくもないと嘆いている人々の声を聞いたからなのです。ところが、その人たちに同情する人々もいました。そこで商人たちは、彼らに手助けするために好みに合うものを探そうと地上をあちこちと走り回らなくてはなりませんでした。また、あらゆる類の料理の類型をものにした料理人たちは、どうすれば珍味に特殊な香り、色、味を添えて、胃袋に誘い込めるようになるのかを探究しなくてはならなかったのです。また、医者たちは、次々と食べ物の通りをよくするために、口からも尻からも漏斗を使って流し出さなければなりませんでした。そうして彼らは、自分の口に詰めたり流し込んだりできるものを、大きな苦労と財産を費やして見つけてもらったり、大きな才知と工夫を凝らして加工してもらったり、大きな苦痛と緊張を味わいながら腹のなかに詰め込んでもらったり、ないしは排出してもらったりしたのです。それで彼らは、絶えず食欲減退、すすり泣き、ゲップ、しゃっくりに襲われるばかりで、良く眠れず、咳やくしゃみをし、唾を吐いたり鼻をかんだりしてばかりいました。また、テーブルの上もその四隅もコルク栓抜きや汚物で満ちていました。彼らは、歩いたりぶらつくときにも放屁し、痛風の足を引きずり、手を震わせ、目がかすむ等々の状態でした。そこで私は言いました。「これが快楽であり得ましょうか。ああ、ここから出ましょう。これ以上何も言わなくても済むように、また、何かが振りかかってこないようにするために」と。そうして私は目を背け、鼻をつまんでそこを立ち去ったのです。

四　魅惑の王国・愛欲熱

それから私は、それらの部屋の間に残っていた別の広間に入ったのです。そこで群がっていた両性の群衆を目撃しましたが、彼らは手をつないでいるのではなく、抱き合ってキスをしていました。いやそれ以外のこともしていたのですが、もうこれ以上言わせないで下さい。しかし、自分の目で見たことで戒めとなることだけはお話しましょう。すなわち、幸運様によってそこに閉じ込められた者はすべて皮膚の熱くなる疥癬を持っていたのですが、それは絶えずかゆくなるので気を休めることができず、手の伸ばせる範囲でできる限り掻いて、ついには血を流してしまったのです。しかし、掻いてもかゆみが鎮まることは決してなく、さらに煽り立てられるだけでした。彼らはそのことを本当に恥ずかしがっていたのですが、部屋の隅々で密かに掻いているばかりだったのです。それは気分の悪い癒しがたい病気であることが、明らかに判断できたのです。彼らのうちの

性　病

少なからぬ者が顔じゅうに醜いものを吹き出していたので、彼らは互いに忌み嫌い、互いに相手にとっては厄介で厭わしい者となったわけですし、健全な目と精神の持ち主にとってはもちろん見るに耐えませんでしたし、彼らの発する悪臭も嗅ぐに耐えませんでした。最後に分かったのですが、それがあの快楽の宮殿の終極で、そこからは後にも先にも進むことができず、背後に穴のようなところしかなかったのです。その穴を通って、さらに深く多情に身を委ねた少なからぬ者が落ちて行くと、生

絶望の愛欲

命を終え、地上の裏側にある闇のなかに身を投じることになったのです。

第二六章　地上の高位者の生活様式

そこで私たちは、頂上にある宮殿に上って行きました。そこは開けたところで、天蓋以外はどんな覆いもありませんでした。しかし、ああ、そこには、縁の周囲のどこにも、それぞれ高さの異なる多くの椅子があって、それぞれが、幸運様から上位ないしは下位に任じられたとおりに、自分の椅子に座って、下方にある都市から見上げてもらえるようになっていたのです。通り過ぎる人はすべて（上辺だけでしたが）敬意を表し、膝を曲げ、頭を下げて行くのです。

すべての者に身をさらすことはどんな安楽があるか

するると解説者は、こう説明してくれました。「ご覧、高位にあるので、どこからでも見上げられるし、すべての者が注目しなければならないのは素晴しいじゃないの」と。そこで私は口をはさんで、言いました。「雨、雪、雹、熱気、寒気が打撃を与えるように晒されているのも、そうですね」と。するとその人は、こう言い返したのです。「だからどうだっていうの。すべての者が注意を払い尊重しなくてはならない場所にいるってことは、素晴しいことよ」と。そこで私は言ったのです。「尊重してもらえるのはそのとおりです。しかし、尊重してもらうのは、安楽よりも重荷の方が大きいものです。なぜなら、私はすでに分かっていますが、一人ひとりをとても多くの者が見つめているので、高位者は、すべての者から見られず、中傷もされないように身を避けてはなりませんが、身を避けることもできないのです。どうしてそれが安楽なのですか」と。彼らに面と向かっては尊重している者が多いように見えても、後ろ側や脇に回れば蔑視している者が多かったのを見たときには、とくにそう思ったのです。言うまでもなく、その席に配置されている人たちの背後には、その人たちを横目でにらんだ者も、唇と頭を使って謀叛を企んだ者も、馬鹿にして二本指を突き出した者も、背後から唾や鼻水やその他のものを浴びせて汚す者も立っていたのですし、また、椅子を崩壊させて陥落させるのをたくらむ者も立っていたのです。このように、少なからぬ高位者たちは、私の目の前でそのような事柄やあれこれの出来事に頻繁に遭遇していたのです。

すべての権威者は墜落する状態にある

なぜなら、すでにお話したとおり、椅子は縁に据えられているので、少しでも持ち上げればすぐ引っくり返り、それまで威張っていた者が落ちることになったからです。また、その椅子は、回転軸の上に据えられているようで、そのどこかにうまく触れると回転し、その席を占めている人が大地に投げ出されてしまうのです。さらに、その椅子が高ければ高いほど、ますます容易に揺り落とされ投げ落とされたのです。また、そこでお互いの強い嫌悪にも出会いました。彼らは互いに嫉妬して見つめ、互いに相手をその座から退位させ、支配権を強奪し、王冠を叩き落とし、称号を互いにけなし合っていたのです。それで、いつも交代しか生まれませんでした。つまり、一人がその座に上がると、もう一人が下りたり、頭から落ちたりしたのです。私はそれを見て嘆息して言いました。「ああ、その地位に行き着くまでに耐えなくてはならなかった労働があれほど長くて苦しかったというのに、その報酬の期間がこれほど短いとは何という不幸でしょうか。栄光を享受しないうちに、すぐに終わりになるんですね」と。すると解説者は返答しました。「幸運様はこうして配分なさって、授けたいと思召したすべての者に分け与えなくちゃならないし、彼らも互いに相手に道を譲らなくちゃならないよ」と。

第二七章　地上の名声ある人々の栄光

（さらに続けて解説者は言いました。）ここでうまく振舞ったり、あるいは本当に報酬に価することをする者がいたら、幸運様は、その者たちに対して、それに対する別の手段も報酬として使えるのよ。それは不滅性といって、その人たちを称える仕方なのよ、と。そこで私は言いました。「それは一体どんなものですか。不滅のものになるなんて、とても光栄なことですね。じゃあ、それを見せて下さい」と。すると全知氏が振り向いて、宮殿の西側のひときわ高い場所、すなわち説教壇を指しました。そこもまた、澄みわたった空以外には覆いがなかったのです。そこには、下方から上がって行くための階段と、ま

噂はたいてい世間一般の意見によって作られる

た階段に沿った下方には小扉がありました。また小扉のところに、身体中が目と耳だらけで、化け物のような人（人々が、検閲官、すなわちすべての判断者という名を私に教えてくれたのです）が座っていたのです。また、伝説という場所に行きたいと思う者は誰でも、その人に自分の名を名乗るのみならず、自分が不滅性に価する者になるのにふさわしいと期待する根拠をすべて示し、判定に委ねなくてはなりませんでした。その人の行ないに特殊で尋常でない事柄があれば、良かろうが悪かろうが、階段を上ることが許されたのです。そういうことがまったくない者は、下に留めおかれました。ところで、上に着いた人々は、案の定、たいていが君主、戦士、学識者の身分の人々だったのです。宗教者、職人、家庭の身分の者は少しかいませんでした。

破廉恥もまた集められる

ところが、良いことと同様に悪いこと（強盗、専制、姦淫、殺人、放火等々）もそこでは認められたことに、私はとても怒りました。なぜなら、それは邪道に陥った人々にとって必ず不徳の支えになるということが理解できたからです。すなわち、ある人が不滅性を欲してそこに来て、不滅の記憶にふさわしいことをしたのかと尋ねられて、自分が知っている地上で最も立派なものを破壊した、たとえば、十七の王国が三百年の労力と費用をかけてこしらえた寺院を意図的に破壊して一晩で廃墟にした、と答えた事例に出会ったのです。ところが検閲官は、その恥ずべき向こう見ずの行為に驚き、小扉を通すには価しないと判断して、そこを通そうとは思いませんでした。しかし幸運様がやって来て、小扉を通すようにと、検閲官に命じたのです。その例に

アレキサンダー大王　カエサル　アルバ公　アリウス　ピラト　コペルニクス　ロヨラ

力づけられた他の人たちは、自分たちの犯したさまざまの恐ろしいことを開陳しました。自分は可能な限り多くの人間の血を流したという者、神をののしる新しい瀆神を考案したという者、神に死刑宣告を下したという者、太陽を天蓋から引き離して奈落のまんなかに

ぶち込んだという者、放火者や殺人者の新しい団体を創設したので、その団体をとおして人類が粛清されることになろう等々という者がいたのです。彼らは皆、引っきりなしに上に通されました。私は、そういう事柄がまったく気に入らなかったというのです。

一様でなく変わりやすい栄光

しかし、私も後について入って行くと、ああ、ある人が、すなわち、口のほかには何もない、栄光ないしは世評という名の、幸運様の執政官がすぐに出迎えたのです[43]。言うまでもなく、下にいた人が目と耳だらけだったのと同様に、こちらの人は身体中が口と舌で、少なからぬ騒音と雑音をまき散らしていました。ここに来ている不滅性の志願者は、その騒音と雑音から、執政官の叫び声によって自分の名があちこちに広げられるという利益を得ました。しかし、私がそれに一生懸命に注意を払ってみると、それぞれの名についてなされた叫び声は徐々に消えて行き、ついにはまったく静かになり、別の誰かのことを取り上げ始めました。そこで私は異義を唱えたのです。「それはどんな不滅性だというのでしょうか。めいめいの人の名が留まっているのは僅かの間で、たちまち人々の目や口や精神から消えてしまっていますよ」と。すると解説者は答えてくれました。「いや、あんたにとってはすべての事柄が小さく見えるだけよ。さて、少なくともあれだけは見ておきなさい」と。

歴史に記入されることはどれほど偉大か

それで見回すと、座って、そこにいる誰かを見つめながら肖像画を描いている画家を見たのです。それで、なぜそんなことをしているのですか、と尋ねました。すると、その画家は答えてくれました。彼らの名が声の音のように消えてなくならないようにするためさ。こうしておけば、その人の記憶は途絶えることがないだろ、と。そこで見てみると、ああ、その人は肖像画に描いた一人ひとりを他の人と同様に穴に投げ捨てて画像だけを残し、それがすべての人に見てもらえるように、竿に吊り下げておいたのです。そこで私は嘆息して言いました。「ああ、それは何という不滅性なのでしょうか。そこには彼らの名を知らせる紙とインクしか残っていませんよ。知らされる当人たちも、他の人たちと同様に憐れにも死んでいますよ。これはペテンにかけている、ああ神よ、ペテンにかけている。誰かが私を紙に色を塗りたくって描いたからといって何だというのでしょう、やがて私に何が起こるかを分かる者がいるのでしょうか。そんな人がいるなんて、まったく考えられないのです」と。解説者はその言葉を聞くと、私に向かって、あんたは狂人だわ、と言って、他の人たち皆と対立するような考えを持って地上にいるのって、あなたにとって何になるの、と逆に聞き返してきたのです。

歴史の確証のおぼつかなさ

ですから私は黙ってしまいました。しかし、ああ、その肖像画のなかに私は新たな虚偽を見出しました。その生涯は美しく男らしかったと分かっている人の肖像画が、極めて醜く描かれていたのです。ところが逆に、他の醜悪だと分かっている者が、最大限に美しい肖像に描かれていたのです。また、ある人のために画像が二枚、三枚、四枚とこしらえられましたが、それぞれ異なっていたので、ついに私は、一方では画家たちの不注意に、他方では彼らの不誠実に怒り出しました。さらに、それらの画像の虚しさも見てしまったのです。なぜなら、私がそれらの画像を調べると、古めかしく、埃にまみれ、かび臭く、腐ったものが多く、誰が描かれているのか少ししか知ることができないか、まったく知ることができないようになっていることが分かったからです。さらに、ある人の画像は山のようにたくさんあるのに、他人の画像のせいで見られなかったのです。また、その画像を探す者もほとんど誰もいませんでした。それが栄光の実体だったのです。

多くの記念碑も滅ぶ

そのうちに幸運様がやって来て、古くて老朽化した肖像画だけでなく、新しく出来て間もないものも投げ捨てるように命じました。それで私も、不滅性が無であるのと同様に、狂気じみた気まぐれ（すなわち、一方では自分の城に迎え入れ、他方では追い出したからです）のために、どんなことをしても不滅性を保証してもらうのはできないのだと理解できました。そのため彼女も、そこでの彼女の賜物も、私にはますます厭わしいものになってきました。なぜなら彼女は、城中を歩き回って、よそでもそこと同じように自分の息子たちを扱っていたからです。彼女は、やや快楽に浸っている者に快楽を、金持ちに富を与えたかと思うと、それを取り上げたりしましたし、また、突然すべて取り上げて、城から追い出すことも頻繁にあったのです。

もちろん、死神が私の恐怖心を増大させたのも、その理由にあげられます。なぜなら、死神が城のあちこちにやって来て、人々を次々と片づけるのを見たからです。しかし、その片づけ方は一様ではありませんでした。城にいた金持ちには通常の矢を射て、あるいは立て膝で近づいて行って、あの鎖でジフテリアや喘息を患わせたのです。快楽主義者にはその珍味のなかに毒をまきました。また栄光ある者なら突き飛ばして、自ら頭を割るように仕向け、あるいは剣、小銃、短剣を貫通させて、ほとんど尋常でない何らかの仕方で、人々を地上から連れ出したのです。

第二八章　巡礼は絶望し始め、案内人と言い争いました

知恵の頂点とは地上の事柄に絶望すること

そこで私は、地上にはまったくどこにも、この城でさえ、精神が危険なく、気兼ねなく、全面的にすがることができる慰めがまったくないことに怖くなりました。まことに悲しいことですが、その気持ちは時が経つほど大きくなりました。私の解説者である欺瞞氏が、たとえあらゆる類の手段を尽くしても、私からその気持ちを追い払うことがまったくできなくなったのです。ですから、ついに私は怒鳴って言いました。ああ、何と悲しいことだ、この悲惨な地上に慰めとなるものがまったく見出せないものなのでしょうか。どんな場合でもどこでも苦役と憂鬱だらけです、と。すると解説者は反論してきました。「嫌らしい臭いを出しているパンこね屋さん[44]、それはあんた自身のせいでなければ、誰のせいだっていうの。あんたがすべてのものを嫌悪しているんだったら、あんたにとって好ましいものなんて何かあるの。他の方々をご覧なさいな。どの人だって、どんなに自分の身分を楽しんで良い気持ちになり、自分のことをいかに喜んでいるかってことをね。」しかし私は言い返しました。「それは、すべての者が例外なく狂気であるか、さもなければ偽っているからですよ。なぜなら、彼らが

本物の慰めを享受できるなんてことはあり得ないんだから」と。すると、遍在氏が言葉を挟んできました。「あんただって狂気だ。そうやって自分の憂鬱を軽くしようとしているんだから」と。そこで、私はそれにこう答えました。「私はそれをうまくやる術を知らないんです。でも、ご承知のとおり、何度もうまくやろうとしたんですけど、それぞれの事柄から生じた激しい変化と悲惨な結末とを眺めているうちに、いつだってすべての事柄に対する期待が打ち砕かれてしまったんです」と。

すると解説者は言い返しました。こうなったのも、あんたの空想以外の何が原因だっていうの。もしもあんたが人間の事柄をあれほど詮索したり、雌豚が藁束をかき分けるように、どこでも何でもかき分けなかったら、あんたの精神だって他の人たちと同様に平安と慰めと悦びと幸福とがあったっていうのに、と。そこで私は反論しました。「つまり、あなたのように、上辺だけに固執して、行き当たりばったりの、薄っぺらな笑いのようなものを悦びと見なし、一寸した紙きれのようなものを読むことを知恵と見なし、断片的な行き当たりばったりの幸福を満足の頂きと見なすのであればっていうことですね。でも、そんなふうにするのなら、汗、涙、ため息、もつれ、欠乏、災難や、すべての身分にわたって数えきれず、測りしれず、終りを見極めきれないほどあったその他の不幸が、跡形もなく消えるのでしょうか。ああ、ああ、何ということでしょう。ああ、ああ、この世の生命は何と悲惨なことでしょう。あなた方はすべてのところを案内してくれたというのに、何が私のためになったのでしょう。また同じように、物財も学芸も慰めや安全も手に入れられると約束してもらいましたし、また実際にそれらを見せてもらったのです。しかし、私は何を手に入れたのでしょうか。何も手に入れておりません。私はどんなことをできるようになったのでしょうか。何もできません。私はどこにいるのでしょうか。それは私にも分かりません。分かっていることは、これほど多くもつれ、これほど多く苦労し、これほど多く絶えざる危険にさらされ、これほど多く精神を疲弊させ衰弱させた後でも、最後に自分自身では苦痛を味わいながら他人には憎まれるということ以外は、何も見出せなかったということだけです。」

解説者は言い返してきました。もうたくさんだわよ。どうしてあんたは最初のときに忠告したとおりに振舞わないの。何も邪推しないで、すべての事柄を信じなさいって言ったでしょ。また、何も疑惑を抱かないで、すべての事柄を受け入れなさいよって。何も咎めないで、すべての事柄を愛好しなさいって言ったはずよ。それが、平安に進んで、人々からは好意を得て、自分をうまく好かれるようになるための唯一の道だったのよ、と。それに対して私は反論しました。「私も疑いもなくあなたによって見事にだまされて、他の人たちと同じように妄想し、あちこちで道に迷いながら歓喜し、軛の下で喘ぎながら飛び跳ね、うめき声と死に喜んで歓声をあげていたんです。でも、私はもう見たし、目にしたし、分かりもしたんです。私が一人では何の役にも立たない人間であり、何をなす術も知らないし、何も持っていない、ということをね。しかし、他の人たちだって同じです。ただ、自分には自分がちょっとした者でもあるように見えるだけなんです。なぜなら、私たちは陰をつかまえようとしているのですが、真理はどこでも逃げてしまうからなんです。」

解説者は、またもや言い返してきました。前に言ったことを繰り返して言うわよ。それはあんた自身のせいなの。それは、あんたが誰にも手に入れられないような、とてつもなく大きくて尋常じゃないものを欲しがっているからよ、と。そこで私は反論しました。「それじゃあ、ますます私の苦悩が深くなりますね。だって、私だけじゃなくて、人類全体がそれにこと欠いていて、その上、それを見る目も持たないので、自分に欠けていることにも気づかないんですから」と。解説者はさらに言い返してきました。「どうしたら、どんな手段を使えば、あんたのようなもつれた頭の持ち主を満足させられるのか分かんないわ。地上も人間も、労働も怠慢も、学芸も無学も、要するにどんなことでもあんたの気に入らないんだったら、あんたをどのように扱ったら良いのか、何がこの地上で最も良いとお勧めできるものか分かんないわ」と。

それに対して遍在氏が言ったのです。そろそろ、このまんなかに建っている、私たちの女王の城に連れて行こう。そこに行けば正気に戻るだろ、と。

第二九章　巡礼は地上の知恵の女王の城を調べました

そうして彼らは私の手を引いて、そこへ連れて行ってくれました。すると、ああ、その城は、表面の至るところに塗られたさまざまの美しい色できらびやかに輝いていたのですが、また衛士を配した門があって、地上で一定の官職や行政権を持っている者以外はそこを通さないようになっていたのです。言うまでもなく、女王の召し使いとして、また彼女の命令の執行者として、そういう官職を帯びた人たちだけに、出入りが自在になっていたのです。それ以外の人たちは、城を見たくても、外側だけを口を開けて見とれるしかありませんでした（なぜなら、地上を支配する秘密をすべて広く知らせてはならないと言われていたからです）。また、この場でも同じように、目よりも口を使って注目しようとして、口を開けて見とれている人が大勢いることも、私にも十分に見えました。ところで、彼らが私を門のなかに連れて行ってくれたことに私は喜びました。それというのも、私は地上の知恵がどんなことを秘密にしているのかを、相変わらず知りたくてたまらなかったからです。

しかし、私はそこでも事件に会わないわけにはいきませんでした。すなわち、衛士が私を差し止めて、そこで何をしたいのかね、と尋問し始めたからです。それどころか、私を押し戻し、突き放し、殴りかかりさえしました。しかし遍在氏は、ここでも知られている者として、私には何と言ったのかは分かりませんでしたが、私の代わりに返答してくれて、それから私の手をとって、最初の場所までずっと連れて行ってくれたのです。

そこで、その城の建物を見て、その城壁が目もくらむ白さだということが分かりました。それは彼らの言うところによると、雪花石膏だということでした。しかし、注意して見たり、手で触って調べてみると、それは単なる紙と、あちこちの隙間に充填している亜麻くずでしかないことが分かりました。その側壁には穴だらけで詰め物をしている部分があることが判断できたので、私はそのペテンをいぶかしく思いましたし、また、吹き出してもしまったのです。それから私たちは、上のどこかに昇って行くための階段に着いたのですが、私はそれが壊れるのではないかと怖くなって、（たぶん、私の心が、そこで何が振りかかってくるのか感じとったのだと思いますが）そこから先に進みたくないと思いました。すると解説者が言いました。「ねえ、あんた。あんたはどうしてそんな幻想を抱くの。それなら、天が落ちてくるんじゃないかと心配したら良いわよ。それとも、他の人たちがたくさん昇ったり降りたりしているのが見えないの」と。それで私も、他の人たちの例を見習って、その螺旋階段を昇って行きました。しかし、その階段は高く回っていたので、一度は目まいに襲われたほどでした。

第三〇章　巡礼は知恵の宮殿で告訴されました

それから彼らは、私をとても大きな広間に連れて行ってくれました。その場で私は、まず尋常でない光を浴びせかけられたのです。その光は、窓がいっぱいあったからというだけではなく、むしろ壁一面にはめ込まれた（彼らの言うところによると宝石ということでしたが、その）宝石があったからですし、床には高価で、また金で輝いている絨毯を敷きつめていたからです。そして、天井には雲か霧のようなものがかかっていたのです。ところが、私にはそれ

を十分に調べる時間的なゆとりがありませんでした。なぜなら私の目は、すぐさま当の女王に向けられたからです。彼女は廟蓋におおわれた最も高い場所に座り、周りではその両脇に枢密顧問官と従者たち、すなわち、驚くべき立派な従臣たちが立っていました。それで私は、その栄光に怖れを抱いたのです。そこにいる人たちが次々と私を見つめたときには、とくにそうでした。すると遍在氏が言いました。「恐がらないで、もっと近くに寄りなさい。女王陛下があんたをご覧になれるように。元気を出して。でも、恥らいと礼は忘れちゃいけないぞ」と。それから、私を正面に連れて行き、身を低くしておじぎをしなさいと、命じたのです。私は、その仕方が分かりませんでしたが、とにかく身を低くしておじぎをしました。

解説者は、頼みもしないのに私についての解説者となって、次のような言葉を言い始めたのです。地上で最も晴朗な女王様、神の極めてきらびやかな光線である方よ、荘厳なる知恵である方よ、あなたの前に連れて参りましたこの若者は、幸福にも（陛下の摂政である）運命から恩賜を賜りましたので、地上の王国の極めて優れた身分と階級に属する者をすべて、その間をめぐり歩きながら調べることができました。そこは、最高の神がご自身の場所から動かずに、陛下を配属なさり、そのなかで陛下の思うがままにすべてを端から端まで統治できるようにさせた場所でございます。そうして今や、陛下のご先見によってそのような者の一行に定められた私たちの手で、この者はすべての身分の間を経て、ここに連れてこられた次第でございます。しかし、（身をかがめ、かつ苦しみながら、御前で告白することになりますが）私たちは誠実かつ忠実な労働をすべて果たしたにもかかわらず、この若者に一定の階級を気に入らせ、平安な気持ちで腰を落ち着かせ、この開かれた祖国の忠実で従順で不動の住民の一人にさせることができませんでした。それどころか、いつでもすべての場所で私たちを憂鬱にさせ、すべてのものを気に入らず、何か他の尋常でないものを喘ぎ求めているのでございます。ですから私たちは、この者の野性的な要求を満足させることができませんし、いやそれを理解することさえもできませんので、今や荘厳に燦然と輝く陛下の御前にこの者を立たせ、この者の扱い方について、先見の明をお持ちの陛下の御前に委ねることに致します、と。

（私には突然だったのですが）その言葉を聞いて、私の精神状態がどうなってしまったかは、どの人にでも判断できるはずです。なぜなら、私には自分が裁判を受けるためにそこに連れていかれたことが分かってしまったからです。ですから私は、怖くなってしまいました。女王の玉座の下に狂暴な獣（よく分かりませんでしたが犬か山猫か龍のようなもの）が横になって私の方を光る目で見て、襲いかかれとけしかける必要がないほど今にも襲いかからんばかりの姿勢をとっているのが分かったときは、とくにそうでした。またそこには、女王の親衛兵である武装兵が二人立っており、その者たちも服装は婦人用のものを着ていたのです。とくに左側の人がそうでした。なぜなら、鉄製で、（それに触れるだけでも危険なことが分かったからですが）ハリネズミのようにとがった甲冑を身につけ、手や足には鋼鉄の爪をつけ、片手には槍と剣を持ち、もう片手には弓と火器を持っていたからです。もう一人は恐ろしいというよりもむしろ滑稽に見えました。なぜなら、甲冑の代わりに狐の裏返しにした毛皮を身につけ、鉾槍の代わりに狐の尻尾を持ち、左手には胡桃の実がついた枝を持ち、それを鳴らしていたからです。

私の解説者（いや、裏切り者といえるかもしれません）が話し終えると、女王は（この上なく薄く透きとおった白い麻布で顔をおおっていたのですが）重々しくかつ回りくどい言い回しで、こう言いました。よくやった若者よ、地上にあるすべての事柄を調べたくてたまらないというお前の意思は間違いなく予の好むところである（予はこの上なく愛しい者たち一人ひとりに是非そうなって欲しいと思っているし、また、予の忠実な男女の召し使いに是非その援助をさせたいとも思っておる)。しかし、お前は、とにかく選り好みする者だとか、地上では新参者として学ばねばならぬのに、哲学に身を委ねている者だという説明を聞いて、予は不愉快である。ゆえに、他人に対する見せしめとしてお前に訓戒を与えることもできるのだ。しかし、予は自分が厳格な者であるよりも我慢強く優しい者であるという実例を知らしめようと思っておるので、ずっと大目に見て、予の城の予の近くの場所にお前の住居を授け、お前が以前にも増して自分自身のことも予の支配をも理解できるようにさせてやろう。予の恩寵を有難く思え。そうして、地上の判定者や審判者が従事しているあの秘密の場所に近づくことは、本来なら誰にも許されていないことなのだということに思い致せ、と。彼女はそう言い終ると、立ち去れ、と手で合図し、私も送られた合図に従って脇に下りましたが、これからどんなことが起きるのか、また見たくてたまらなくなったのです。

やがて脇に下ってから、解説者に尋ねました。あの顧問官たちは何という名前なのですか、また、どんな身分があるのですか、またそれぞれどんな任務があるのですか、と。すると教えてくれました。「女王陛下の最も近くに立っているのが枢密顧問官よ。右側は、純潔、注意、用心、熟慮、愛想、寛大というお名前で、左側は、真理、熱意、誠実、勇気、忍耐、不断というお名前なのよ。この方々が顧問官としていつも玉座のそばにいるの。

ところで、下方の柵の内側に立っていらっしゃる人たちは、地上を治める女王の執政官と代官なのよ。黒ずんだ短い上着を着て、髪の毛を結わえている方は下界を支配する代官で、勤勉(一生懸命)というお名前なの。金襴の着物で、種々の首飾りをつけ、花冠を頭に載せている方は(あなたは以前その方を見たことがあると思いますが)祝福の城を支配している代官で、幸運様というお名前なの。あのお二人は自分たちの助手を使って、あるときにはあちらで自分たちの業務に携わり、またあるときにはこちらで奉仕するために顔を出しては、判断や命令を受けとっているのよ。さらに、あのお二人にはそれぞれ自分の下位の摂政がいるの。勤勉様には、夫婦の身分の者を統治する慈悲、職人や生業を統治する精励、学識者を統治する明敏、聖職者を統治する宗教、君主を統治する正義、兵士を統治する剛勇等々という方々よ」と。

私はその美しい名を聞いたのですが、地上ではすべてのことがそれとは逆になっていることが分かっていたので、何か言いたかったのですが、まだ言い出せなかったのです。ですから、私は次のようなことを考えただけでした。すなわち、この地上の支配は奇妙だ。王様は女で、顧問官も女で、執政官も女で、すべての副官も女だ。どうして、誰かが恐れることがあり得ましょうか、と。

その後、私はなお二人の親衛兵について、あの人たちはどういう人で、また何のためにいるのですか、と尋ねました。すると答えてくれました。女王陛下にも敵と陰謀家がいるから、そういう者から守られなくちゃいけないのよ、と。さらにこういう説明が続きました。こちらの狐皮の甲冑を身に付けている人が流暢というお名前で、あちらの鉄と火器を身につけている人が権力というお名前なの。一方が守れない場合は他方が守り、そうして両方とも補い合っているわけなの。それから、あの人たちのところにいる犬は門衛の代わりで、疑わしい者が誰か近づいてきたら、吠えて知らせたり追い返したりするのよ。その犬は宮殿では伝令と呼ばれているんですけど、彼の義務をさほど好んでいない人たちは、彼のことを敵対者というあだ名で呼んでいるのよ。でも、あんた、ぼんやり見ていないで。耳を澄まして、ここでどんなことが起こるのか、そのことに注意を集中しなさいよ、と。そこで私は返事をしたのです。

「良いですよ。喜んでそうします」と。

第三一章　ソロモンが大勢の軍隊を連れて知恵の宮殿にやってきました

そこで何が起きるのか耳を澄まそうとすると、ああ、その場でとても大きな物音と騒音が鳴り出し、私もすべての者も見ていたのですが、閃光に照らされ、王冠を戴いた、金の杖をついた方が、それを見ていたほとんどすべての者が驚きの声をあげるほど極めて大勢の従臣を従えて、宮殿に入って行く姿をこの目で見たのです。すべての人の目がその方に向けられましたが、私の目も同じでした。その方は進み出ると、予は神々のうちでも最高の神によって次のように誉め称えられた者である、と宣言したのです。すなわち、予に先立つたすべての者や予の後に続くすべての者が見るよりも自由に地上を調べる者であり、その上さらに偉大なことに、地上の女支配者である知恵を妻とする者なのである。ゆえに、予は彼女を探しているのだ、と（また自分のことを、天の下で最も栄光あるイスラエル民族の王ソロモンであると名乗ったのです）。

そこで、用心宰相を通して彼に次のような返答が差し出されました。知恵は神ご自身の配偶者であり、その他の者には嫁ぐことはできません。しかし、もしも彼女の寵を得たいのなら、彼女はそれを拒まないでしょう、と。するとソロモンは言いました。予は、知恵と狂気の間にいかなる違いがあるのか見分けられるようになるまで、ここから離れない。なぜなら、天の下で生じていることはどんなことでも間違いなく実に予の気に入らないことだらけだからだ、と。

「伝道者の書」第一一章第七節

私はそれを聞いて、ああ、どんなに喜んだことでしょう。なぜなら、有難いことに、私のこれまでの指導者や忠告者とは違う案内人や忠告者が少なくとも手に入れられるし、さらに、その人のところには安全に留まれるし、もっと委細にすべてのものを調べられるし、また最後に、彼の行くところについて行くこともできる、と思ったからです。そこで私はひそかに神様を賞賛し始めました。

ところでソロモンは、地上の女王である知恵を調べるために大群の家来や友人たちを引き連れてきたのです。そのなかには、彼のすぐ周囲にいる品位ある慣習に満ちた名誉ある男たちもいました。その人たちとは、あえて挙げれば、族長、予言者、使徒、聴聞僧等々の人々です。ところが、その群れの後ろには、ソクラテス、プラトン、エピクテトス、セネカやその他の哲学者も見えました。彼らは皆、その壁の至るところに腰を下したのですが、ここで何が起きるのか大いに期待して、私も同じように腰を下したのです。

第三二章　巡礼は、地上の秘密の裁判と処理を目にしました

その後間もなく、そこでは地上のすべての身分に関わる全般的な事柄が処理されているのが私には理解できました。その他の個別的な事柄はそれぞれ自分自身の場所で、すなわち市役所、裁判所、宗教法院等々で処理されていたのです。そこで、目の前で一体何が起きたのか、できるだけ簡潔にお話しましょう。

最初に、勤勉と幸運という地上の執政官が進み出て、すべての身分で生じている無秩序について、それはすべての者に共通するあらゆる類の不信心、策略、奸略、ペテンによってもたらされているのですと告げ、どうにかして正してもらいたいと要望しました。彼女たち執政官が、すでに私の見出したこと、言い換えると、地上にはまったく秩序がないということを見出しているのが分かったので、私は喜びました。すると解説者が、それに気づいて言ったのです。「ご覧なさい、あんたは自分だけしか目を持っていないし、あんた以外の者は誰一人まったく分かっちゃいないと思っていたんでしょ。だけど、ご覧なさいよ、それを任された人々がどんなに注意深くそれに気を付けているのかってことをね。」そこで私は言ったのです。「私はその話を聞いて嬉しくなりました。神よ、どうか、そのことを解決

する道が見出されるようにさせて下さい。」

それから顧問官たちは、召集され、話し合い、用心宰相を通して、誰がその原因だったのか断定できますかと質問させていたのを、私は見ました。多くの検討の後で、次のようなことが判明したのです。すなわち、何人かの謀叛人や反逆者が侵入して、彼らが密かにであれ公然とであれ無秩序をまき散らしたということです。まっ先に有罪とされたのは（その場でその人たちの名が直ちに挙げられたのです）、大食い、貪欲、高利貸し、好色、自惚れ、残酷、無精、怠慢、その他の何人かでした。

それらについて諮問がなされると、最終的に、公開の勅令によって（他の場所にも吊り下げられたり、釘で打ちつけられたり、また、国土の至る所に広く送りつけられたりして）、次のように告知するという建議書が書き上げられて読まれました。すなわち、知恵の女王陛下におかれては、内々に侵入している多くの外人によって、多くの無秩序がいかに全般的に入り込んでいるかにお気づきになられたがゆえに、その源と見なされる者、とくに大食い、貪欲、高利貸し、好色等々は王国の全領域から永久に追放される、しかも、即刻、彼らが絶対に見られないようにする、そのため死刑という実刑を加えることにする、ということでした。その判決文が用意された勅令によって公表されると、至る所でどれほど狂喜する人々のどよめきが湧き起こったのか信じられないほどでしたし、どの人にも（私にも）地上にまさしく黄金時代がやって来るという希望が生まれたのです。

しかし、しばらくしても地上では何も結果が出なかったので、多くの人々が駆けつけてきて、その決定が執行されなかったと言って嘆いたのです。ですから、枢密顧問官会議が再び開催された後で、女王によって無関心と看過という委員が任命されましたが、彼女たちのほかに、その重要性に顧みて、女王の枢密顧問官のうちから寛大も加えられました。そうして彼女たちに、追放令があったにもかかわらず、悪名の高い者たちが留まっていないか、あるいは図々しく舞い戻ってきてはいないかを熱心に監視するという任務が与えられたのです。その委員たちは出て行って、しばらくしてから戻ってきて、疑わしい者が確かに何人か見つかりましたと報告しました。ところがその被疑者たちは、被追放者に含まれていなかったし、名前も違っていたのです。一人は暴飲に似ていましたが、ほろ酔いないしは上機嫌という名でした。二人目は貪欲に似ていましたが、節約という名でした。三人目は高利貸しに似ていましたが、利息という名でした。四人目は好色に似ていましたが、自分のことを慈悲であると称したのです。五人目は自惚れに似ていましたが、厳粛であると名乗ったのです。六人目は残酷に似ていましたが、厳格という名でした。七人目は無精に似ていましたが、善良という名を持っていた等々という具合だったのです。

それが枢密顧問官会議で検討されると、上機嫌は暴飲ではないし、節約を貪欲と呼んではならない等々と再び布告されました。そこで、名を挙げられた者たちを釈放して自由にするために、この事件は彼らには関わりがないという決定が下されたのです。その建議書が公表されるや否や、彼らはすぐさま自由に出て行き、一般の大衆は群をなして後を追い、彼らと知り合いになり交際を結びました。私がソロモンとその御用学者を見ると、ソロモンたちが頭を振って駄目だなあと合図しているのが分かったのです。しかし、ソロモンたちが口をつぐむと私も口をつぐみました。そして彼らが、互いにささやき合っているのを耳にしたのです。ここの者たちは名前が追放されたと言っている。ところが、裏切り者や有害な者たちは自分の名前を変えると自由に入ってきている。それでは良いことは何も起こらない、と。

それからまた、地上のすべての身分から使節がやって来て、願いを聞いて欲しいと要望しました。そして許されると、奇妙な作法の動作をしながら、次のような忠実な領民たちのへり下った要望を差し出したのです。それはこういうことでした。この上なく晴朗な女王陛下、慈悲深く想起して下さいませ。すべての謹直なる身分の者たちがどれほど忠実かつ従順に陛下の統治の王笏を現在までも擁護して、陛下の法も、警告も、執行全体をも誠実に受け入れて参ったかということをでございます。その者たちは今後もそれに基づき、その他の意図は持ちません。ただ、次のことだけを恭々しく要望させて下さいませ。過去の忠義を褒賞し、改めて常に忠義であることを奨励なさるために、女王陛下、その者たちの特権と自由を（陛下のご先見に好ましいと思われる仕方で）幾ばくかでも改善して下さいますように。その御恩には、常に服従することによって然るべき感謝の意を示すことをお約束致します、と。それを言い終ると、地べたに頭を付けてから戻って行きました。私は自分の目をこすって、こうつぶやきました。「これは一体どうなるんだろう。もっと自由を欲しがっているとは、地上の人々には自由が十分にはないっていうのかね。むしろ、お前たちには手綱を、いや手綱と鞭と少量の鎮静剤をやるよ。自由が欲しいのは私だけだよ。私は何も言わずに我慢してきたんだから。しかも、私にしてみれば、こんな馬鹿げたことに注意を払っている賢人や年寄りたちのそばにいること自体がとんでもないことなんだから。」

ところが、彼らは再び枢密顧問官会議に集まってきて、長い審議の後に、女王に次のように通告させることにしたのです。すなわち、予は王国を啓発して華やかにさせようと常に努力し、いつも留意し、したがって、自分の臣下や忠実な愛しい者たちの要望を聞き届けようと思い、それに耳をふさぎたくはないと思っている。よって、称号の信頼を増大させるため、すべての身分にわたって称号を補正し、互いに相手からますますはっきりと、また、ますます大きな賞賛を受けて区別されるようにする。そこで今後、それぞれ次のような肩書きが書かれるように指示し命令する。

すなわち、職人たちは栄光ある者、学生たちは啓蒙されたこの上なく学識ある者、修士や博士たちはこの上なく栄光ある者、牧師たちは崇拝すべき者や称賛された者やあらゆる類の栄誉に価する者、司教たちはこの上なく神聖な者と、市民の金持ちたちは高貴な者と、郷士たちは高貴かつ勇気ある騎士と、領主たちは二重の領主と、伯爵たちは高貴な大領主と、公爵は最大の権力者と、国王たちはこの上なく晴朗な不可侵の方という肩書きである。さらに、それをますます強固なものにするため、この称号の何かを抜いたり間違えたりした場合、当局は手紙を受けとる義務を負わないと命じる、と。すると、使節は感謝して退出しました。そこで私は、「あなた方の有意義な恩賞というのは紙に書いた目くらましじゃないか」と心のなかで思ったのです。

また、すべての身分の者に属する貧しい者からの嘆願書も差し出されました。そこには不平等について嘆いて、次のように書いてあったのです。すなわち、他の人たちは財産をたくさん持っているのに、自分たちは貧困に喘いでいます。ですから、自分たちはどうにかして平等になることを要望しています、と。顧問官たちがそのことを審議した後、次のように貧しい者たちに答える命令が発せられました。すなわち女王陛下は、すべての者が自分の願望どおりに多くの安楽を享受するようにと望んでいらっしゃるが、王国の名誉によれば、一方が他方の上にきらびやかに輝くことが求められているのである。よって、地上で一旦そのように定められた秩序に応じて、幸運代官がその城を満たすのと同様、勤勉代官がその仕事場を満たしておかなければならない。しかし、無精でない者は、その能力の範囲内で、ないしは自分のなす術を知っている方法を使って、貧乏から抜け出せるように望むという願いだけは聞き届けてやろう、と。

嘆願者への回答が公示されてしばらくすると、他の人たちが近づいてきたのですが、彼らは努力家のところから次のような嘆願書を運んできたのです。すなわち、今後、無精でない者なら、どんな身分や境遇であろうとも、息を喘ぎ苦労して求めているものを自分で手に入れられる状態にしていただき、幸福とはまったく運次第だ、ということになりませんようにというものでした。その嘆願書に対して審議するために、長い枢密顧問官会議がもたれ、それで私は、難しいことが起きたのだなと判断できました。しかし、ついに次のように表明されたのです。幸運代官と機会という彼女の忠実な召し使い（なぜなら、それが忠実でないことはあり得ないからです）の手から、彼女たちにかつて委託された権力と執行権を取り上げられないとしても、この嘆願を少なからず記憶に留め、彼女たちにも、無頓着な者（それは、偶然行き当たる限りのことでしたが）よりも努力家に注意を払うようにすると指示されることにしよう。よって、努力家たちも代官たちによって、そのように管理されることができるようになろう、と。それから彼らも立ち去ったのです。

その後すぐに、何人かの特別の人々の使節がやって来ました。それは、テオフラストスとアリストテレスで[45]、彼らは二つのことを請願したのです。一つは、自分たちは、他の人々が従わされているような事件に従わないですむようにしてほしいということで、もう一つは、自分たちには神の善意によって、この地上では、他の人々よりも卓越した才能、学芸、富等々が与えられています（自分たちは、その死が世間の損失になるような者です）から、世間の群衆以上の特権を持つことができるものなら、死なないようにさせて欲しいということでした。第一の要望に対しては、検討後に次のような回答がなされました。その要望は正当である。よって、巧みな者が学芸によって、思慮ある者が思慮によって、権力のある者が自分の権力で、金持ちが自分の富で、できる限り最善の仕方で事件から身を守るようにすることは許されることとする、と。しかし、第二の要望では、知恵の女王は、この上なく有名な錬金術師をすべてすぐに呼んで、不死を生み出せるような手段を全力で探求するようにと指示したのです。その錬金術師たちは、指示を受けとって四方に散って行きました。ところが長い間、誰も帰ってこなかったのです。そこで使節たちが回答をせがむと、さしあたり次のような解決策が与えられました。すなわち、女王陛下におかれては、特別の者たちが他と等しく死なねばならないということは欲しておられない。しかし当面は、そうするための道をまだご存知ではない。ゆえに特権として、次のことを賦与して下さる。すなわち、他の平凡な人々が死後の冷えないうちに直ちに埋められる場合でも、人々の間で可能な限り長く賞賛されるようにする。他の者たちが死後は緑の芝生の下に身を沈める場合でも、この者たちは石にその名を書き添えられるようにする。このほか、烏合の衆と区別するために証拠立てられると思われる、他の多くのことが彼らに認可され、特権として与えられる、と。

その使節たちが出て行くと、諸侯の名代として何人かが進み出ました。そして、その身分の過重を吹聴し、その軽減を願ったのです。すると、彼らに休養させるように、すなわち、代官と執政官を通して物事を処理するように、という許可が与えられ、彼らはそれを受けると礼を述べて立ち去りました。

その後間もなく、農民や職人という領民たちの使節が来て、次のように不服を申し立てたのです。自分たちを支配している者たちは、自分たちの汗を飲むことしか欲していません。ですから、血の汗を流すまで、自分たちを追い立てたり駆り立てたりしています。しかも、その人たちが私たちに血の汗を流させるために雇っている人々は、その人たち以上に残酷に振舞い、私たちの血の汗から獲物を手にしているのです。そこで直ちに（その証拠として）、彼らは着物をまくり、タコや笞跡や傷跡や新しい傷を山ほど見せ、お慈悲を要望したのです。すると、それは良くないということが明白であると思われたので、中止させることになりました。ところが、召し使いによって管理することが諸侯に許されているのだから、諸侯にも罪があることになったのです。それで諸侯も、召喚されるようになったのです。ですから、召喚状がすべての王国、公領、伯領にいる枢密顧問官、摂政、執政官、収入役、徴税人、書記官、地方長官等々に送られ、何事も弁解の口実とせず、出頭するようにさせられました。その指示が出ると、彼らは出頭しました。しかし彼らは、一つの罪状には十の罪状でもって反論しました。すなわち、領民たちに少しでも手綱を緩めた場合の、そこに生じる横着、不従順、強情、自惚れ、あらゆる類の奔放や、それ以外の多くの事柄に基づいて、多種多様な不満が持ち出されたのです。それを聞いた後、また枢密顧問官会議ですべての検討がなされました。そして次のように、領民たちに布告されました。すなわち、彼らは目上の者の愛も慈悲も尊重しようと思わず、尊重する術も知らなかったがゆえに、残忍に慣れるようにしなければならない。というのは、地上では一方が支配し、他方が支配されるようになっていなければならないからである。それ以外の場合は、もし君主やその代官に対する受忍、従順、本心からの服従によって、相応の好意が得られるなら、その好意を享受するようになることが望ましい、という布告でした。

その人たちが退出した後で、(王国や公領の枢密顧問官、法学博士、検事、判事等々の)政治学者たちがそこに残りました。彼らは成文法の不完全について嘆き、次のように申し立てたのです。すなわち、法に従っても人々の間で起きている論議に(たとえすでに何十万という成文化された判例集に基づいても)、すべて判定を下せるわけではありません。ですから、人々の間に完全な秩序を維持できないのです。あるいは、法を説明したり、訴訟を終らせるために何かを加えれば、それが理解できない者たちからは法の拡大解釈だとか訴訟の歪曲だと見なされます。またそこから自分たちに対する嫌気も増大し、一般の不和もますます大きくなるという事態が起きています。ですから、どうしたら良いかを勧告していただくか、ないしは人々の好奇心に満ちた判断から防衛していただくか、いずれかを要望します、ということでした。彼らに退出が命じられてから審議が行なわれたのですが、女王の枢密顧問官の誰からどんな調停案が出されたのかを想起するには時間がかかります。ですから、法律家たちが再び召喚された後で告知された決定だけについてお話しましょう。それは、すべての事件に完全に妥当する新しい法を起草するようにさせたいが、女王陛下におかれては、その仕方をご存知ない。ゆえに、最初の法と慣行に留まるようにさせることとする、ということでした。むしろ女王陛下が彼らにすべての法の鏡や鍵として与えたいと思召しているのは、どこでも法を自分なりに解釈することによって、また、その解釈に応じて裁判を自分なりに執行することによって、自分の利益なり世間の利益なりを意図するということだったのです。それは国家原理と呼ばれるものです。それを盾として使えば、世間一般の中傷という剣を撃退できることにもなるのです。そうなれば、（誰も理解できなくとも）現在の形態でなくてはならないというあれこれの理由を探し出せることになるのです。政治家たちはその決定を受けとると、それに従って行動しますと約束して出て行きました。

しかし、少しもたたないうちに、女たちがやって来て、男の下で奴隷のようにしていなければならない、と自分たちの重荷を表明したのです。すぐ後に男たちも現れて、女たちの不服従を嘆きました。そこで女王は顧問官たちと一緒に寄り集まると、一度ならず二度までも審議したのです。そしてついに、次のような回答が宰相を通して告げられました。すなわち、自然は男に優先権を与えているがゆえに、その権利は男に任されることとする。しかし、次のような重大な留保条件の下でである。第一に、女は人類の半分であるから、男は女たちの忠告を聞かずに何も行なってはならない。第二に、自然は男よりも女に何倍も気前よくその果実を与えているがゆえに、自分の男より理性と力をもった女は暴れ女と呼ばれ、男はその女から優先権を取り上げることはできない。以上が最初の宣告だったのです。ところが、男も女もそれに満足していない様子でした。言うまでもなく、女たちは、男が自分たちと支配権を分け合うか、ないしは、支配権を交代にして、あるときには男、またあるときには女がそれを保持するようにする、というどちらかを欲していたのです。それどころか、女だけが全面的に支配することを欲している者も見出されましたし、肉体も理性も自分の能力がもっと素早いとひけらかす者も見出されたのです。その女たちはこう言っていました。何千年も男が優先権を保持してきたのだから、もはや男たちからそれを取り戻す時期が来たのです。数年前、イギリス王国ではこの高貴な実例が目撃され、エリザベス女王が統治していたとき、彼女に対する尊敬のために、すべての男が右手を女たちに差し出すようになったのです。それはなお称賛されるべきこととして維持されています。ですから、地上の女王陛下である知恵も、すべての枢密顧問官たちも、神によって女性として創造されて地上に据えられているのですから、家庭の管理も世間の管理も地上のあり方に基づいて（世界全体は王の実例に則って構成されて）いるのが適切なのです、と。その言葉によって、その女たちは、知恵の女王を自分たちの考えに容易に引き寄せられると推測したのです。しかし、男たちは黙って争いに負けないようにするために、次のような言葉で防衛しました。すなわち、神が知恵の女王にかつて支配権をお任せになりましたが、神は今もそれを何よりもまずご自身の手に、しかも、全面的にかつ恒常的に保持しておられます。だから、自分たちもそうしたいと思っているのです等々、と。

それから、何度も話し合いがなされました。それで私は、これほど厄介な問題が持ち込まれたことがなかったのだと判断できたのです。ところが、誰もが最終回答を待っていたのですが、その回答が出てくるのに待ちくたびれてしまいました。ようやく、用心と愛想の両宰相が、双方と密かに折衝するように指示されたのです。そこで宰相たちがその問題にとりくむと、次のような方策が見出されたのです。すなわち、男たちは家庭では一致と平安のために少なくとも静かに優先権を女たちに譲りわたし、彼女たちの忠告を受け入れる。女たちはそれに満足して、外では服従に賛同する。なぜなら、そうすれば、表面上は昔の慣習に留まっていられるようでありながら、彼女たちの家庭の支配権は間違いなく堅固になるからだ。別の言い方をすれば、男が地域を支配し、地域が女を支配し、女が再び男を支配するという世間の支配権の偉大な秘密が明確になるということでした。この案を両方の側が受け入れるのを拒まないようにと、女王陛下が要請しました。それで、その案が両方に受け入れられたのです。ソロモンの従者の一人がそれを見て言いました。自分の男を尊敬する女は知恵ある者と呼ばれています（「シラクの知恵」第二六章第一三節）。二人目の者はこう付け加えました。男は女の頭です。キリストが教会の頭であるように（「エペソ人への手紙」第五章第二三節）。その友情あふれた取り決めでその件は終り、男も女も退出しました。

第三三章　ソロモンが地上の虚しさとペテンを明らかにしました

これまで黙って座って眺めていたソロモンが、もう我慢しきれなくなって、大声で叫び始めました。虚しさに重なる虚しさ。すべてが虚しい。曲がっているものをまっすぐにはできない。欠けているものを数えることはできない（「伝道者の書」第一章第二、一五節）。彼が立ち上がると、彼の一群もすべて立ち上がり、轟音をあげながらまっすぐに女王の玉座に向かったのです（どう猛な伝令も両側にいる護衛もそれを押し留めることは少しもできませんでした。なぜなら彼女たちは、枢密顧問官たちと一緒にいた女王と同じく、彼の発する叫び声と輝きにさえぎられてしまったからです）。彼は手を伸ばして彼女の顔からベールを剝ぎとりました。すると、そのベールは最初は高価できらびやかに見えたのですが、クモの糸に過ぎないことが分かりました。すると、ああ、彼女の表情は青ざめた様子で、あばただらけだったのです。それ以外では、頬に赤いところがありましたが、それは色を塗ったものでした（それは、ところどころ色が剝げているので分かったのです）。手もかさぶただらけだということが見てとれましたし、身体全体が醜悪な様態で、吐く息も悪臭を放っていたのです。私もそこに居合わせたすべての人も、それを見ると怖くなっ

て、失神しそうになったほどです。

ソロモンは仮装会用の仮面をかぶった女王の枢密顧問官たちの方を振り向くと、彼女たちからも仮面を剝ぎとって言いました。正義の代わりに不正が支配し、神聖の代わりに忌まわしさが支配しているのが分かったぞ。お前たちの注意とは猜疑心であり、用心とはずる賢さであり、愛想とはお追従であり、真理とは上っ面だけであり、熱意とは狂暴であり、勇気とは向こう見ずであり、慈悲とは奔放であり、精励とは奴隷根性であり、明敏さとは当て推量であり、宗教とは偽善である等々ではないか。お前たちが全能の神に代わって地上を管理できるのか。神は良いことであれ、悪いことであれ、あらゆる類の業をも、どんな隠れた事柄をもお裁きになる（「伝道者の書」第一二章第一四節）。私はこれから出かけて行って、誘惑されるな、欺かれるな、と全地上に告げ知らせることにしよう、と。

彼は身を翻すと、怒って歩き出し、彼の一群も後を追いました。街路で、虚しさに重なる虚しさとか、すべてが虚しい、と叫び始めたとき、あらゆるところからさまざまの民族や国民が集まってきましたし、遠くの地方から大勢の国王や女王も集まってきたのです。ソロモンは彼らを弁舌によって統治し教授したのです[46]。なぜなら、彼の言葉は、突き棒や打ちつけられた釘のようなもの等々[47]だったからです。

ところで、私は彼らの後について行かず、おびえている案内人たちと一緒に、なおも宮殿のところに留まって、その後引き続いて起きたことを眺めました。つまり、女王は気絶から目覚めると、枢密顧問官たちと一緒に、どうしたら良いのか審議し始めたのです。そこで、熱意、誠実、勇気たちは、軍勢すべてを召集してソロモンを追跡し、彼を捕らえるべきです、と勧告しました。それに反対して、用心宰相がこう勧告したのです。すなわち、権力によっては決して処理できません。なぜなら、ソロモン一人に力があるばかりではなく、ほとんど全地上を従えてもいるからです（そうなっているということは、伝令が次々と帰ってきては、そこで何が行なわれているか報告したとおりでした）。ですから、愛想宰相を流暢親衛兵と一緒に彼のところに送りましょう。また、幸運城から快楽を連れ出して彼のところに連れて行かせましょう。そうして、どこであろうと、へつらいながらまとわりついて、彼の王国の美しさ、栄光、快さを指摘して称賛させましょう。そうすれば、恐らくソロモンを虜にすることができましょう。それ以外の方途は何も思いつきません、と。そこで、その忠告に賛意が示され、その三人が直ちにソロモンのところに行くように命じられたのです。

第三四章　ソロモンがだまされ、誘惑されます

私はその様子を見たので、案内人たちに、そこでどんなことになるのか是非とも見させて下さい、とお願いしました。遍在氏は二つ返事で承諾すると、先に進んで行きました。解説者もまたついてきたのです。私たちが追いつくと、

学識者の街路にソロモンが群衆と一緒にいるのを見つけました。そこでは、まったく驚いたことに、彼は、レバノンの杉から石垣に生えるヒソプに至るまで樹木の本性について語り、また、獣や鳥や地を這うものや魚についても語っていたのです[48]。また、地上の実体や要素の力、星の配置、人間の性向等々についても語っていたのです[49]。それで、すべての民族から彼の知恵を聞くために人々がやって来たのです。それで驚くほど誉め称えられ、愛想と流暢が注意深くまとわりついて、人々の面前で彼を賞賛し始め、彼はそれを好み始めました。

その場から立ち上がると、彼は地上のその他の地区も調べようとして歩き出し、職人の地区に入って、さまざまの技術を見ると、喜んでその技術を使い始めました。それから彼は、自分の高度な才能を用いて人々のために尋常ならざる事柄を工夫してやりました。たとえば、庭園や果樹園や養魚池を巧みに造ったり、家や都市を建てたり、人間の快楽に関わるあらゆる事柄を啓発したのです。

それから彼が夫婦の街路に入って行くと、その場でずる賢い快楽氏がすべてのこの上なく美しい少女をできるだけきれいに着飾らせて、あらゆる類の快い音楽を響かせながら彼のところに連れて行き、極めて上品な何人かに丁重に挨拶させ、彼のことを人類の光、イスラエル民族の王冠、地上の宝と呼ばせたのです。また次のようにも言わせました。学識者の身分でも、同じく職人の身分でも、その方の光輝があるお陰で少なからぬ理性と啓蒙を得ているのと同様、夫婦の身分も閣下の栄光のお陰で賞賛されることを期待申し上げております、と。ソロモンは、丁重な挨拶がなされた後でそれを受諾し、自分がその身分に関わることでその身分を光栄あるものにさせよう、と言ったのです。それで彼は、その少女全体のなかから自分の最も気に入りそうな者を選び出して（人々は彼女をパロの娘と呼んでいました）、彼女と一緒に紐で縛られ鎖につながれたのです。そうして今や彼女をそばに置き、彼女の慈悲に打たれ、自分の知恵よりも、彼女を眺めたり追いかけ回すことを求めたのです。[50] そればかりか、（私が決して予期しなかったことですが、ずる賢い快楽氏が目の前に連れ出す少女の数を常にどんどん増やしていくと）絡みついている少女の群れに目をやり、次々と別の少女たちの美や魅惑の虜になってしまい、目立ってさえいれば、不意に出会った者ですら、もはや誰にも邪魔されずに、自分のところに呼び寄せました。そうして短期間のうちに七百人の少女を自分の妻にし、それ以外に側女として三百人の少女を周りに置いたのです。なぜなら彼は、こういった事柄についてさえ、自分が、前代の人をも後代の人をもすべて超越するのが栄光であると考えたからです。そこには、まったく異質な愛以外はもはや何も見られなくなってしまいました。それで、元から彼の民だった者でさえ、それに涙したり嘆息したりするようになったのです。

それから彼は、この街路を通り過ぎて、自分の一群を連れてさらに先に進んだのですが、宗教家の街路に入ると、随行してきた不幸な従者たちに引っ張られていきました。そこは、獣や地を這い回る虫、龍や毒のある地中の虫のなかでした。そこで彼は、これらの虫たちと悲嘆に満ちた娯楽を始めたのです。[51]

第三五章　ソロモンの従者は四方に追い散らされたり、捕らえられたり、恐ろしい死に襲われたりしました

このようにだまされたのを見て、従者たちのうちの先頭に立っていた者たち、すなわち、モーセ、エリヤ、イザヤ、エレミヤはとても怒り出し、天地に対して抗議して、その忌まわしい事柄に関与したいと思うなと言い、そればかりではなく、群衆が虚しさや狂気から身を遠ざけるように警告しました。その後もソロモンの実例に追随する者が少なからずいたので、彼らは怒りにますます火をつけられ、ますます猛烈に怒鳴ったのです。とくにそうしたのは、イザヤ、エレミヤ、バルク、ステパノ、パウロ等々でした。モーセは振り下ろすために剣を帯び、エリヤは天から火を降らせ、エリシャはすべての偶像どもを粉砕するように指示したのです。[52]

これを見て、ソロモンを誘惑させるために派遣された者たち、すなわち、愛想氏と流暢氏と快楽氏が、哲学者や拝金氏等々をも仲間に引き込んでいたのですが、その怒っている人たちの方を振り向いて、身の程をわきまえて、もっと穏やかに振舞って下さいなと忠告しました。そしてまた、こう付け加えたのです。すべての者のうちで最も賢明なソロモンでさえ自分の理性を押し留め、ここで見ているとおり、どの人も地上の秩序に慣れたというのに、どうして

あの人たちはその秩序を遠ざけて、利口ぶらなければならないのかしら、と。しかし、あの人たちの方ではその言葉にまったく耳を傾ける者がなく、ソロモンの実例が多くの人を惑わせ、欺いているのに気づくほどに、ますます怒り、駆け回り、大声で叫び、吠え声をあげました。しかしそれが、大きな破滅をもたらすことになったのです。

なぜなら女王は、自分の家来たちから報告を受け、勅令を広く送りつけて、至るところで群衆を騒ぎ出させたからです。そして、自分の護衛である権力氏を将軍に任じ、あの反逆者たちを捕らえて、すべての者への見せしめとして罰せよ、と命じたのです。それから警戒のラッパが吹かれ、戦闘準備のために多数の者が召集されました。そのなかには傭兵の身分の者ばかりでなく、諸侯も、執政官も、地方長官も、裁判官も、職人も、哲学者も、医者も、法律家も、牧師さえもいたのです。それどころか、女でさえも極めて多様な衣裳と甲冑をつけて、召集されてきたのです（なぜなら、地上全体への反逆者に対抗するには、若かろうと老いていようと、力を尽くせる者はすべてが全体的に力を尽くさなければならない、と命じられたからです）。私はその軍勢が押し寄せるのを見て、「一体、何が起きるんですか」と案内人たちに尋ねました。すると解説者氏が答えてくれたのです。「利口ぶって地上で反逆と反抗を開始した者がどうなるかってことが、今にあんたにだって分かるわよ。」

そのうちに彼らは、一人目、二人目、三人目、十人目の者に大声を浴びせかけ、殴り、切り、打ち倒し、踏みつけ、捕らえ、紐で縛り、塔のなかの監獄に連れて行ったのですが、その行ないは、相手一人ひとりに抱いている憤激のままになされたのです。そのために、私の心が悲しみで張り裂けないのが不思議なくらいでした。しかし私は、その残酷な行為におびえていたので、文句も言えずに全身を震わせているだけでした。それから、捕らえられたり殴られたりした者のうちで、手をもじり自分の行ないの許しを乞う者がいるのを見ました。しかし、そんな扱いを受ければ受けるほど、ますます自分の意見に固執する者もいました。それで、その場で、つまり私のすぐ目の前で、火のなかに投げ込まれる者、水のなかに突き落とされる者がいましたし、つるされ、首を切られ、十字架に張りつけられ、ヤットコで舌を引き裂かれ、四肢を切りとられ、槍で突かれ、剣で切られ、焼きゴテを当てられる者もいたのです。彼らがどんな残酷な死に方をさせられたのか、そのすべてを数えあげられないほどさまざまな仕方で殺されたのです。しかし地上の群衆は、それを見て喜んで歓声をあげたのです。

第三六章　巡礼は地上から逃げ出したいと思います

それを見ていることにも、心の苦しみにも、私はもう耐えきれなくなって、走ってその場を離れました。どこか人里離れたところへ、あるいはむしろ、できるならこの地上から逃げ出したいと思ったのです。しかし、案内人たちが追いかけてきて、私をつかまえ、あんたはどこへ行こうというんだ、と尋ねてきました。私は黙ってその場を切り抜

けたいと思ったので、何も答えませんでした。しかし、私のことを逃がしたくないと思って、無作法につかみかかってきたので、こう言ってやったのです。「地上にはこれ以上良いものがないということがもう分かりました。いくら希望を抱いてもお終いだ。ああ。」すると彼らは言い返してきたのです。「あんたはどうしてまだ決心がつかないの。あの人たちがどんなことになったかって実例も見たでしょ」と。そこで私は答えました。「あんなことが行なわれているこの世で、不実、虚偽、嘘、誘惑、残酷を見ているくらいなら、千回も死んだ方がましです。もう私は、生きているよりも、どうしても死にたいと思います。ですから、この世から連れ出されそうだと思われる死者の定めがどんなものか、行ってこの目で見てきます」と。

遍在氏は承諾して、それを直接見て理解することも良いだろう、とすぐに同意しました。ところがもう一人は、そんなことはしない方が良いわよ、と言ったのです。それどころか、大いに反対さえしました。私はその言葉に関心を示さず、その人から離れて先に進んで行きました。するとその人はそこに留まり、私を見放したのです。

欺瞞氏がいなくなる

そこで私は周囲を見回して、(周囲の至るところに満ちている)死に行く者の様子を見ました。すると私には、それが悔いるべきことだと分かったのです。一人ひとりが、自分に何が起きているのか、また自分がこの地上からどこに落ちて行くのかも知らないで、魂が恐怖したり嘆いたり恐れたり震えたりするままにさせておくことは、とくにそうでした。私はそれにおびえていましたが、相変わらず私はもっと多くの事柄を理解できるようになりたいと思って、列をなしている棺台の間を進んで、地上と光の境界となっているところまで進んで行きました。すると、その場所から目を閉じてむやみやたらと死んだ者を蹴りだしている者がいたのです。そこで私はもう欺瞞の眼鏡をはずして、目をこすり、できるだけ遠くの方を身を乗り出して見つめました。すると、恐ろしい闇と暗雲が見えたのですが、そこにはもはや人間の理性では底も限界も見出せませんでした。そこにはただ、ウジムシ、カエル、蛇、サソリ、膿、腐敗臭、硫黄や残滓の悪臭、肉体も魂も仰天させるもの、要するに筆舌に尽くしがたい恐怖しかなかったのです。

そのため私の胸中はすべてこわばり、肉体もすべて震え、仰天のあまり失神して地面に倒れてしまい、哀れにもこう叫びました。ああ、極めて悲惨な、憐れな、不幸な人間よ、これがあなた方の最終的な栄光だとは。これがあなた方の華麗な行ないに応じた結論だとは。これが虚勢を張ったあなた方の学芸や多様な知恵の終着点だとは。これが、あれほど多くの数えきれない労働と苦役の後に待望されていた平安と休息だったとは。これが常に約束されていた不滅性だったとは。ああ、決して生まれてこなければ良かった。生命の門を通ってどこかへ進んでなど行かなければ良かった。地上のすべての虚しさを追いかけて、こんな闇と恐怖しか分け前にならないなんて。ああ、神よ、神よ、神よ。神よ、あなたが神であるなら、哀れな私に恩寵を賜わりますように、と。

第三七章　巡礼は家への路を探り当てました

私がそう言い終えたとき、私の身体全体はまだ恐怖で震えていたのですが、後ろの方から、戻りなさい、と言っているかすかな声が聞こえてきました。[53] そこで私は頭を上げて、どなたがそのようにお求めになっているのか、どこに帰らせたいと思召しているのかと探したのです。ところが、何も見えませんでしたし、案内人である全知氏もいませんでした。その人も私をすでに見捨ててしまったからです。

第一の回帰は神の業

遍在氏は巡礼を見捨てました

そのとき、ああ、戻りなさい、という声がもう一度響いてきたのです。ところが、どこに戻らなくてはならないのか、しかも、どこを通ればこの暗雲から抜け出せるのかということが分かりませんでしたから、私は悲嘆に暮れました。すると、ああ、三度目の声が呼びかけてくれたのです。自分が出てきた、自分の心という家に戻りなさい。そうして、そのなかに入ったらその扉を閉じなさい、と。

第二の回帰は私たちの努力、それも神のご協力による

極めて幸せな気持ちに浸りながら、理解できる限りその声に従い、忠告して下さる神に従うようにしました。その忠告こそ、まさしく神からの賜物だったのです。ですから私は、自分の精神をできる限り集中して、目、耳、口、鼻吼や、すべての外側にある気吼を閉じて、自分の心のなかに入って行きました。すると、ああ、そこは暗闇だったのです。しかし、瞬きをしながら少しだけ周囲を見回すと、裂け目から差し込んでくるかすかな光が見え、見上げると、自分のいるこの小部屋の丸天井のてっぺんに、大きな円い窓のようなものが見えたのです。しかしそれは、何かであまりにもけがされて汚れていたので、光が入ってこられなかったのでした。

歪んだ本性の描写

それから、暗くてぼんやりした光を頼りにしてあちこちを見回すと、小像のようなものが壁にかかっているのが見えました。それは、かつては美しい作品と見なされたのでしょうが、もうそのときには色はあせ、手足のどこかが磨耗したり折れていたのです。そこに近寄ると、思慮、謙譲、正義、純潔、中庸等々の表題に気づきました。それから、その散らかった部屋のまんなかには、壊れて滅茶苦茶になった梯子のようなものも見えたのです。錆びついてばらばらになったペンチや縄もありました。同じように、羽毛を抜かれた大きな翼もありました。すなわち、すべてがあちこちで円筒や歯車の歯や支柱が壊れたり狂ったりしている時計の輪軸もありました。すなわち、すべてがあちこちで整っていなかったのです。

私は、それが何を準備するためのものなのか、誰によってどうして壊されたのか、また、どのようにすれば再び改良できるものなのかを知りたいと思いました。しかし、考えたり探したりしても、何も思い当たらなかったのです。ところが、呼びかけて私をここに連れてきて下さった方が、その方がどんな方であろうとも、私に話しかけて下さり、

今後のことを教えて下さるという希望が湧いてきました。なぜなら、そこで私がほんの端緒として見たことは、私にとって好ましかったからです。なぜなら、その小部屋は、かつて私が地上で歩き回った場所のように悪臭を発してはいなかったですし、また、(地上では至るところに満ちている)カサカサという音もガチャガチャという音も、大声も雑音も、混乱も渦巻きも、激闘も暴力も見られず、すべてが静穏だったからです。

第三八章　キリストを客として迎えました

第一の照明

私は一人で考えをめぐらし、どんな事態になるのかと期待を寄せていました。すると、ああ、上方で明るい光がきらめき、見上げると、そのてっぺんにある窓が光線に満ち、そのなかに、ああ、どなたかが私に向けて光線を降り注いで下さるのが見えたのです。その方のお姿は私たち人間に似ていたのですが、その明るさからいって、まさしく神でした。その方のお顔はもの凄くきらめいていたのですが、それでも人間の目でも見ることができるようになっており、しかも、そこからはどんな恐怖も湧かず、快感が湧き出てきたのです。その快感とは、地上ではそれに似たものを一度も感じたことがなかったものです。その方は、実に親切に、また進んで受け入れて下さろうとして、真っ先に次のような極めて優しい言葉をかけて下さいました。

　ようこそ、ようこそ、我が息子にして愛しい兄弟よ、と。しかも、そのように話されながら、愛想良く私を抱きしめてキスして下さいました。その方からは極めて快い薫りのようなものが発せられ、私はその尋常ならざる悦びの虜にされて涙が流れましたし、しかも、これほど不意の歓待にどう応えたら良いのか、その術を知りませんでしたので、ただ胸奥から嘆息しへり下った目でその方を見つめるばかりでした。それから、悦びに圧倒された私をご覧になって、その方は、さらに次のように話かけて下さったのです。「息子よ、あなたはどこに行っていたのですか。こんなに長い間どこに行っていたのですか。どこを通ってきたのですか。地上では何を見ましたか。慰めですか。神のなかの場所でなくて、どこでそれを探し出せるのですか。神の場所は、その寺院でなければ、どこにあるのですか。生ける神の寺院とは、その方がご自分のために準備なさったあなた自身の心であり、[54]それ以外に生ける神の寺院があるのですか。息子よ、あなたが迷ったときも、私は見ていたのです。しかし、これ以上見ていたくなくなったので、あなたを呼び寄せ、あなたをあなた自身のなかに導き入れたのです。なぜなら、私はここを自分が住むための宮殿に決めたのですから、あなたも私と一緒にここに住みたいと思うのなら、ここに地上では探しても無駄だった平安、慰め、栄光や、すべての充足を見出せるでしょう。そのことを約束します。息子よ、ここでは、あの地上で騙されたように騙されることはなくなります。」

　その言葉を聞いて、その方こそ私が地上にいたとき、上辺だけ少し聞いたことがあった私の救世主イエス・キリストだと理解できましたから、地上にいたときのように戦慄を覚えたり猜疑心を働かせたりすることなく、まったく慰められた気持ちで全幅の信頼を寄せて、手を合わせて、その手をその方に差し出しながら、こう申しました。私の主イエスよ、さあどうぞ、私をお受けとり下さい。私はあなたのものになりたいと思っていますし、永遠にあなたのものでいたいと思っております。ご自分の下僕に仰って下さい。あなたのお言葉に耳を傾けられるようにして下さい。あなたの欲していらっしゃることをお知らせ下さい。その御旨に快感を感じとらせて下さい。あなたの好ましいと思われる重荷を負わせて下さい。その重荷を負えるようにさせて下さい。あなたの欲する事柄に向かわせて下さい。私がそれにかなう者になれるようにして下さい。あなたの欲する事柄をお申しつけ下さい。そして、あなたの命ぜられることを実現させて下さい。私を無にして下さい。なぜなら、あなただけがすべてなのですから、と。

第三九章　彼ら相互の求愛

誤りも私たちの神が割り当てて作られる

すると、その方はこう仰いました。息子よ、私はあなたからその言葉を確かに聞きました。その言葉を守りなさい。つまり、私自身のものであると名乗り、いつまでも私自身のものでいなさい。確かに、永遠のときからあなたは私のものでしたし、また今も私のものなのです。しかし、あなたはかつてそのことを知らなかったのです。私は、今あなたに感じとらせようとしている慰められた気持ちを、ずっと前からあなたのために準備しておいたのです。しかしあなたは、そのことを理解できませんでした。ですから私は、あなたに奇妙な道を通らせて、脇道や回り道を通らせて、私のところに連れ戻したのです。ところが、あなたはそのことを知らなかったし、また、自分の民として選んだすべての者を支配する者である私が、そうすることで何をしようとしていたのかも分からなかったのです。それどころか、あなたのところでなされた私の作業にも気づかなかったのです。しかし、私はどこでもあなたと一緒にいましたし、ですから、私はとにかくあなたに回り道を通らせて導き、最終的には、あなたをますます私の奥深くに導き入れることになりました。地上は何一つ、あなたの案内人も何一つ、

ソロモンも何一つ、あなたに教えることはできませんでしたし、富ませることも、飽きさせることも、あなたの心の要求を充足させることも決してできなかったのです（なぜならそこには、あなたの探していたものは置かれていなかったからです）。しかし私は、あなたにすべてを教え、富ませ、飽きるほどにしましょう。あなたに要求することはただ一つ、地上であなたの見たことは何でも、あなたの目にした大地の事柄に関する人間のどんな努力でも、すべてを私に委ね、私に引きわたすようにすることです。あなたの生きている限り、それをあなたの労働、あなたの職業になさい。そうすれば、あの地上で人々が探しても見出せないでいること、すなわち、平安と悦びとを十分に与えましょう。

神のもとに連れられる努力のすべて

一　精神はキリストと一つにつながれるべきである

あなたは、夫婦の身分で、互いに好きな者どうしがすべてを捨てて、互いに相手のものになっている様子を見たはずです。あなたはすべての事柄を、また自分自身をも捨てて、私に十分に身を捧げなさい。そうすれば、あなたは私のものとなり、あなたは幸せになりましょう。そうしない限り、あなたは精神のどんな平穏も見出せないでしょう。そのことは私が請け合います。なぜなら、私以外のものは、すなわち、地上にあるすべての事柄は、あなたが気分や嬉しさから保持したいと思うどんなことも変化するからです。またそのすべてが、あなたをあれこれと忙しくさせ、混乱させたりするだけだからです。そして最後には、それらはあなたを見捨て、あなたが浸っていた嬉しさは悲惨な気持ちに変わるでしょう。だから、息子よ、心から忠告しましょう。すべての事柄を捨てて私につかまっていなさい。私のものとなりなさい。そうすれば、あなたも私もあなたのものとなりましょう。私たちはここの小部屋に一緒に閉じこもることにしましょう。そうすれば、あなたも肉体上の夫婦で見出すことができる快楽より適切な快楽を感じとれることになりましょう。私だけを愛そうとなさい[55]。私だけをあなたのすべての忠告者、案内人、証人、伴侶、共同者と見なすようにしなさい。私に話しかけるときは、いつでもこう言いなさい。「主よ、私とあなただけです、おお、第三者のことはまったく気にかける必要はございません」と。ですから、私だけをしっかりと握り締め、求め、楽しく語り合い、抱き締め、愛しなさい。そして、私からも同じようにしてもらうことに期待を寄せなさい。

二　キリストだけが自分の分と見なされる

二番目の身分では、あなたは、人々が儲けを求めてどんな終りのない苦労に圧倒されているのか、どんな策略を仕かけているのか、どんな危険を犯しているのかを見たでしょう。その苦役はすべて虚しく、必要なことはただ一つ、神のご好意だけであるということを知りなさい。ですから、あなたは、私が託したただ一つの天職を守り、忠実かつ真心を込めて静かに自分の作業を行ない、すべての事柄の終局と目的とを私に委ねなさい。

三　学ぶべき唯一のことはキリスト

学識者の間では、あなたは、彼らがすべての事柄を把握しようと努めている様子を見たでしょう。しかし、私の業のなかで私を探究すること、すなわち、私があなたやその他のすべての事柄を驚嘆すべき仕方で支配している様子を探究することを、あなたにとっての学芸の頂きとなるようにしなさい。ここにはあの地上で学識者たちが見出した考察の素材よりも多くの考察の素材を見出せましょうし、しかもそれには尋常ならざる慰安が伴っています。読むのに限りなく苦労するのに効果は少なく、害が頻繁に生じ、いつでも疲弊と憂鬱しかもたらさない蔵書の代わりに、構造化された学芸をすべて見出せる小冊子をあなたに与えましょう。

聖書

そこで、あなたの文法とは私の言葉を熟慮することです。弁証法とはそれに対する信仰であり、修辞学とは祈りと嘆息であり、自然学とは私の業を冥想することであり、形而上学とは私のなかや永遠の事物のなかで嬉しいと感じることであり、数学とは私の善意とそれに反する地上の忘恩を数え上げたり、重さを量ったり、大きさを測ったりすることであり、倫理学とは私が示している愛であり、その愛が、私や同胞に対するあなたのすべての行ないの規則を与えてくれることになりましょう。そうなれば、あなたにとっての学芸は、分かるためのものではなく、むしろ、その道を経て私に近づこうとするためのものであることが見てとれるでしょう。また、以上のすべてにおいて、へり下ればへり下るほど、あなたはますます賢明になれましょう。なぜなら、心がへり下れば、私の光が点るからです。

あなたは医者の間で、生命の多様な防御策と延命策の探究を見ましたね。しかし、どうすれば少しでも生き永らえるかと思い煩うのですか。それはあなたの思いのままになりますか。あなたが地上に入ってきたのはあなたが入ってきたいと思ったときではありませんし、あなたがこの地上から出て行くのもあなたが出て行きたいと思ったときではなく、私の摂理がそれを決めているのです。ですから、良く生きようということだけに努めなさい。そうすれば私も、あなたが生きているように定められている限り、良く生きるようにさせようとするでしょう。へり下って真心を込め、私の意思に沿って生きなさい。そうすれば、私もあなたの意思に沿ったあなたの医者になりましょう。そればかりか、私はあなたの生命となり、あなたの長寿の日々ともなりましょう。言い方をかえれば、私なくしては医薬も毒であり、私が命じれば毒も医薬になるのです。ですから、私だけに自分の生命も健康も委ねなさい。そして、自分ではそのことについてまったく平安にしていなさい。

法律家のところでは、人間による奇妙で難しい錯綜、すなわち自分の事柄をさまざまな仕方で自分に引き寄せるにはどうしたら良いのかを教えているのを見たでしょう。しかしあなたの場合は、次のような事柄を法学としなさい。

他人のことでも自分のことでも他人を妬まないように、誰かが持っているものはその人から奪わないように、あなたのものを必要とする者がいたらその人に与えるのを拒まないように、自分の債務となっているものは相手に返すように、債務以上のものを返して相手を利することができるなら、そうすることが責任であると自覚するように、自分の平安のために自ら進んで身を引くように、あなたの上着を奪う者には下着も与えるように、片方の頬を打つ者にはもう片方の頬を差し出すようにするということです[56]。それが私の法であり、それを守れば、あなたは平安を守ることができましょう。

四　ただキリストに仕えるべきである

地上であなたは、人々が宗教のお勤めをする際に、どんな儀式ばったことや罵りあいに従事していたかを目にしたでしょう。あなたの宗教とは、黙って私に仕え、儀式ばったことに関わらないことです。なぜなら私は、そんなことを媒介にしてあなたとつながってはいないからです。またあなたは、私が教えたとおり、霊と真理をもって私に仕えている限り、地上の人々があなたのことを偽善者、異教徒、その他のどんな名で呼ぼうとも、そのことで今後は誰とも口論してはなりません。そんなことはしないで、黙って私と私の下僕を探し求めるだけにしなさい。

五　自身や全体のことに優先してキリストに従うべきである

君主たちや人間社会の為政者の間で、人々が第一の地位に就いたり、他の人間を管理するために身をすり減らすことをどれほど喜んでいるか、あなたは気づいたでしょう。しかし息子よ、生きている限り、常にもっと低い場所を求め、命令するよりも聞き従うことを欲しなさい。なぜなら、舵輪の取っ手ではなく他人の後に従っている方が言うまでもなく容易であり、安全であり、安楽であるからです。それでも、なおも管理したり命令したいと思うのであれば、自分自身を管理しなさい。私は、魂と肉体とを王国としてあなたに授けましょう。ですからあなたには、肢体と魂の多様な動きの数だけの領民がいることになりますから、それらをうまく管理しようとしなさい。また、それら以外のさらに多くのことをあなたに委ねることが私の摂理にかなうときは、それに柔順にとりくみ懸命に行ないなさい。しかしそれは、自分の気まぐれのためではなく私からの天命のためにすることです。

六　キリストの敵と戦うべきである

戦士の身分の間で、英雄心とは人類を根絶したり破滅させたりできるかどうかにかかっているのを、あなた自身の目で見たことでしょう。しかし私は、あなたに他の敵がいることを告げます。それは悪魔であり、地上であり、あなた自身の肉体の欲求です。ですから、この瞬間からそれらに対抗する気概を示そうとなさい。それらから身を守り、またできるなら、前の二つのものを追い払い、最後のものを打ち滅ぼすようにしなさい。あなたが勇敢にそれを行なえば、地上の人々が持つ王冠よりはるかに栄光ある王冠を手にするでしょう。きっとそうなると、私は確かに請け合います。

七　キリストにのみ安らぎを覚えるべきである

あの幸福城の人々がどんな見せかけの幸福を求めたり、何を自慢していたのか、すなわち、物財、快楽、栄光を求め自慢していたことを、あなたは見たでしょう。しかし、それらを気にかけてはなりません。なぜならそれは、平安よりもむしろ混乱を与えるものですし、悲しみへ突き進むための道だからです。どうして多量の物財に拘泥するのですか。何のためにそれを欲するのですか。生活には少ししか必要ないのです。私に仕える一人ひとりを世話するのは私の事柄です。ですからあなたは、自分のために心の奥に啓蒙と敬虔という財宝を積もうとしなさい。そうすれば、あなたにその他すべての事柄を与えましょう。天も地も、相続権によってあなたのものとなりましょう。そのことに確信を抱きなさい。それは、あの物財のようにあなたを圧迫したり抑圧したりすることがなく、言うまでもなく晴れやかにさせてくれましょう。

地上にいる人々は交際を求めたがっています。あなたは騒音に気をつけ、孤独を愛しなさい。交際は、罪を犯したり無駄なことをするのに、あるいは少なくとも暇つぶしや時間の無駄使いに役立つだけです。しかし、そうはいっても、あなたは一人ではありませんし、一人になると恐れてはなりません。なぜなら私が、あなたや一群と共にいるのですから、私たちは語り合うことができるのです。それでも、時宜を得てあなたが目に見える交際も欲するのであれば、同じ霊に支配されている者との交際を求めなさい。そうすれば、神につながるあなた方の交際は強固なものとなりましょう。

あの人たちは、豊かな祝宴、食べ物、飲み物、笑いのなかに悦びを見出しています。しかしあなたは、私と共に私のために、必要とあれば、飢えたり、渇いたり、泣いたり、打撃やその他のすべてに喜んで耐えなさい。そして私が、安楽なことを授けたら、あなたはそのことのためではなく私のために、また私のなかで、楽しい気持ちにならなければなりません。

あの人たちが栄光や栄誉を求めてあえいでいる様子を、あなたは自分の目で見たでしょう。人間の評判を気にかけてはなりません。人々がそれについて良く言おうと悪く言おうと、私があなたに満足しているなら、あなたはそんなことに左右されることはまったくありません。私に好まれていることが分かったら、人に好まれることに拘泥してはなりません。なぜなら、彼らの賛同は不動ではなく、充分でもなく、倒錯しているからです。すなわち、彼らは憎むべきことを愛し、愛すべきことを憎むことが頻繁にあるからです。しかも、どうしてもすべての者に支持してもらえないときには、一方に好まれたいと思えば、他方からは嫌われることになります。ですから、すべての者に好まれようと思わず、私だけを求めようとなさい。そうすればあなたは、最も良い行ないをすることになります。私たちが共にそろって考えているときには、人間の舌が私に何も付けたすことも取り去ることもないのと同様に、あなたも何も付けたすことも取り去ることもできないのです。息子よ、多くの人々に知られようとしてはなりません。世評は低いままにしておきなさい。地上の人々があなたを知らないなら、そのままにしておきなさい。なぜなら、それが最も良いことですし、最も安全なことだからです。何はともあれ天使は、あなたを見て、あなたのことを語り、あなたに役立とうとしており、必要があれば、あなたの行ないを天にも地にも知らせることになりましょう。それに確信を持ちなさい。もちろん、すべての改良の時が到来すれば、改良する必要のない栄光に向けて、天使と全地上の人々の目の前で、私に身を捧げたすべての者が導き入れられることになりましょう。

ですから、息子よ、まとめて言えば、物財、学芸、美、才能、人間の好意、そのほか地上でうまくいったと言われている事物を持っても、そのことで決して自賛してはなりません。持っていなくても、心配してはなりません。そうではなく、そういったことをすべて脇に追いやって、あなたのところにあろうと他人のところにあろうと、そのまま脇において、ここでは胸中で直接私と関わり合おうとしなさい。そのように自分からすべての被造物を剝ぎとり、自分自身さえも取りさり、捨てさるようにしなさい。そうすればあなたは私を見出し、私のなかに充実した平安を見出すことになりましょう。約束します。

そこで私は、こう申し上げました。私の神である主よ、私は、あなただけがすべてであり、あなたを持っている者は地上のすべてのものを容易に放棄できることが理解できました。なぜなら、あなたのなかでこそ、それ以外の場所で欲することができるよりも多くを持てるからです。私は過ちを犯しました。しかし、もうそのことを理解できます。

私は地上をさまよって、被造物のなかに休息がないかと探し求めていました。しかし今後は、あなた以外のところで嬉しいと感じるものを、何も欲したり求めたりしません。今すぐに、あなたにこの全身を捧げます。ですから、私があなたのところから再び被造物のところに転落して、地上に満ちている愚行に改めて身を任せることがないように、あなたの手で私を強めて下さい。あなたの慈悲が私をお守り下さいますように。私はそれを頼りにしております、と。

第四〇章　巡礼はどのように変容したのか

再生の描写

私がそう申し上げると、さらに一層大きな光が差し込んで、最初は手足のどこかが磨耗したり、折れたように見えていた小像がまさしく全体的に元どおりになり、はっきりとし、美しくなった様子をこの目で見たのです。それどころか、その小像は目の前で動き始めさえしたのです。また、噛み合わなくなったり割れてしまった歯車も一つに合体して、地上の歩みと神の驚嘆すべき統治を描写する精巧な時計のようなものが、その歯車から作られたのです。また、梯子もなおり、天の光が入ってくる窓に立てかけられました。それで、その梯子に昇って見わたせるようになったのを、私は理解したのです。翼も最初は羽毛が引き抜かれていたように見えたのですが、新しい大きな羽毛がついたのです。そして、私に話しかけて下さった主は、その翼を手にとって肩にかけて下さり、こう仰ったのです。息子よ、私は二ヶ所に住んでいるのです。自分の栄光にあっては天に、謙遜の心にあっては大地の上にです。ですからあなたも、今後は二つの住居を持つようになさい。一ヶ所は、私があなたと一緒にいることを約束したここの家です。もう一ヶ所は飛んで行けるところ、すなわち天にある私のところです。そのために（永遠の事柄を求める願望である）翼をあなたに与えましょう。これを使えば、あなたが望むときに私のところに舞い上がることができます。そうすれば、あなたは私と一緒に、また私もあなたと一緒に、快楽を味わうことができましょう、と。

第四一章　巡礼は目には見えない教会に入るように指示されます

ともあれ、あなたをしっかり立たせ、私があなたを導き入れた慰めを本当に理解させるために、私の別の下僕たちのところにあなたを送ることにします。その下僕たちは、すでに地上を捨てて私に身を捧げた者であり、彼らの生き方を見ることができましょう。そこで私は申しました。「主よ、その人たちはどこに住んでいるのでしょうか。どこでその人たちを探し出せましょうか」と。すると主は、次のように答えて下さいました。「彼らは地上で人々の間に散らばって住んでいます。しかし、地上の人々はそれを知らないのです。そこで、あなたが彼らを知り、地上でのペ

新しい手綱と眼鏡

テンから安全を守るために、私が連れ去らない限りあなたは地上にいるわけですから、かつてあなたが身に付けていた眼鏡や手綱の代わりに、今やあなたに私の軛（それは私への服従ということです）をかけ、今後は私以外の誰の言うことにも聞き従わないようにさせます。さらに透視鏡も添えておくことにします。それを通して見れば、たとえあなたが地上を求めたいと思っても、その虚しさに一層気づくことができるようになるからですし、私の選んだ民が慰められている姿を見ることもできるようになるからです」と

(その透視鏡の枠は神の言葉であり、内側のガラスは聖霊だったのです)。それからその方は仰いました。さあ、行きなさい。あなたが以前通ってきた場所に行きなさい。そうすれば、先ほどは確かに助けがなかったので見ることができなかったものを、今度は目にすることができましょう、と。

私は、どこで下僕たちを見逃がしたのか思い起こして立ち上がると、いそいそと進んで行きました。あまり急いでいたので、地上のどよめきが周りで起こっても、もはやそれに注意を払うことは決してありませんでした。キリスト教という名の寺院に入って行き、その寺院の最も奥の樹皮でできた区画のところに幕、すなわち覆いを見つけると、他の宗派と推測されるところにはまったく目もくれずに、直接その区画に入りました。そこで都合良く、かつまっ先に、隅の後ろに何があるのかを理解できたのです。それはキリスト者の実践、言い換えると、キリスト教の真理という表題でした。そのベールは二重になっていました。表から見ることのできる外側のベールは暗い色で、地上の人々による蔑視と呼ばれていました。なかにあるもう一つのベールはきらびやかで、キリストの愛と呼ばれていたのです。私は、その場所がそれら二つのベールで囲まれて、他から区別されているのが分かりました。しかし、内側のベールは表からは見ることができませんでした。その幕の後ろに入って行く者は誰でも、他の人々とは違って、たちまち祝福と悦びと平安とに満たされたのです。

真のキリスト者と見かけのキリスト者との違いは何か

真のキリスト者が少ないのはなぜか

そのとき私は、まだ外側で眺めていたのですが、不思議で驚くべきことを目にしたのです。それは、その小区画の周囲を何千人という人々が歩いていたのに、その区画に入って行く者は誰もいなかったということです。もちろん彼らは、その小区画を見なかったり、ないしは全然注意を払わなかったとしても、それが表から見た彼らにさほど価値のないものに見えるとは、私には思われなかったのですが。学識者たち、すなわち、牧師も、司教も、その他の自分を神聖に見せている多くの人々が周囲を歩き回っている姿は見かけましたし、確かにそこを探している者も若干はいたのですが、しかし、そこに入って行かなかったのです。その情景を見て、私は悲しくなりました。確かに、そこに近づく者がいると裂け目から光が輝いたり、あるいは薫りが吹き寄せることで惹きつけるので、どうすれば行き着けるのか経路を探したくなるのが、私には分かりました。しかし、扉を探して振り返る者も、改めてその光線が彼らを驚かすと、再び戻って行ってしまったのです。

実践的キリスト者の要件

なぜそこに行き着く者が少ないのかという最も根本的な理由を、幕でできた扉から入ったとき、私は目にしたのです。それはとくに、そこで実施される試練が極めて厳しいということでした。そこに入りたいと思う者は、自分の財産も、目も耳も、自分の理性も心も、捨てさらなければならなかったのです[57]。神に対して賢明でありたいと思う者は分別がなくならなくてはなりませんし、神の学識を得たいと思う者はその他すべてを忘れなくてはなりませんし、神を保持したいと思う者はその他のすべてを捨てなくてはならない、と言われているのです。ですから、自分の財産と学識とを天に役立つと推測して、それらを捨てさりたくないと思う者は、その部屋の外に留まり、入ってはいけなかったのです。そして私は見たのですが、入れてもらえた者も、地上で大地の虚しさに包まれたものを隠さないように、その上着をざっと見るだけでなく、(他のところでは慣習にしていないことですが) 頭や心といった内部をも解体して、不純なものが神の住み家を汚さないようにさせていました[58]。それは苦もなく耐え忍べることではないにしても、天の医術によって実に快適に施されたので、生命が縮むよりも延びるような感じだったのです。なぜなら、その切開と切除に

再生の必要性

よって流れ出る血の代わりに、肢体のなかに人間を別物に変える火のようなものが点ったからです。それで、そのようになった誰もが、地上の人々が今なお知恵、栄光、愉快、富と呼んでいる（実際には重荷に過ぎない）ものを寄せ集め、あれほど無用な重荷に喘いでいるのを不思議に思ったのでした。そこで私は、足の悪い者が飛び跳ね、吃音の者が雄弁に語り、愚か者が哲学者を軽蔑し、何も持っていない者がすべてを持っていると言うのを見たのです。

教会は地上と真に対立しています

それを扉のところで目撃しながら、その幕の後ろにさらに奥深く入って行き、最初に彼らを全体的に見て、その後で若干の天職を見たのですが、私は筆舌に尽くしがたい慰めを感じました。そこでは地上とすべてが逆であるのを見たのです。見たというのは、言うまでもなく、地上は至るところで盲目と暗雲だらけだったのに、そこには明るい光があったということです。地上はペテンだらけでしたが、そこには真理があったのです。地上は無秩序に満ちていたのに、そこには高貴な秩序しかなかったのです。地上は苦役だらけでしたが、そこには平安があったのです。地上には心配と思い煩いしかなかったのですが、そこには悦びがあったのです。地上は欠乏だらけだったのですが、そこには豊かさがあったのです。地上は奴隷状態と隷属だけでしたが、そこには自由があったのです。地上ではすべてが困難で難しかったのですが、そこでは軽快だったのです。地上ではあらゆるところから悔いるべき出来事が起きたのですが、そこでは安全だけしかなかったのです。そのすべてについて、やや詳しくお話しましょう。

第四二章　幕の内側に住んでいるキリスト者たちの光

キリスト者の二重の明かり

地上の人々、またそこで手探りしている人々は、ほとんど推測だけに依拠しています。その行ないにあって互いを模倣しあい、盲者のようにすべてを触感で行ない、あちこちでもつれ合っては衝突していました。しかし、そちらでは、理性の光と信仰の光というはっきりとした胸中の二重の光が耀き、その両方を聖霊が支配していました。

なぜなら、地上の人々がそこに入る際に理性を脇にどかしたり放棄しなくてはならないとしても、聖霊が再び理性を、しかも極めて純粋で醇化された理性を返して下さるからなのです。それで、地上のどこを進んでいようと、自分の上や下や周囲でどんなものを見たり、聞いたり、嗅いだり、味わったりしようとも、至るところで神の足跡を見てとり、それらは目を満たすほどになり、神を恐れるためにすべてを見事に役立てることができるのです。それゆえ人々は、神が義の審判によって目に埃を入れられ、自分ではすべてを分かっていると妄想しても、何も知らないようにされてしまった地上のすべての哲学者以上に賢明になれるのです。哲学者たちは、自分の持っているものも、持っていないものも、すべきことも、すべきでないことも、また、どこへ、どんな目的を求めて達するべきなのか、何も知らないのです。そのため、学芸は瞼の上だけのもの、言い換えると、上辺を見ているだけになり、神の栄光が至るところにあふれ出ていく胸中の核心に分け入ってはいかないのです。ところがキリスト者は、自分が見、聞き、触り、嗅ぎ、味わうすべてに、神を見、聞き、触り、嗅ぎ、味わうのですし、そのことが憶測ではなく確かな真理であるという確信を抱いているのです。

さて信仰の光は、もちろんその人たちのうちにはっきりと輝きわたり、見たり聞いたり現前するものばかりでなく、現前せず目に見えないこともすべて見たり知ったりさせてくれるのです。言うまでもなく、神はその言葉において、天にあっては高みにあるものをも、地下にあっては奈落にあるものをも、また、地上より先にあったものも地上の後で出てくるものも、顕示して下さったのです。それを信じるキリスト者は、地上の人々が慣れ親しめなくても、すべてをあたかも目の前にあるかのように見ることになります。地上の人々は、掌にすることのできるもののみを信じて、手にとり見ることができるものしか欲しがりません。ところがキリスト者は、あえて目には見えず、現前せず、未来の事柄に身を委ねますから、現前する事柄を忌み嫌うのです。地上の人々は根拠だけを求めようとしますが、キリスト者は無垢の神の言葉に依存するだけで十分です。地上の人々は、債務、質草、抵当、封印を求めますが、キリスト者は信仰だけをすべての保証と見なしています。地上の人々は互いにさまざまな形で疑義を抱いたり、試みたり、確認したり、虫の知らせを感じていますが、キリスト者はすべてを神の真理の言葉に即して考えます。ですから、地上の人々にはいつでも、墜落したり、さまよったり、問いただしたり、躊躇することになるのですが、キリスト者は、神の真理の言葉をいつも全面的に信じ、聞き従い、へり下る根拠を身に付けているのです。なぜなら、彼らには信仰の光が輝いていますから、その言葉が不変であり、そうでないことはあり得ないのを見ることができますし、また、理性の光だけではすべてを捉えきれないのが分かるようになっているからです。

地上の驚嘆すべき事柄

そこで私も、その光に包まれて我が身を振り返り、不思議な、極めて不思議な事柄を筆舌に尽くせないほど目にしました。しかし、少なくとも幾つかだけはお話しましょう。私は目の前に地上を見ましたが、それは巨大な時計のようで、さまざまな目に見える素材や目に見えない素材から組み立てられていたのですが、すべてはガラス製で、透明で、壊れやすいものでした。また、何千、いや何百万という大小の円柱の上に回転体や留め金や小歯や突起があって、すべてが連動して動いたりうなったりしていました。音を出さないものもあれば、ヒューとか、ガタガタとか、さまざまに音を立てるものもありました。そのすべての中央に、最も大きく主要な、しかし目には見えない回転体があり、そこから、他のすべての回転体の多様な運動が始まっていたのです。しかし、その運動はどこか測りがたい仕方でした。なぜなら、その回転体の霊がすべてに広がり、すべてを管理していたからです。しかし、たとえそれがどのようになされているか十分には推測できなくても、正しくなされているのは、極めて明白かつ細かに見てとれました。ところで、それらの回転体の多くがぐらついたり抜け落ちても、また、小歯や突起、いや回転体や支柱さえも、時としてゆるんだり落下しても、全体的な動きが決して止まることがなかったのは、私にとって極めて不思議で、また快いものでした。それは、秘密の不思議な様式で維持され、常にすべてがつなぎ合わされ、補充され、再生されていたからでした。

もっとはっきり申し上げましょう。神の栄光、すなわち、天にも地にも奈落にも、また、地上を超えて、永遠という無限の縁に至るまで考えられるもののすべてに、神のお力と神性が満ちているのを見たのです。神の全能がすべてを貫き、そればかりか、それがすべての土台となっているのを見た、と申し上げているのです。また、地上の全範囲にわたって生じるどんなことも、とてつもなく大きなことも、とてつもなく微小なことも、すべてが神のご意思によって生じるのを見たのです。

また、とくに人間について述べさせて下さい。すべての人々が良かろうと悪かろうと一人残らず、ただ神のお力のうちに、また、神によって、生き、動き、存在していることや、一つひとつの動きや呼吸も、ただ神とそのお力によって生じるということも、私は見たのです。その方の七つの目は[59]、一つひとつが太陽よりも何千倍も明るく、大地のすべてを突き進み、また、光のなかであろうと闇のなかであろうと、公然とであろうと秘密裡であろうと、一番の深みであろうと、なされたことはすべて目撃なさり、絶えずすべての人間の心を探っていらっしゃるのも、私は見ました。また、その慈悲心がご自身のすべての業、とくに驚嘆すべきは、人間に関わる事柄に注がれているのも目撃したのです。なぜなら、その方は人間すべてを愛され、幸せを求め、罪人を受容され、罪を赦し、さまよう者を呼び戻し、帰る者を迎え入れ、ためらう者を待ち、異議を唱える者に耐え、自分を苛立たせる者を忍び、改悛する者を許し、身をかがめる者を抱擁して下さるからです。また、無知の者には教え、悲嘆に暮れる者を慰め、堕落する前に戒め、堕落した後では引き上げ、求める者には与え、求めない者にも授け、扉を叩く者には開き、叩かない者にも叩かせるようになさり、探す者には見出されるようにし、探さぬ者にもその目に映るようにして下さるからです。

その後で私は、頑固な者や忘恩の者に対する恐ろしく怖い憤怒もこの目で見ました。すなわち、人々がどこに向かおうとも、ご自身のたけり狂った怒りに追いかけられ追及されるのです。ですから、その方の手から逃れるのは不可能ですし、堕落するのは許されないのです。要するに、自らを神に捧げたすべての人たちは、神に対する恐怖と謹厳がすべてを支配し、とてつもなく大きなことも、とてつもなく微小なこともそのご意思によってのみ生じるのを見るのです。

第四三章　神に捧げられた者の心の自由

キリスト者は不動である

その方のご意思によって、地上のこの上なく賢明な者たちが自身の事柄のうちに求めてもすべて虚しかったもの、すなわち、精神の充実した自由がとくに彼らにもたらされるのです。ですから、神以外のどんなことにも従属したり拘束されなくなりますし、自身の意思に反して何かを行なう責任を負うこともなくなります。とりわけ私は、地上の至るところでまったく不本意に満ちているのを見たのです。すなわち、一人ひとりにその願いと違ったことが任務としてもたらされ、皆は尋常ではないほど自分か他人に縛りつけられるのです。自身の意思か他人の意思で強制的に引きずり込まれたために、いつでも自分ないしは他人と格闘していなければならなかったのです。ところが、そこではすべてが静かでした。なぜなら、彼らは誰もが神に全面的に身を委ね、その他のことにまったく注意を払わず、神以外は誰も自分より上位にあるとは認めなかったからです。ですから、地上の命令は聞かれず、その約束は跳ね返され、その威嚇は嘲笑されたのです。彼らは自分の胸中に確信を抱いているので、外的な事物をすべて悪いものと見なすのです。

このようにキリスト者とは、開放的で、気さくで、気のきいた、奉仕的な人ですが、心の特権において屈従しないのです。ですから、友人にも敵にも、主人にも王にも、女にも子どもにも、ついには自分自身にも拘束されないのです。そのためキリスト者は、自身の意図、すなわち、神への恐れから反らされることはないのです。むしろ、至るところで確固として歩を進めるのです。つまり、地上の人々が行ない、話し、脅し、約束し、命じ、嘆願し、忠告し、強制することには、何も動かされないということです。

キリスト者の最大の自由と最大の苦役

ところで、地上の人々は至るところで転倒に陥り、真理の代わりに影を捉えています。それは自由の場合も同様で、自由な人間は怠慢や自惚れや情欲に耽る者には服従することはないという原理に立っています。しかしキリスト者は、それとはまったく違った振る舞いをします。すなわち、ただ神のなかで自由を保持しようと心をよく守り、他のすべてを同胞に利用させるために回しているのです。また、私が見てとり認めたのは、言わせてもらえれば、神に身を委ねた人間と比べて、それ以上に奉仕的な者や、奴隷のような奉仕さえする者は皆無だということでした。彼らは、地上に受け入れられた者が恥じる最も卑しい奉仕に喜んで自発的にとりくむのです。同胞に役立つことだと認めることなら、彼らはそれに躊躇したり、後回しにしたり、骨惜しみしたり、自分の行なった奉仕を誇張したり、他人に思い起こさせようとしたり、中断したりすることはまったくないのです。感謝されても忘恩に出会っても、心安らかにかつ楽しく奉仕に専念し続けているのです。

おお、神の息子の隷属に祝福あれ。なぜなら、これ以上自由なことは何もあり得ないからです。そこで人間は、神の下に身を投げ出しているだけなので、その他のものにはどこでも拘束されないのです。おお、地上の人々の不幸な自由よ。それ以上隷属的なものは何もあり得ません。そこで人間は、神だけを顧慮するのを忘れ、憐れにも自身を他の事柄に隷属させるのを許しているのです。とくにその場合、支配しなければならない被造物には仕えて、聞き従わなくてはならないはずの神に対抗しているのです。おお、死すべき人間よ、私たちよりも上位にあるのは一人、ただ一人、私たちの教師であり将来の審判者である主だということを理解して欲しいのです。その方は私たちに命じる力を持たれていますが、奴隷たちにするように命じるのではなく、子どもたちに呼びかけるように、ご自分の言うことを聞かせようとなさり、私たちが従う時でさえ、自由で拘束されていないと感じるように望んでおられるのです。まさしく、キリストに仕えることは支配することです。そればかりか、神の農奴となる方が全地上を支配する王侯となるよりも栄光が大きいのです。ですから、神の友人や子どもになることは、どんなに素晴らしいことでしょうか。

第四四章　幕の内側に住むキリスト者たちの秩序

確かに神様が望んでいらっしゃるのは、ご自分の子どもたちが自由になることであり、我がままになることではありません。ですから、確かな秩序によって保護して下さるのです。私は、それ以上にうまく完全に保護できるものを、地上のどこにも見出せませんでした。言うまでもなく、地上はどこも無秩序に満ちていたからです。なぜなら、人々に一定の秩序がないか、また、秩序を有していても守っていない場合もあったからです。しかし、幕の内側に住んでいる人々は極めて高貴な秩序を持ち、それを遵守していたのです。言うまでもなく、彼らには神ご自身から直接授けられた正義に満ちた法があり、それは次のように定められていました。神に身を捧げたどの人も、唯一の神だけを持ちその神が唯一であると知ること。霊と真理をもって神に仕え、肉体的なものを考案しないこと。神の尊厳ある名を汚すためでなく、賞賛するために自分の舌を使うこと。神に対する奉仕に指定された日時を神に対する内外の奉仕以外には使わないこと。親および神によって引き合わされた人々に服従すること。同胞の生命を損なわないこと。肉体の純潔を保つこと。他人のものを自分のものにしないこと。虚偽

十戒の要点

と背信を避けること。精神が放浪しないように柵と囲いを確立して、精神をそのうちに閉じ込めておくこと。

要するに、枚挙できるすべての事柄よりも神を愛し、また、同胞の幸せを自分自身のことと同じように念願するということです。これら二つの言葉で包まれた神の法の集約がとても賞賛されているのを耳にしましたし、また私自身、それらの言葉が地上のすべての無数の律法、法、定めよりも価値があり、それどころか、それらの法のすべてよりも何千倍も完成しているのを見ましたし、体験もしたのです。

長々しい規則は
キリスト者には無用

言うまでもなく、神を心全体で愛する者には、いつ、どこで、どのように、何回、神に仕えたり、身をかがめたり、崇めなければならないのかを幾度も指示する必要はありません。神と心の内で一体化し、神に服従する支度ができているということこそ、この上なく快い敬意の表明なのです。なぜならそれによって、いつでもどこでも自身のうちで神を賞賛したり、すべての行ないを神の栄光のために捧げることになるからです。自身と同じように同胞を愛するのも同じで、どこで、いつ、どんな場合に尊重しなければならないとか、どんな場合に害を与えてはならないとか、どんな場合に当然の負債を返さなくてはならない、といった詳細な指示は必要ありません。言うまでもなく愛が、同胞に対してどのように振舞わなくてはならないのかを彼らに十分に語ってくれますし、示してくれるからです。いつでも法を求め、どう振舞わなくてはならないのかを書き取った文書を欲しがるのは、悪人の徴です。なぜなら、私たちがしてもらいたいと望むことを同胞に対してすることは私たちの
60 義務であるということを、神の指が密かに心の家で示して下さっているからです。しかし、地上の人々は、自分の良心という胸中の証言に注意を払わず、単なる上辺の秩序を尊重するので、地上には正しい秩序がまったくなくなり、疑惑、不信、誤解、悪意、不和、嫉妬、憎しみ、盗み、殺人等々しか残っていないということになってしまいました。

ところが、神に正しく身を捧げた者は、自分たちの良心だけに注意を払って、その禁じることには身を向けず、また、良心が行なわなくてはならないと示すことは行ない、しかも、利益も、賛辞も、他の何も求めようとしなかったのです。

キリスト者の間にある魂の最高の合意

そこから、一様性のようなものが流れ出て、あたかも単一の鋳型に注ぎ込まれた者であるかのように、彼らはすべて互いに類似するようになるのです。すなわち、彼らはすべて同じ感覚を持ち、同じものを信じ、同じことを欲したり欲しなかったりするのです。なぜなら彼らは、同一の霊から教えを受けているからです。また、驚くべきことには、（私はこの目で見て快かったのですが）一度も見たことも聞いたこともなく、また地上にあって遠く離れていた人々が、互いにそっくりになり、それどころか、相手と一体のようになり、同じ言葉を話し、同じことを見て、同じように感じていたのです。それで、楽器の弦や管が細い音や太い音を出すために多様であるように、たとえ能力の相違は大きいとしても、そこから醸しだされる調和は快いものでした。それがキリスト者の合致の偉大な秘密であり、神々しい合致の原理ですし、それどころか、唯一の霊によってすべてが行なわれるという永遠の予兆なのです。

彼らの共感

その一様性から合致した共感が生じて、喜ぶ者と喜び、悲しむ者と悲しむのです。ところが私は、地上で、一度ならず悲しい思いをした極めて悪いことに気づきました。誰かに悪事がもたらされると他の人たちは喜び、誰かが間違えば他の人たちは笑い、誰かが害を受ければ他の人たちもその人から儲けようとし、それどころか、自分の利益、慰め、娯楽のために同胞を堕落させたり害を与えたりしていたのです。しかし、そこの人たちの間では違うことに、私は気づきました。なぜなら、誰もが自分のところから不幸や不便を除去するのと同じくらい真剣かつ熱心に同胞からもそういったことを除去していたからです。それができないと、あたかもそれが自身に降りかかったかのように悲しんだのです。自分のことであるかのように行なうのは、すべての者が一つの心と一つの魂を持っているからです。言うまでもなく、羅針盤の鉄の指針が磁石によって方向を定められると地上の同一の方向に向くように、あの人たちの心も、愛という霊に触れられると、同一の方向、すなわち、幸福な場合には悦びの方へ、不幸の場合には悲しみの方へと向くのです。またそういう場面を目にして、自分のことだけに熱心で、同胞に世話を払わない者は偽りのキリスト者だということにも、私は気づきました。すなわち、地上の人々は、神の手が指しているところから抜け目なく身をそらし、自分の巣だけに閉じこもり、他の人たちのことは外に放置して風雨に打たせているのです。ところがそこでは、私が見たのは違っていたのです。一人が苦しんでいるのに他が歓喜することはなく、一人が飢えているのに他が饗宴をするということはなく、一人が戦っているのに他が眠ることはなく、すべてが共同でなされ、見ていて楽しくなるほどだったのです。

よきことの共有は最善である

財産という点では、大部分が貧しかったので、地上の人々が物財と呼んでいるものをほとんど持たず、それにほとんど注意を払っていなかったとはいえ、ほとんど誰も自身のものを持っていました。しかし、それらを隠したり（地上でなされているように）他人の前で内緒にすることはなく、あたかも世間で使われるものでもあるように見なして、それを必要とする者がいれば、即座にかつ喜んで与えたり貸したりしていました。ですから、誰もが自分たちの財産を自分たちで処理しており、それは、一つのテーブルに着いた者が同一の権利で皿を利用できるようなものでした。それを見ていた私は、私たちのところで頻繁にそうしたことが拒絶されていることに恥ずかしくなりました。すなわち一方では、自分の家に皿、衣類、食糧、金銀をできる限り多く詰め込んであふれるほどにしている者がいるのに、他方では、そこには神の下僕も少なからず含まれていたのですが、身をおおったり食べるものにこと欠いている者もいるのです。そして、それは神のご意思ではないことが理解できたということを申し上げます。それは地上の人々の意思であり、背教の地上とは、一方が華麗に装っているのに他方が裸で歩き、一方が食べ過ぎでげっぷをしているのに他方が飢えて口を開けており、一方が苦労して産み出しているのに他方が無駄に費やすばかりであり、一方が娯楽を楽しんでいるのに他方が泣き叫んでいるということです。そこから、一方には自惚れと他人に対する軽蔑とが生じ、また他方には嘆きと前者に対する嫉妬とその他の無秩序が生じたのです。ところが、そこには何一つそんなものはなく、すべてがすべての者の共有とされ、魂すら共通になっていたのです。

敬虔な者相互の家族意識

そこから、彼ら相互の家族意識と気さくさと神聖な交際が生まれ、それで、すべての者が、自分たちの能力や天職が異なっていても、互いに兄弟であると見なし、兄弟であると考えていたのです。なぜなら、自分たちはすべて唯一の血に由来し、唯一の血によってあがなわれ清められ、唯一の父の子どもであり、唯一のテーブルを使い、天から唯一の相続遺産を戴けると期待している等々の者であり、偶然以外では、一方が他方より上位を占めることは何もない、と言っていたからです。そうして、彼らが互いに愛想良くかつ丁重に先導し、喜んで互いに奉仕し合い、どの人も自分の地位を他人を啓発するために利用しているのを、私は見たのです。すなわち、忠告できる者は忠告し、学識のある者は教え、体力のある者は他人を擁護し、権力のある者は秩序を維持したのです。何かで迷う者がいれば、他の人たちが訓戒し、罪を犯す者がいれば他の人たちが罰しました。さらに、誰もがすべてを指示どおりに改良する心構えができていましたので、喜んで訓戒されたり罰を受けたのです。

肉体がその人のものではないということが示されると、肉体すら喜んで捨てたのです。

第四五章　神に心を捧げることによって、すべてが軽くかつ容易になります

神に服従することは困難ではない

そのような秩序を守ることが彼らにとって辛いときもありますが、それはむしろ喜びであり快楽でした。もちろん、地上で私が見たことは、どの人も守らなければならないことを不承不承守っていただけでした。ところがそこでは、言うまでもなく神が、彼らから石のような心を取り去って、十分に神のご意思に添う柔軟でしなやかな心を肉体に授けられたのです。ですから、たとえ悪魔があれこれが困難だという狡猾なそそのかしによって、地上の憤慨に堪えない実例によって、肉体がその本性によって、善に向かうのが少なからず躊躇させられても、彼らはそれらにはまったく関心を払わないのです。彼らは祈りという矢で悪魔を斥け、不動の意志という盾で地上を押し返し、懲戒という鞭で肉体が従順になるように強いるのです。そして、自分のこと

を楽しんで行なっていたので、彼らのなかにお住まいのキリストの霊が力を授けられ、願望においても実際の業においても（この世での完全という制約でのことですが）まったく不足をきたさないようになりました。同じように、その場で私は、心全体をもって神に仕えることは苦労ではなく快楽であるということも見出したのです。ですから、自分が人間であることを頻繁に言い逃れの口実に使う者は自分の生まれ変わる力も妥当性も認識できず、ひょっとすると生まれ変わることさえできないということが、私にも理解できました。ですから、そういう人には注意するようにさせて下さい。私は、そこの人たちの間で、肉体が弱いからといって自分の罪の赦免を当然のように要求する者や、あるいは、本性が脆いからといって自分の悪事を言い逃れする者を見たことがありませんでした。むしろ私が見たのは、自分たちを創造し、あがない、寺院として身を犠牲にして下さったお一方に心全体を捧げ、その心に従うままに、他の器官も従順にまた穏やかに、神の欲するところに向かって行く者だったのです。おお、キリスト者よ、たとえあなたが誰でも、肉体という鎖から解き放たれて下さい。そして、あなたが精神のうちで描いている障害は、あなたの意思が本物であれば、それを妨げるにはあまりに小さいということを見て、体験し、認識して下さい。

キリストのためにに耐えることは快適である

神の望むことを行なうだけでなく、神が担わせて下さることに耐えるのも容易であるということを、私は見ました。なぜなら、ここでは少なからぬ人々が地上の人々からピシャリと打たれたり、平手打ちされたり、殴られているのに、悦びに泣き、手を天に掲げて神を称え、その名のために耐えるにふさわしい者にして下さいと言っていたからです。すなわち、十字架に張りつけられた方を信じるばかりでなく、その方を称えるために自分たちを十字架に張りつけて下さいと言ったのです。ですから、そういうことに耐えられない他の人たちは、懲戒がないので神の憤激があるのではないか、十字架を背負わないのでキリストから離縁されるのではないかと恐れ、その人たちを神聖な意味で嫉妬したのです。ですから彼らは、神の鞭や杖がいつ加えられようとも好ましく思い、いかなる十字架をも抱きしめたのです。

その覚悟はどこから出てくるか

ところで、それらはすべて、自分たちの意思をもって神にすべてを捧げるところから出てきます。ですから彼らは、神の欲する以外には何も行なわず、また、神の欲する者以外になりたいとは決して思わないのです。また、どんなことが降りかかろうとも、それは神が先を見越したご判断によって自分たちにもたらされたということに確信を抱いているのです。そのような人々には、突然の事柄が生じることはあり得ません。なぜなら彼らは、打撃も捕囚も苦悶も死も、神の善意に数え入れているからです。首尾よく運ぶことも、そうでないことも、彼らには同じことなのです。その違いは、首尾よく運んでいることは疑わしいと判断し、そうでないことは安全だと判断できるということだけです。ですから、自分たちの不都合、打撃、傷跡を享受するばかりか、誇りにさえしたのです。要するに、彼らは神に依拠して動じないので、何か耐えることがないと、無為に過ごして時間を浪費したと考えるほどでした。しかし、手を貸せる人も、そうしてはならないのです。なぜなら、彼らが喜んで背中をさらすほど打つことは困難になりますし、狂人に似るほど嘲笑うことは危険になるからです。言うまでもなく、彼らはもはや自身のものではなく神の人なのですから、彼らに何かが起これば、神はそれを自身になされたことと見なされるのです。

第四六章　聖なる人々はすべてのものを豊かに持っています

地上は操り人形に満ちている

地上の人々は、駆けてきて走り回り、身までも貸して、どこからでもかき集めていますが、決して十分に持てません。しかし、そこの人たちは違う特徴を持っているのです。彼らは誰しも黙って主の足下に座り、そうして自身に降りかかることだけに満足しています。言うまでもなく、自身のうちに住まわれる神の慈悲を最善の物財と考え、そのことを楽しみにしています。地上の人々が物財と呼んでいるものは、利益というより重荷と見なしています。それを必要に応じて生活に利用してはいますが、あくまでそれは必要に応じてなのだと、私は言っておきます。ですから、神様が分け与えて下さるものは何であれ、それが多かれ少なかれ、誰もが満足しているのです。言うまでもなく彼らは、神の保護の下にいることを信じ全面的に身を任せていますので、神の恩賜以上を望むことを不適切と見なしているのです。

私はそこでは次のような不思議なことも見ました。すなわち、財産、銀、金、王冠、王笏を十分に持っている者がいながら（なぜなら、そうした人々も神様はご自身の民に含めているからです）、ほとんど何も持たず、せいぜい半裸で、飢えと渇きに干上がった肉体しか持っていない者もいたのです。にもかかわらず、前者は何も持っていないと言い、後者はすべてを持っていると言い、両者は等しく幸せな気持ちでいたのです。また、そこで私は、本当の意味で富んでおり、何も不足のない者とは、自身の持っているものに満足する術を知る者であるということが理解できました。金をたくさん持っていようと、少ししか持っていなかろうと、まったく持っていなかろうとも、大きな家に住んでいようと、小さな家に住んでいようと、小屋にさえ住めなかろうとも、見栄えのする衣類を着ていようと、見すぼらしい衣類を着ていようと、衣類をまったく着ていなかろうとも、友人がたくさんいようと、一人しかいなかろうと、全然いなかろうとも、地位であれ官職であれ栄誉であれ評判であれ、それが高かろうと、低かろうと、まったくなかろうとも、ひとかどの者になれようと、何にもなれなかろうとも、すべて同一だというのです。彼らは、神が欲して導かれ、据えて下さり、就かせて下さるままに、進み、立ち、座を占めるのであって、そのすべてが良いことあり、しかも、自分たちが理解する以上に良いと、彼らは信じているのです。

敬虔な者には何も不足していないものはない

おお、祝福された、望ましき豊かさよ。そのように豊かな者とは何と幸福なのでしょう。地上の人々の目からして憐れで悲惨に見えようとも、地上の事物という点でも、彼らは地上のどんな金持ちより何千倍も多く持っているのです。言うまでもなく地上の金持ちたちは、自分の財産とともに、自分で対処しなければならない火事、洪水、悪習、盗賊等々の何千という出来事にさらされています。ところが、この人たちは、神という世話人がおられますから、いつでもその方のところで新鮮に貯えられている必需品がもらえるのです。その方は、毎日ご自身の倉庫から取り出して食べさせ、ご自身の小部屋から取り出して着せ、ご自身の金庫から取り出して支払いに必要なだけ与えて下さるのです。それはあり余るほどではないにしても、いつも必要にかなっています。それは、人々の理性ではなく神ご自身の摂理によって判断されますが、その人たちは、そうしてもらうことを理性によるより千倍も喜んで満足しているのです。

第四七章　神に身を捧げた者の安全

天使の保護

ところで、悪魔や地上の人々が敬虔な人々の集団を顔をしかめて探したり、殴ったり、打ったりするので、地上にあって彼らほど身ぐるみ剝がれ、あらゆる危険に見舞われる者がないように見受けられるのは確かですが、にもかかわらず、彼らがとても守られているのも、私は見たのです。彼らの社会は全体が火の壁でとり囲まれており、私が近寄ると、その壁は動いているのが見てとれました。なぜならその壁は、まさしく何百万という天使の輪であり、そのために、どんな敵も近づくことすらできないようになっていたのです。それ以外にも、彼ら一人ひとりが神から授けられた天使を保護者として有し、その天使が一人ひとりに注意を払い、どんな危険や罠からも、落とし穴や待ち伏せからも、誘惑や好餌からも、彼らを防衛し守るようにしていました。言うまでもなく、（私は気づきましたしこの目で見たのですが）天使たちは下僕仲間としての人間にとっての愛人であり、神によって創造された目的である義務を人間に果たさせるために助けようとしていたのです。彼らは人間に喜んで仕え、悪魔や悪人や不幸な出来事から防御し、必要があれば腕に載せて運び、危害から守りさえするのです。また、そこで私は、それが大いに敬虔に依存しているのも理解できました。なぜなら、美しく純潔な霊は、徳の薫りが感じとれる場合にだけ定着し、罪と不純の悪臭によって駆逐されてしまうからです。

天使は私たちの教師である

また、目には見えない聖なる交際のもう一つの効用（これを秘匿しておくことは適切ではありません）も理解できました。天使たちはとくに、保護者としてばかりではなく教師として任じられているのです。ですから、彼らは人間にあらゆる事柄の秘密の信号を頻繁に送り、深く隠された神の秘密を教授するのです。彼らは全知の神のお顔をいつも見ているので、敬虔な人々が欲し得ることで彼らから隠されるものは何もないのです。また天使たちは、神の恩賜として、知っていることや必要とされることを人間に顕示するのです。そこで敬虔な人々の心は、どこで生じていることも頻繁に感じとり、悔いるべきことには悲しみを、慰められたことに嬉しさを見出すのです[61]。そこから、夢や幻影、あるいは密かな息吹きを通して、過去に起きたことであれ、今のことであれ、今後生じることであれ、人間の精神に描かせるのです。また、そこから私たちの内なる他の神の賜物も、鋭く有用な熟考も、どこからもたらされたのかは分かりませんが、頻繁に自身を超越できるようになる多様で特有な洞察も増大することになるのです。おお、神の息子の学校に祝福あれ。小人物が不思議な秘密を語り、あたかも目の前に見るかのように地上や教会の将来の変化を予言し、とくに地上にまだ生まれていない王や長の名を挙げ、どんなに星を探究しても、どんな人間の才能によっても考えつかないような事柄を予告したり宣告したりして、地上のすべての智恵者が驚き呆れることがよくありますが、それこそ今述べたことから生じるのです。それらはすべて、私たちが保護者である神に感謝しつくせないほど、そして、天の訓育者たちを敬愛しつくせないほどの重大なことです。しかし、敬虔なる者の安全に話題を戻しましょう。

神はその人々の盾である

そこの人たち一人ひとりは、天使の保護ばかりではなく、神のご意思に反してその人たちに触れたいと思う者に恐怖がもたらされることになる神ご自身の厳かな現前によって守られているのを、私は見ました。さらに、水火のなかや、食わせるためにライオンや野獣等のなかに投げ込まれた者が、何の傷も蒙らなかったという奇蹟も何度か見ました。また、憤激した人間がとどめを刺そうとして、圧制者や死刑執行人たちの大群が大勢のならず者と彼らを取り囲むこともありました。ときには、強力な王や全王国民が、彼らを滅ぼそうと疲弊するほど骨を折ったこともありました。しかし、彼らにはまったく何も起きず、攻撃によく耐え、自身の天職を心楽しく進めていったのです。そこで私は、彼らが神を自分たちの盾と見なしているのが理解できたのです。すなわち、神がご自身の下僕たちに地上である事柄を行なうように命ぜられ、彼らが勇んでそれを実行するとき、神は彼らの内か周りに住まわれ、ご自分の瞳のように彼らを守って下さるのです。それで、彼らが地上に遣わされた目的であることを終えないうちは、滅ぼされることがないのです。

敬虔な者たちの神聖な大胆さ

彼らは神の保護を知り、喜んで身を委ねます。そのうちの何人かが、死の影がそこに生じようと、何百万の者に取り囲まれようと、全地上が持ち上がろうと、大地が覆されて海に投げ込まれようと、地上が悪魔に満たされようと、また、それに似たことが起きようとも怖くはないと自慢しているのを、私は聞きました。このように、神の手の内に包まれ守られた人間が他のすべての力から解き放たれるとは、おお、それは何と極めて幸福で、地上ではかつて聞いたことのない安全なのでしょう。キリストのすべての真面目な下僕たち、つまり私たちには、見守ってくださる方、すなわち、極めて注意深い保護者、防御者である全知の神がいて下さるということを理解しましょう。私たちに恵みあれ。

第四八章　敬虔な者はすべての面で平安です

地上ではすべての身分にわたって至るところに渦巻きや労苦、思い煩いや心配、恐怖や不安が満ちているのに、そこでは神に身を捧げたすべての人が平安で幸せな気持ちに満ちているということを、私は見出しました。なぜなら、彼らは神におびえるのではなく、自分たちへの神の優しい心を熟知しているので、悲しまなければならないことを自分のなかに見出せず、（すでにご覧に入れたとおり）良いものは何も不足していることがなく、周囲にも何も不便を感じることがなく、懸念することもなかったからです。

地上の戯れはとるに足りないものと見なすべき

地上の邪悪な人々は彼らに平安を与えず、悪意と嘲りでできることを何でも行なっているのは本当です。すなわち、にらみつけ、傷を負わせ、投げ飛ばし、つばを吐きかけ、つまずかせ、さらにそれ以上悪いと考えられることを何でもしていたのです。その実例を私はたくさん見てきましたが、善良でありたいと思う者は、最高の主の定めによって、地上の人々の前では頭巾と鈴を身に付けなくてはならないということも知りました。なぜなら、地上の人々の生活様式は、神において賢明であることが地上にあっては単なる狂気に過ぎないということを示しているからです。私は、多くの人々が極めて立派な神の賜物を持ちながらも、軽侮や嘲笑いの種でしかなく、周囲からでさえも頻繁にそのように扱われたのをこの目で見てきました。つまり、そうしたことが時として起こりますが、そこの人々は軽蔑されるのを何も気にかけないのを、私は見たのです。むしろ、地上の人々が悪臭の前で鼻をつまむかのようにし、忌み嫌うべきものから目をそらすかのようにし、馬鹿者であるかのように自分たちを蔑み、犯罪者でもあるかのように避けることにさえ、彼らは喜んでいたのです。そのこと、すなわち、地上の人々に好まれなかったことを、彼らがキリストの民であると承認してもらうための合い言葉にしていると言っていたのです。また彼らは、喜んで害悪に耐えられない者は、まだキリストの霊を十分に持っておらず、そう話すことで互いに励ましあうことにしているのです。さらに彼らはこう言いました。地上の人々は同じように自身の周囲に対しても容赦がなく、引っかき、騙し、強奪し、悩ましています。それなら、地上の人々のするようにさせておきましょう。私たちがその痛みから抜け出すことができなければ、地上の人々から私たちに偶然降りかかった打撃に神の寛容な善意が報いて下さるように、その痛みをもって行きます。そうして地上の人々の嘲笑、憎しみ、非行、打撃は、私たちにとっての利益となるのです。

そればかりか、彼らが次のように言っているのも私は理解できました。そこの真のキリスト者たちは、地上の人々が幸福と不幸、富と貧困、栄光と不名誉と呼んでいることの間の区別を耳にしたがらず、神の手から出たことは何でもすべてが良く、幸福で、有効である、と言っていたのです。ですから彼らは、どんなことにも悲歎に暮れることはなく、躊躇もはぐらかすこともないのです。支配せよ、仕えよ、と指示されることも、命ぜよ、従え、と指示されることも、教えよ、学べ、と指示されることも、豊かに持て、欠乏に耐えよ、と指示されることも、真のキリスト者にとってはすべてが同じことなのです。真のキリスト者は顔色を変えず、神様に好まれるようにすることだけに注意を払って進むのです。また、地上とは受容できないほど大きくはなく、除かれ得ないほど貴重でもないと、彼らは言うのです。ですから、何かに焦がれたり、何かを失ったということで悲歎に暮れることはまったくないのです。右の頬を打つ者がいたら、喜んで左の頬を差し出すのです。上着のことで言いがかりをつけてくる者がいたら、上着も脱がされるままにさせるのです[62]。すなわち、すべてを証人であり審判者である神に委ね、時が至ればこれらの事柄が再検討され、最終的には正当な審判が下されるということに、彼らは確信を抱いているのです。

区別しないこと

そればかりか、神の人は、地上の諸民族によって平安な精神が妨げられるのは認めませんでした。言うまでもなく、多くの事柄は好ましいものではなかったのですが、だからといって彼らは内心で歯ぎしりしたり思い悩むことはなかったのです。彼らはこう言うのです。まっすぐ進みたくないものは戻るようにさせて下さい。立っていたくないものは倒しておいて下さい。存続したくなかったり存続できなかったりするものは滅びるようにさせて下さい。秩序正しい良心と神の慈悲とを心のうちに持っているキリスト者が、どうしてそんなことに思い悩まなくてはならないのでしょうか。私たちの慣習にならいたくないという人々がいれば、できる限りの良心に則って、私たちがその人々の慣習に合わせましょう。本当に地上の人々が悪からさらなる悪へと進んでいるのに、自分たちが苛立っていてそれを改良できるものでしょうか。

さまざまの王国の崩壊や交代は、まったく敬虔な者の脅しにはならない

権力のある地上の人々が王冠や王笏を他人に取らせないように奪い、それで血が流され、大地や王国の破滅がもたらされても、啓蒙されたキリスト者がそうした事柄について煩わされることはありません。彼は、地上を支配する者に依拠する事柄は僅かしかないか、またはまったくないと見なしています。なぜなら、まさに悪魔が地上の王笏を獲得しようとも、地上の人々が教会を破滅させられないように、天使が地上を支配する王冠を載いても、地上が地上であることを止めることはなく、正しく敬虔な者でありたいと思う者は、これから先もつねに耐えるべき事柄を持ち続けなければならないからです。ですから、誰が地上の玉座に着こうとも、それが敬虔な者である場合を除いて、(それは体験から証明されています)、多くのお追従や偽善者を敬虔な人々の集団に混ぜ込むことになり、またその混合のせいで、その人々の敬虔も冷めることになるという点でまったく同じことなのです。他方、迫害の時にあっては敬虔な人々はまったく熱心に神に仕えており、敬虔な人々が支配するときには、多くの人々が共通善、宗教心、名誉、自由という覆いの陰に身を隠していると見なされるに違いないのです。なぜなら、その覆いの内側にいる彼らを見ると、彼らがキリストではなく、自分の王国、自由、栄光を求めているのが見出されたからです。ですから、キリスト者である人間は、これらすべてをその歩みや進展に任せて、心の家で安堵して神とその慈悲に満足しているのです。

迫害も脅しにはならない

それればかりか、教会をとり巻く罠も啓蒙された魂を混乱に陥れることはありません。言うまでもなく、凱旋が最終的には彼らのものとなることが分かっているのです。なぜなら、凱旋は勝利なくしてはあり得ず、勝利は戦闘なくしてはあり得ず、戦闘は敵やまた彼らとの困難な闘争なくしてはあり得ないからです。ですから彼らは、勝利はご自分の決めたとおりに物事を運ばれる神のものであるという確信を抱き、自分たちや他の人々に降りかかってくる事柄を勇気をもってすべて引き受けました。たとえ行く手に絶壁、山、砂漠、海、深淵があろうとも、それらは最後には道を譲るに違いないのです。彼らはまた、神に反抗する敵たちも神の栄光を増す助けになるに違いないということも分かっています。なぜなら、神の栄光のために企てられたことが何の反対にも会わなければ、それは人間によって企てられ、人間の力によって遂行されたことだと考えられてしまうからです。反対に、地上の人々がすべての悪魔と共に反乱を起こすほど、神の力がますますはっきりと現われるのです。

敬虔な人々の混乱を粉砕するのは容易

最後に、（私はその実例を見たことがありますが）彼らの心に忌むべき気持ちを醸し出すような出来事が生じても、それは彼らのところに長く留まっていることはできず、日の下の雲のように、たちまち消え去ったのです。それは次のような二つの仕方でなされました。第一は、現在の劣悪な事柄よりも価値があり、彼らを待ち受けている楽しい永遠を熱望するということです。ここで起きることはすべて一時的であり、現われて逃げ去り、失われ、消え去るのです。ですから、それは一瞬のカチンという音に過ぎませんから、そんな事柄のどれかに焦がれたり、わざわざ思い悩む価値はないのです。第二は、彼らにはいつでも家に客があるということで、その方と話すことで、憂鬱な気持ちがどれほど大きくても、その気持ちをすべて追い払うことができるのです。その客こそが慰めて下さる方、すなわち神であり、彼らは心のなかでその方にすがり、自分の悩んでいることを親しみ深く包み隠さずにすべて告白したのです。彼らの大胆な確信とは、どんなことがあっても神様のもとに駆けて行くということです。すなわち、自分たちの犯したどんな悪行でも、欠乏でも、不十分さでも、弱さでも、苦痛でも、憧れでも、その方の父のような懐にすべて注ぎ込んで、すべてに関してその方に身を委ねるのです。そうすれば神様は、ご自分に対する息子のような愛しい信頼を愛さざるを得なくなり、ご自分の慰めを彼らに授けざるを得なくなり、それどころか、彼らの苦悩を軽減するために力を貸さざるを得なくなります。そうなれば、彼らの辛苦が増強し多様になるほど、あらゆる理性を超越した神の平安が、彼らの心のなかで増強され多様になっていくのです。

第四九章　敬虔な人々の心には恒常的な悦びがありました

さらに、彼らの心のなかには単なる平安だけでなく、神の愛がそばにあり、それを感じとれるところから心に広がっていく絶えざる悦びと歓喜も宿っているのです。なぜなら、神の住まうところに天があり、天のあるところには永遠の悦びがありますが、永遠の快楽のあるところでは、人間はそれ以上に何を欲してよいか分からないからです。これとは反対に、地上のあらゆる悦びは影であり、冗談であり、笑いに過ぎません。しかし私は、そこにある悦びをどんな言葉で表わしたり描いたりすれば良いのかまったく分かりません。ただ、私が見ましたし、見ましたし、見ましたし、認知できたこととは、神と天の財宝とを携えることは、地上のすべての栄光、美麗、光線とは比べものにならないほどの栄光に満ちているということでした。またそれは、すべての地上の人々が何も取り除いたり付け加えたりできないほどの悦びに満ちているということでした。さらにそれは、すべての地上の人々が理解し保持しているよりもはるかに重要かつ崇高であるということでした。

良心は絶えざる饗宴

神の光、神の霊からの高貴な秩序正しさ、地上とその奴隷状態からの解放、確かで豊かな神の世話、敵や出来事からの安全、そして最後に、すでにご覧に入れたようなあらゆる面での平安を、自身のなかに感じ見てとる人間にとっては、それがどうして甘美でなく、慰めでないことがあり得ましょうか。それこそが地上の人々が理解できない甘美であり、その甘美とは一度体験した者が蛮勇を奮って追い求めるに違いないものです。しかも、その甘美とは、他のどんな甘美も惹きつけることができず、他のどんな辛苦も引き離すことができず、他のどんな珍味もおびき寄せることができず、他のどんな険しさも、死でさえも引き離すことができない甘美なのです。

また、それこそが、神の聖者の多くを時が来れば促して、栄誉も人間の賛辞も財産も所有物も喜んで捨てるようにさせ、地上の人々もそれを手にしたなら、同じように地上を捨てる準備をさせるということも理解できました。さらに他の人々を促して、自身の肉体を監獄のなかや、鞭の下や、殺されるためにも喜んで差し出すようにさせたということも理解できました。ですからその人たちは、地上の人々が繰り返すなら、千回死ぬことを受け入れる準備をして、水のなかでも、火のなかでも、剣の下でも気持ち良さそうに歌っているのです。おお、イエス様、あなたを味わう心にとって、あなたは何という甘美なのでしょう。その慰めを理解する者に祝福あれ。

第五〇章　巡礼は、さまざまの身分に応じてキリスト者を調べました

私はこれまで、すべての真のキリスト者に共通することを述べてきました。ところで、彼らの間にも、地上の人々の場合と同様に異なった天職があるの見て、自分たちの分を守っている人々の様子をもどうしても見たいと思ったのです。そして、すべての身分で高貴な秩序を見出して、私は楽しくなりました。しかし、そのことをこと細かく列挙したいとは思いませんから、手短に若干のことにだけ触れましょう。

一　キリスト者の結婚

彼らの夫婦関係を見ると、貞節とさほど区別できないことが分かりました。なぜなら、彼らには要求にも愛着にも節度があるからです。そこでは、あの鉄製の手枷の代わりに、黄

金の留め金を見ました。ですから、彼らは互いに離れようとするのではなく、肉体と心を結びつけられ慰められたのです。それで、その身分に不自由さが付きまとったとしても、神の王国が増大することによって償われたのです。

二　為政者と領民

人々の上に位置して君主と呼ばれるようになった者は、親が自分の家で子どもに振舞うように、すなわち愛する気持ちで注意深く領民に振舞っていました。私はそれを見ていて心楽しくなりましたし、その君主たちのどれほど多くの者が手を高く上げて神を称賛しているのかも見ました。他方で、他人の権力に服している人が、言葉だけでなく業の上でも服従できるように身を治めようとしているのも見たのです。その人は、自分の上位に定められた人がどんな性格でも、言葉の上でも業の上でも精神の上でも、その人に大きな敬意と柔順を払えるようにしてもらったと、神を称えていたのです。

三　学識者に聖別された者はどのような人か

私が彼らの間をさらに歩いて行くと、少なからぬ学識者をこの目で見ました。地上の人々の慣習とは逆に、彼らは学識だけではなく慎ましさにおいて他に勝る者であり、親切と愛想を体現していました。たまたま私はそのうちの一人と話し合ったのですが、その人は人間によるすべての学芸のうちで彼に隠されているものは何もないほど学識があるように見えました。ところが彼は、この上なく平凡な人間でしかないので、自分の愚かさや未熟にため息をつくのがしばしばだということでした。なお彼らのところでは、言語の学芸は、そこに知恵が加わらなければ、さほど重要なものとは見なされていないのです。なぜなら、彼らの言うところによれば、言語とは知恵を与えるものではなく、生きている人であれ、すでに死んでいる人であれ、大地のさまざまな住人たちと話し合えるようになるための手段に過ぎないからです。ですから、多くの言語を話す者ではなく、有用な事柄を話す術を知っている者が学識ある者なのです。[63] ところで彼らは、有用な事柄とはすべての神の業であると見なし、学芸もそれを知るための若干の助けにはなるが、その関係の正しい源泉とは聖書であると言います。その教師とは聖霊であり、すべての目的とされているのは十字架を受けられたキリストなのです。ですから私は、その人たちが、中心としてのキリストをめざして、すべての学芸を指導したのを見たのです。そのようなわけで彼らは、キリストに向かうため障害と見なされることは、たとえどれほど機知に富んでいようともすべて拒否していたのです。さらに私が見たのは、彼らは状況に応じてあらゆる類の書物を読んでいますが、精選されたものだけを熱心に求め、常に人間の話を人間の話でしかないと見なすように留意していたのです。彼らは自分でも書物を書きますが、それは自分の名をまき散らすためではなく、同胞と何らかのことを有効に分かち合い、共通善のために役立て、悪を防止できるという望みを抱ける場合だけだったのです。

四　教会の下僕のイデア

私はそこで、教会の必要に応じて一定数の牧師や説教師がいるのも見ました。彼らの態度は素朴で、同志の間でと同じように、他の人たちにもまったく穏やかで愛想のよい慣習を示していました。彼らは人々とよりも神と過ごす時間の方が長く、祈ったり、読んだり、冥想していました。それ以外の時間は、普通の牧会であれ、特殊な私的集会であれ、他の人々に教えるのに費やしていました。聴衆たちが請け合っていましたし、私も直接体験したのですが、彼らの説教は、彼らの口から流れ出す神の言葉の突き刺すような力のために、聞いていれば必ず心や良心の内奥から衝き動かされるものでした。また私は、神の慈悲が語られるのを聴いて聴衆が歓喜したり、人間の忘恩について論議されるのを聴いて涙を流したりするのも見ました。なぜなら、説教が本当に生き生きと情熱的に行なわれたからでした。彼らは、以前に自分が身をもって示せなかったことを他人に教えるのは恥ずかしいことだと見なしていたのです。それで、彼らが黙っている場合でも、何かを学ぶことができるようになっているのです。ところで、私は話したいと思って、彼らのうちの一人のところに近づいて行きました。その人は立派な白髪で、その表情にはまさしく神々しい輝きがありました。その人は私に話しかけてきたのですが、その言葉はどこか愛想の良い厳粛さに満ちており、ですから、その人が神の遣いであり、地上の人々の悪習にまったく染められていないということが、あらゆる面ではっきりしたのです。慣習に従って、どんな称号でお呼びできましょうかと申しますと、その人は、そうするな、と話され、それは地上の人々の茶番だ、と話されたのです。そして、自分のことを神の下僕と呼び、あるいは私が望むなら、私の父と呼ぶだけで、称号も栄光も十分だと答えたのです。そしてその人が私に祝祷を与えてくれたとき、形容しがたい優美さと心のなかに広がる悦びを感じとり、真の神学とは、世間一般で体験されているよりも力強くかつ影響力があるということを理解できました。またそこで、私たちの側の牧師に、尊大、自惚れ、貪欲、相互の不和、敵意、憎しみ、暴飲の者がいたこと、要するに肉のことを思い出したので、私は赤面してしまいました。すなわち、聖職者たちの言葉と業は互いにあまりにもかけ離れており、徳やキリスト者の生活について冗談で語っているに過ぎないと思われるほどでした。ところが、本当のことを告白させて下されば、そこの人たちが、霊では熱心でも肉体では穏やかで、天の事柄を愛しても地の事柄には無関心で、羊の群に気を配っても我を忘れ、ブドウ酒に酔わなくても霊には有頂天になり、言葉少なですが業においては多くのことをなし、一人ひとりが労働はまっ先にしても誇りは最後に抱こうとし、要するに、業の点でも言葉の点でも精神の点でも、すべて霊的な事柄の啓発に身を捧げていたのは、私にとって好ましいことでした。

第五一章　忠実なキリスト者の死

私がそのキリスト者の間をずっと歩き、彼らの行ないを見ていると、最後には彼らのところにも死神がやって来たのをこの目で見ました。しかし死神は、地上に現われていたような、気持ちの悪い、裸で、醜い形相はしておらず、むしろ、墓に納められたキリストに美しくかぶせられた亜麻布のようなものをまとっていました。死神は、あるときにはこちらの人に、またあるときにはあちらの人へと近づいて行き、地上から連れ去られる時期が来たことを告げました。すると、ああ、その知らせを受けとった者は、どんなに悦んで歓喜したことでしょう。むしろ彼らは、あらゆる類の苦痛も、剣も、火も、舌挟み用のヤットコもすぐに来るようにと、すべてを受け入れようとしていました。そしてどの人も、平安に、静かに、快く永眠したのです。

彼らがそれからどうなるのかを見つめていると、神の命令に従って、天使たちが一人ひとりに肉体を休息させられる小部屋を探してやっていました。そして友人たち、敵、あるいは天使たちが彼らをそこに運び込むと、天使たちは、聖なる肉体を悪魔の攻撃から平安に守られ、しかも、その人たちから塵一つ失われないように墓を見守りました。や

がて、別の天使たちがその魂を受けとって、光線が貫くなかを驚嘆すべき歓喜に包まれながら、その人たちを天に連れて行きました。私は（透視鏡を正して）自分の目でその人の行方を追ったとき、筆舌に尽くしがたい栄光を見たのです。

第五二章　巡礼は神の栄光を目撃しました

そこでは、ああ、その高みに、万軍の主がその玉座に座り、その周りでは、天の一方の際からもう一方の際まで光線が満ち、その足下にはあたかも水晶、エメラルド、サファイアのようなものがあり、その玉座は緑石でできており、その周囲には美しい虹がかかっていたのです。[64] 何百万という、いや何百億という天使たちがその方の前に立ち、互いに歌いかけていました。聖なる、聖なる、聖なる万軍の主よ、天にも地にもその方の栄光が満ちています、[65]と。

年長の者が二十四人だけ、玉座の前で身を低くし、永久に生きておられるその方の頭上に王冠を載せて、大声で歌いました。主よ、あなたは栄光と名誉と権力とを受けとるに価する方です。なぜなら、あなたこそすべてのものをお創りになったからであり、また、あなたの意思に応じて、すべてのものが存続し、また創造されるからです、[66]と。

私は、多過ぎて誰も数えきれないほどの別の大集団が、玉座の前にいるのもこの目で見ました。その集団は異なった民族や部族や国民や異なった言語の人々をことごとく含んでおり、天使が地上で死んだ神の聖者を運んでくるために常に数が増し、どよめきは大きくなるのです。そして彼らは呼びかけました。アメン。私たちの神に永遠なる祝福と栄光と知恵と感謝と名誉と権力と権威とがありますように、アメン、[67]と。

要するに、光線と明るさと壮麗さと筆舌に尽くしがたい栄光をこの目で見て、言い尽くせない音響とどよめきを聞いたのですが、そのすべては、私たちの目や耳や心で捉えきれる以上に悦びに満ちた驚嘆すべきものだったのです。

この天の栄光に満ちた光景に圧倒されて、私も荘重な玉座の前に身を低くし、唇のけがれた人間であるという自分の罪深さを恥じて、呼びかけました。主よ、主よ、主よ、あなたは力強い神であり、慈悲深く、我慢強く、豊かな慈悲心と真理をお持ちです。あなたは何千という人々に慈悲心を発揮なさり、不実と逸脱と罪とを許して下さっています。主よ、イエス・キリストのために、罪深い私にも憐れみを垂れて下さい、と。

第五三章　巡礼は神の従僕として受け入れられました

そう話したとき、私の救い主であるイエス様が玉座の中央から私に声を発して、快楽に満ちた言葉で話して下さいました。恐れなくても良い。私は、あなたと共にいます。あなたの贖い主であり、あなたを慰める者ですから、恐れなくても良いのです。ああ、あなたの不実は取り除かれ、あなたの罪は拭いとられたのです。悦び歓喜しなさい。なぜなら、私に忠実に仕えるなら、あの人たちの一人と同じように、あなたの名もあの人たちの間に記されるからです。あなたの見たどんなことでも、私を恐れるために使いなさい。そうすれば、時が至り、ここよりも偉大なことを見ることができましょう。私が命じたことだけを守り、私があなたに指し示した栄光への道を、示されたとおりに歩みなさい。私があなたを地上に置いておく間、巡礼として、小作人として、外来者として、客人として地上にいなさい。しかし、こちらの私のところに来たときには、私の従僕になりなさい。そうすれば、天に住む権利が与えられましょう。ですから、こちらであなたの関係を求めようとなさい。また、私に対しては精神をいつでもできるだけ高くし、同胞にはできるだけ低くしなさい。また、地上にいる間は大地の事物を利用しなさい。しかし、天の事柄を享受しなさい。私には従順に、しかし、地上と肉体には拒絶的かつ反抗的になさい。胸中では私から割り当てられた知恵を保ち、外面では私が命じたへり下りを保ちなさい。心では声を上げながら口では沈黙しなさい。同胞の窮乏には敏感にし、しかも、自身が損害を蒙ったら冷静になさい。魂は私だけに仕えさせ、肉体はあなたが奉仕でき奉仕せねばならない相手に仕えさせなさい。私の命じたことを行ない、あなたに担わせたことを担いなさい。地上には頑固に、私にはいつでも愛着を抱きなさい。肉体としては地上に住み、心としては私のなかに住みなさい。そうすれば、あなたは恵みを受け、幸せになりましょう。愛する者よ、もう立ち去りなさい。最期の時まで命ずるところに留まりなさい。私があなたにもたらした慰めで快楽に浸りなさい、と。

第五四章　すべての事柄の閉鎖

そのうちにその光景が視界から消えて、私はひざまづき、目を上に向けて、自分を憐れんで下さる方に、なし得る

限りの感謝をして、次のように申しました。

私の神である主よ、あなたに祝福がありますように。あなたは永遠の賞賛と称揚にふさわしい方です。あなたの重厚な誉れ高い栄光の名に永遠に恵みがありますように。あなたの天使たちがあなたを誉め称えますように。また、あなたの聖者たちがあなたの誉れをすべて宣べ伝えますように。なぜなら、あなたは力において偉大であり、あなたの知恵には探究し得ないものがなく、あなたの慈悲心はあなたの業すべてに注がれているからです。主よ、私は生きている限りあなたを誉め称えます。私を生かせて下さる限りあなたの聖なる名を歌います。なぜなら、あなたこそ私をその慈悲心で喜ばせ、口を歓喜で満たし、荒れ狂う潮流から急いで引き上げ、深い渦から救い上げ、足を安全なところに据えて下さったからです。永遠の甘美である神よ、私はあなたから遠ざけられていますが、私を憐れみ、身を近づけて下さるのです。私は迷いましたが、あなたは私のことをお忘れになりませんでした。私はどこへ行ったら良いのか分からずにさまよいましたが、あなたは正しい道に導いて下さったのです。私はあなたから離れ、あなたをも自分をも見失ってしまったのですが、あなたは私を見つけ、私自身とあなたの許に帰らせて下さったのです。私は地獄の苦さを味わうまでに至りましたが、あなたは再び私を引き戻して、天の甘美を味わえるところまで導いて下さいました。ですから、主に祝福あれ。私の魂と私の内にあるすべてはあなたの聖なる名を祝福します。神よ、私の心は準備ができております。私の心は準備ができております。私はあなたに向かって歌い、賞賛するでしょう。なぜなら、あなたはすべての高みに勝って高く、すべての深みに勝って深く、驚嘆するべき、栄誉に満ちた、慈悲心にあふれた方であるからです。おお、あなたから離れながら、平安を見出せると思っている無分別な魂の持ち主は呪われよ。なぜなら、あなたなくしては天も地も奈落もなく、あなたのなかにしか永遠の休らぎがないからです。天も地もあなたに由来するのであり、あなたに由来するゆえに、良いものであり、美しいものであり、望まれるのです。しかし、それらは、創造者であるあなたに勝るほど良くも、美しくも、望ましくもありません。ですからそれらは、慰めを求める魂を満たすことも満足させることもできないのです。主よ、あなたは充実中の充実であり、私たちの心があなたのなかに定められない限り、心は平安になれないのです。おお、永遠の美よ、私はあなたにようやく魅せられ、ようやくあなたを知ったのです。おお、天の明るさよ、あなたが私に閃いたとき、私はあなたに気づいたのです。あなたの同情心に気づかない者にはあなたを賞賛させないで下さい。しかし、私の胸中から主に告白させて下さい。おお、私の心をあなたにつなげさせるようにして下さった方よ、おお、永遠の薫りよ。あなた以外のものをすべて忘れさせるようにして下さった方である神よ。この上なく美しい美よ、もう私の心からお姿を隠さないで下さい。もしこの世の事柄があなたを見えなくさせるのでしたら、死なせて下さい。しかし私は、あなたを見つめて、あなたと一緒にいながら、あなたをもはや失わないようにします。主よ、私をつかんで下さい、導いて下さい、あなたのところから逸脱したり滑り落ちないように連れて行って下さい。おお、限りない愛よ、あなたを永遠の愛によって愛するようにさせて下さい。あなた以外には、また、あなたのためにあなたにすがらなくては、何も愛することがないようにさせて下さい。しかし、私の主よ、これ以上何を言わなくてはならないのでしょうか。さあどうぞ。私はあなたのものです。私は元々あなたのものでしたし、永遠にあなたのものです。私は天をも地をも放棄します。ただあなただけを持たせて下さい。私を拒絶なさらないで下さい。私はあなたのそばにいるだけで満足しているのです。それだけで永遠に変わることなく満足します。私の魂も肉体も、生ける神よ、あなたに歓喜しています。ああ、私は近づいて行ってあなたのお顔の前に身をさらすことができるものでしょうか。私の神様、私を連れて行きたいと思召すときに連れて行って下さい。さあどうぞ。私には準備ができております。あなたが呼び寄せたいと思召すときに、思召す場所で、思召す仕方で呼び寄せて下さい。私はあなたの指示されるところに進みますし、あなたの命令なさることを行ないます。あなたの霊が私をすべて指導して下さいますように。地上の罠の間を平坦な大地を通るかのように導いて下さいますように。あなたの慈悲心が私の行程中ずっと同伴して下さいますように。ああ、地上の憂鬱な暗雲を通り抜けて永遠の光に達するまで導いて下さいますように。

アメン。アメン。

天にあっては神に栄光が、大地にあっては人間の善意に平和がありますように。

注

1　ローマの監察官カトー(M.Porcius Cato, BC234〜BC149)

2　コルシニウス(M.Georgius Colsinius (Jiří Kavka))は、一六二七年にチェコから移住し、一六三一年頃からレシュノで暮らし、そこでコメニウスと交友関係を結んだ。

3　コメニウスは、この作品を広い意味での詩的作品と見なしている。

4　ジェロチーンは、三十年戦争の中で、一六一九年にブルノで幽囚されるなど、多くの辛酸をなめた。

5　ジェロチーンの所領ブランディーシュ・ナド・オルリツィーのこと。

6　「地上」(チェコ語のsvět)のラテン語mundusには「華麗なもの」という意味がある。

7　前史時代の技術家ダイダロースによって考案されたとされる広大な建物のこと。

8　「虚栄」といったのは甘言氏ではなく遍在氏。

9　コメニウス自身によるものとされる地上の描写は、昔の描き方であり、右側が西、上が南になっている。

10　この女王の座は、地上の描写では隠れている。コメニウスはアンドレーエの『クリスティアノポリス』(第七章)と同じように、広場を都市全体の中心に置き、そこを周囲の建物が取り囲むように配置している。

11　ここには当時の宮廷仮面劇への風刺がうかがわれる。

12　古代ローマの歴史家・政治家サルスティウス(Sallustius Crispus, BC86〜BC34頃)の言葉。

13　第二版の手記によれば、これは妻と二人の子どもをフルネックで死なせたことを示している。

14　「翼」は、バラ十字兄弟団やベーコンの『ニューアトランティス』を連想させる。

15　コメニウスは一六四一年にポーランドからイギリスに航行した際、嵐に見舞われる経験をした。この記述は一六三一年初版にすでに見られるが、一六六三年版で補足された。

16 ホラティウス(Horatius)「書簡集」(I、一九、三六)。コメニウスは、『教授学』『大教授学』のともに第一二章第一三節ではこれと反対の考えを述べている。

17 語彙集［Voabulář］とは単一の単語だけのABC順の辞書。辞書［Dikcionář］とは連語も含んだ語法辞書。辞典［Lexicon］とは慣用的でない古語や必要なら方言等々の単語も最大限載せてあるもの。貯蔵庫［Promtuarium］とは説教者のための精選された事例をも載せてあるもの。華詞集［Florilegium］とは何人かの詩人の作品からの抜粋で構成されたもの。慣用語集［Loci communes］とは、精選された語句・連語集。注釈集［Postille］とは祝日にふさわしい聖書の解説書。対照辞典［Konkordancí］とは、語彙のさまざまな用法を解説するための聖書の言辞集。植物標本集［Herbář］とは、個々の植物と、医師のためのその薬効の記述書。

18 語句の綴りを入れ替えた謎々で、作家の名や書物の内容に関する機知に富んだ小詩。

19 ここには対立する見地を示す哲学者が対で示されている。サルスティウス(Sallustius Crispus)は古代ローマの歴史家、政治家。バルトル(Bartol de Sassoferrato)はイタリアの法律家。バルド(Baldus de Ubaldis)は、バルトルの後継者であったが、しばしば対立した。ソルボンヌ派は、スコラ哲学の厳格な信奉者。ラムス(Petrus Ramus)は、アリストテレス哲学に基づきながら、スコラ哲学を批判。カンパネッラ(Tomaso Campanella)は、逍遙学派のようにアリストテレス哲学を遵守することに反対。プトレマイウス(Klaudius Ptolemaius)は、コペルニクスによって批判された古典的天文学の唱導者。パラケルスス(Theophrastus Paracelsus)は近代医学の祖の一人として古代の医学者ガレヌス(Claudius Galenus)の説を批判。ブレンツ(Johannes Brenz)はルターの後継者で、ベーズ(Theodor Bez)はカトリックばかりではなくルターをも批判した人物。ボダン(Jean Bodin)はフランスの法律家。ヴィエール(Jan Wier)はドイツ人医師。スレイダヌス(Johannes Sleidanus)は神聖ローマ皇帝カール5世の統治を書き記した歴史家で、スリウス(Vavrinc Surius)はその敵対者。シュミードリン(Schmidlin)とは二人目のルターと称されたアンドレーエ(Jakub Andreae)のこと。ゴマール(Francisco Gomar)はアルミニウス派を批判した改革派神学者。バラ十字兄弟団(Fratres Rosaei)は学問の改革を企てたといわれる秘密結社。

20 六十はバビロニアの六十進法の基本で、その十倍の六百は極めて大きな数であるとされ、六千年は世紀末を意味した。

21 ビオン(Bion)は古代ギリシアの牧歌詩人。アナカルシス(Anacharsis)は紀元前六世紀に活動し、旅行で習得した学問を自分の祖国に導入しようとした人物。タレス(Thales)は紀元前六世紀ごろのイオニア自然哲学の祖。ヘシオドス(Hesiodus)は古代ギリシアの詩人で、のちに農業に従事。ピュタゴラス(Pythagoras)は古代ギリシアの数学家、宗教家であるが、その信奉者には一定の期間は沈黙を守る熟考の習わしがあった。エピメニデス(Epimenides)は古代ギリシアの伝説的詩人。ソロン(Solon)は古代ギリシアの貴族制から民主制への過渡期の政治家、詩人。クレオブルス(Cleobulus)は古代ギリシアの詩人、預言者。ペリアンデル(Periander)は古代ギリシアの専制君主。ピッタコス(Pittacos)は古代ギリシアの政治家。ビアス(Bias)は古代ギリシアの学者。エピクテトス(Epictetus)は古代ギリシアのストア哲学者。クセノフォン(Xenophon)はソクラテスの教えも受けた古代ギリシアの軍人、歴史家。ディオゲネス(Diogenes)は物活論的一元論を説いた古代ギリシアの哲学者。ティモン(Timon)は紀元前五世紀頃のアテネの住民で、人間嫌いとして伝説化した人物。デモクリトス(Democritus)は原子論を確立した古代ギリシアの哲学者であり、倫理学においては魂の平安を理想とした。ヘラクレイトス(Heraclitus)は古代ギリシアの哲学者で、万物の生成を生と死のような絶対的矛盾対立としてとらえた。ゼノン(Zenon)は自然と合致して生きることを説いたストア派の祖。エピクロス(Epicurus)は永続的・精神的快楽を追求したヘレニズム時代の哲学者。アナクサルクス(Anaxarchus)はアレクサンダー大王の友人でもあったデモクリトス派の哲学者。

22 使徒パウロのことをさす。

23 「コリント人への第一の手紙」第三章第一八～二〇節

24 ここであげられているのは、ウェルギリウス(Vergilius)、カトゥルス(Catullus)、ホラティウスら古代ローマの詩人の作品。

25 プラトン創設のアカデメイアの入口にあった言葉。
26 ピュタゴラスの沈黙のことを暗示している。
27 スカリゲル(Josef Justus Scaliger)は一六世紀イタリアの古典学者で、一五九四年にレイデンで「円測学的な二つの要素」という書物を出版した。これに反論したのが、イエズス会士のクラヴィウス(Christopher Clavius)である。
28 音楽は、古代以来、三学四科・自由学芸のひとつであったが、チェコ兄弟教団は音楽をそれほど重視しなかった。
29 この表現に示されるように、コメニウスはコペルニクスの地動説を受け入れなかった。
30 出生簿は、子どもが生まれたとき現われた星の位置から作られるもの。変転簿とは、将来の何らかの出来事に対する見通しによって作られるもの。
31 ここにはコメニウスの合理的態度がうかがえるが、後年、彼はドラビーク(Miklāš Drabík)の予言を信頼し、ハンガリーのラーコーツィ侯に政治的な働きかけを行っている。
32 一六一〇年代に現れたバラ十字兄弟団の宣言書(*Fama Fraternitatis*)のこと。J. V.アンドレーエ、種村季弘訳、『化学の結婚』(紀伊國屋書店、一九九三年)に「薔薇十字の名声」として全訳が掲載されている。
33 アルヴェルダ(Hugo Alverda)はアラビア世界との交流を通して神秘的な学問の基礎を修めたとされる人物。
34 ギリシア神話で、人間のあらゆる知的活動を司る女神たちのこと。英語ではミューズ。
35 「知恵の門」(Porta sapientiae)とは、当時は良く用いられた書名であった。「大・小宇宙の特性」(Bonum Macro-Micro-Cosmicon)と「二つの宇宙の調和」(Harmonia utriusque cosmic)は、地上と人間との類似性を述べたもの。「キリスト教的カバラ」(Christiano-Cabalicum)とは、当時流行していたカバラと呼ばれるグノーシス主義的なユダヤ教の神秘主義的聖書解釈法をキリスト教の新約聖書にも当てはめ、書かれていない神秘を明らかにしようとしたものをいう。
36 ギリシア最大の女神で知恵、戦争、学芸、工芸を司る処女神アテナの呼び名のひとつ。
37 七十は宇宙的完成、七は神聖な数を象徴する。

38 ユダヤ教の解説付き宝典と伝説集のこと。

39 白色や赤色でできた聖餐とはパンとブドウ酒のことであり、この儀式は、洗礼式、パンとブドウ酒による二種陪餐、信仰告白のことをさす。

40 ここではさまざまな宗派が象徴的表現で示されている。水は再洗礼派、火はマニ教の影響を受けたアルビ派など、十字架はローマ・カトリック、板絵の聖画像はイコン崇拝のギリシア正教、霊の内的現象を重視するのは神秘主義の諸派と考えられる。

41 ファルツ選帝侯フリードリヒのチェコ国王就任のことをさす。

42 「幸運城」(hlad Fortuny)とは第二一章で述べられていた「慰めの城」(potěšení)のことで、地上における各種の成功者たちの居住地をさす。

43 アルバ公(Dux Albanus; Fernando Alvarez de Toledo)はスペインの軍人であり、オランダ総督時代に約一八〇〇〇人を死刑にした。アリウス(Arius)はキリストの人性を重視し、三位一体説と対立した。ピラト(Pilatus)はユダヤの総督で、キリストの無罪を認めながら、民衆の声に屈して死刑を宣告した人物。ここにロヨラが付け加えられているのは、イエズス会によるチェコ兄弟教団の抑圧があるためと考えられる。

44 パン酵母が発酵すると悪臭が出るが、そこから転じて、嫌味を言う者というほどの意味で使われている。

45 テオフラストス(Theophrastus)は、古代ギリシアのアリストテレス門下の哲学者。

46 「列王記第一書」第四章第三四節

47 「伝道者の書」第一二章第一一節

48 「列王記第一書」第四章第三三節

49 「ソロモンの知恵」第七章第一七、一九、二〇節

50 「列王記第一書」第三章第一節

51 「列王記第一書」第一一章第五、七、八節

52 ステパノまでは主として「使徒行伝」第六章第五節〜第八章第二節にあたる。モーセについては「出エジプト記」第三二章第二七節、エリヤについては「列王記第一書」第一一章第五、七、八節、エリシャについては「列王記第二書」第一章第一二節にあたる。
53 「列王記第一書」第一九章第一二節でエリヤの聞いた神の声のこと。
54 「マルコの福音書」第一二章第三一節、「ルカの福音書」第一〇章第二七節
55 「マタイの福音書」第二二章第三七節参照
56 「マタイの福音書」第五章第三九、四〇節
57 「マタイの福音書」第一九章第二一節
58 「詩編」第一三九編、「箴言」第二〇章第二七節
59 七という数は「黙示録」第五章第六節にある。
60 「マルコの福音書」第一二章第三一節、「ルカの福音書」第一〇章第二七節
61 原注に「モラヴィアのあり方を守りなさい。なぜなら、それは昔のチェコの生活様式の遺産であるからです。当時は、一般的な家庭のはかなさは、農奴の家族と同じだったからです」とある。
62 「マタイの福音書」第三九章第四〇節
63 この点は、『教授学』や『最新言語方法』で詳しく論じられている。
64 「黙示録」第四章第三節
65 「黙示録」第五章第一一節
66 「黙示録」第四章第一一節
67 「黙示録」第七章第九、一二節

解　題

はじめに

「苦しみつつ、なおはたらけ、安住を求めるな、この世は巡礼である。」

こう記したのは、スウェーデンの作家ストリンドベリであった。人間が、自らがどこから来てどこへ行くのかを問う「意味を求める存在(ホモ・シグニフィカンス)」である証しとして、私たちには人生を旅にたとえる数多くの文学作品がある。こうした「人生は巡礼」というモチーフは、松尾芭蕉の『奥の細道』を単なる紀行文として読む者がいないように、特定の宗教的・文化的伝統に限られるものではないだろう。ちなみに、ストリンドベリの言葉は山本周五郎の『青べか物語』のモチーフになっている。

さて、『地上の迷宮と心の楽園』(*Labirynt světa a ráj srdce*)は、十七世紀チェコの生んだ著名な宗教者・教育者であるコメニウスが、彼自身の苦難に満ちた青年時代に、矛盾に満ちた地上世界を巡礼する若者(コメニウス自身)を主人公として、人生の意味を求めて著した作品である。

「人生は巡礼」というモチーフは、ヨーロッパでは十六世紀以降に多く生まれたユートピア文学に広く見られる。その代表作としては、トマス・モアの『ユートピア』、カンパネッラの『太陽の都』、アンドレーエの『クリスティアノポリス』、ベーコンの『ニュー・アトランティス』などがあげられる。これらの作品では、旅という行為が人生の意味の探求の象徴として提示され、そこから理想社会や社会改革が語られる。

『地上の迷宮と心の楽園』も、具体的にはアンドレーエの『祖国巡礼の誤り』(*Peregrini in patria errors*)および『キリスト者の都』(*Civis Christianus*)から着想を得ており、その意味ではユートピア文学の伝統のなかに位置づけられる。しかし、叙述のユニークさにしても、精神性の深さにしても、後代のチェコ文化に与えた影響からしても、ここにあげた諸作品に勝るとも劣らない一書といえる。そのため、コメニウスの祖国チェコはもとより、英語、ドイツ語、フランス語、イタリア語、ロシア語をはじめ、世界の各言語に翻訳され流布している。このたび、初めての邦訳が刊行されることは大きな意義があるといえよう。

コメニウスについて

コメニウスは、日本では、明治以降もっぱら教育者として紹介されてきた。たしかに、彼は、ヨーロッパ十六世紀末以来の教育方法改革の流れにあって、語学教科書『開かれた言語の扉』を著し、さらにそれ以降の思索と実践から、教授学の体系的な著作である『大教授学』や世界最初の絵入り教科書とされる『世界図絵』を著した教育史の巨人である。

しかし、コメニウスの活動範囲は教育にとどまるものではない。彼は、宗教改革者フスの流れをくむチェコ兄弟教団というプロテスタント諸派の最後の主席監督であった。また、学者としての彼は、独自の哲学体系である汎知学(パンソフィア)の確立にとりくんだ。その百科全書的研究のゆえに、彼は、哲学ばかりでなく、言語学や自然学の分野においても著作を残している。さらに、宗教改革運動との関連で、当時のヨーロッパ政治の現実にも深く関与した。その意味で、彼は、学問・宗教・政治・教育の万般にわたって思索と行動の軌跡を残した遅れてきた「ルネサンスの普遍人（homo universales）」ということができるのかもしれない。

コメニウスは、チェコ語名をコメンスキー（Jan Amos Komenský）といい、一五九二年三月、現在のチェコ共和国の東部地域モラヴィアのウヘルスキー・ブロトかその近郊で誕生した。彼は、十歳で父と死別し、十二歳で母親とも死別するが、チェコ兄弟教団の援助を受け、ラテン語を学んだ。そして、ドイツのヘルボルンとハイデルベルクに学び、帰国後はラテン語学校で教鞭を執り、一六一七年に牧師となり、翌年結婚した。

ところが、このときコメニウスの人生を翻弄した三十年戦争が勃発した。ハプスブルク家出身のボヘミア国王フェルディナント二世は支配体制を強化し、それに対して、一六一八年、国王顧問官がチェコ貴族によってプラハ城から窓外に投げ出されるという事件が起きた。フェルディナント二世がボヘミア国王とあわせて神聖ローマ皇帝に選出されると、チェコ貴族はフェルディナント二世をチェコ国王から罷免し、プロテスタントの盟主であるファルツ選帝侯フリードリヒ五世をチェコ国王に選出した。ところが、一六二〇年十一月、フリードリヒ国王とチェコ貴族の軍勢はプラハ近郊のビーラー・ホラ（白山）での戦いで神聖ローマ皇帝軍に惨敗し、それ以後、コメニウスの住むモラヴィアも皇帝軍によって蹂躙され、コメニウスたちは国内逃避行を余儀なくされた。

この逃避行のさなか、コメニウスは自分自身と家族の慰めのために聖書からの引用に考察を加えて、いくつかの冊

子を編んだ。これら一連の冊子は「慰めの書」と呼ばれ、チェコ兄弟教団の同志たちの心の拠りどころとなったのであるが、本書『地上の迷宮と心の楽園』も、そうした苦難の時期に著されたもっとも重要な作品である。

その後、フェルディナント二世は一六二七年にプロテスタントに対する国外退去令を発し、コメニウスたちは一六二八年二月にポーランドのレシュノに亡命した。その後、彼は、ポーランド、イングランド、オランダ、スウェーデン、ハンガリーを転々としながら、祖国の解放を期待しつつ、さまざまな分野にわたる作品を著しつづけた。三十年戦争が終結し、ウェストファリア条約によってハプスブルク家による祖国支配が固定化されたとき、彼はチェコ人が祖国の統治を取り戻すべきことを書きとどめた。しかし、ついに再び祖国の土を踏むことなく、一六七〇年十一月、オランダのアムステルダムで客死した。

周知のように、チェコは、コメニウスの時代から第一次世界大戦の終結に至るまでハプスブルク家の支配のもとにおかれ、その後、マサリクの指導のもとチェコスロバキア共和国として独立を果たしたのも束の間、ナチス・ドイツへの従属を余儀なくされ、第二次世界大戦後は旧ソ連の強い影響下におかれた。一九八九年のビロード革命を指導したハヴェルは、大統領就任演説で、コメニウスの残した言葉に応えて、チェコ人の統治が取り戻されたことを宣言したが、この一事をしても、チェコが歩んだ長い苦難の歴史において、コメニウスがいかに重要な存在であるかが理解されるだろう。

ここで、コメニウスとその思想についてのおもな邦語文献をあげておこう。

コメニウス文献の翻訳書

鈴木秀勇訳『大教授学』明治図書出版、一九六二年、全二巻

藤田輝夫訳『母親学校の指針』玉川大学出版部、一九八六年
井ノ口淳三訳『世界図絵』平凡社ライブラリー、一九九五年

コメニウス関連の研究書
堀内守『コメニウスとその時代』玉川大学出版部、一九八四年
藤田輝夫編『コメニウスの教育思想――迷宮から楽園へ』法律文化社、一九九二年
貴島正秋『コメニウス教育学』一の丸出版、一九九二年
井ノ口淳三『コメニウス教育学の研究』ミネルヴァ書房、一九九八年
相馬伸一『教育思想とデカルト哲学――ハートリブ・サークル知の連関』ミネルヴァ書房、二〇〇一年

『地上の迷宮と心の楽園』の執筆と流布

コメニウスが『地上の迷宮と心の楽園』の執筆にあてたと伝えられる洞窟（井ノ口淳三氏撮影）

この作品が著されたのは、コメニウスらが神聖ローマ皇帝軍の追跡から逃れてチェコ北東の街ブランディーシュ・ナド・オルリツィーに潜伏していた一六二三年頃のことである。最初の表題は『地上の迷宮と心の別荘』（*Labirynt světa a lusthauz srdce*）であり、モラヴィア辺境伯領の首都オロモウツの北方ジェロチーンの領主カレル・ジェロチーン（一五六四〜一六三六）に献呈された。彼自身はルター派であったが、チェコ兄弟教団のよき理解者であり、親を失った

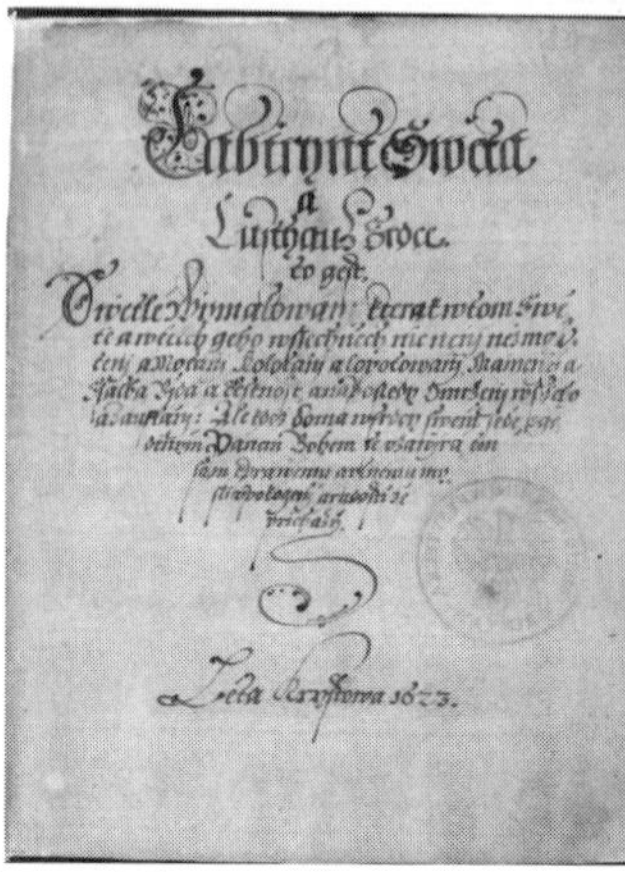
『地上の迷宮と心の楽園』の草稿（表紙）
チェコ共和国国立図書館蔵

若きコメニウスのパトロンでもあった。

ジェロチーンに献呈された手稿は、現在、チェコの首都プラハのカレル橋東詰にあるクレメンティヌムの国立図書館に収められている。草稿は書記の手によって記されたもので、コメニウスによる多くの訂正や加筆がある。本書の冒頭に収録した「地上の迷宮」の状態を描いたカラーの図もこの草稿に収められており、コメニウス自身が描いたものと考えられている。

そののち、一六三一年になって匿名かつ発行地不明で出版されることになるが、コメニウスはさらに内容に改訂を加え、一六六三年にアムステルダムで第二版を出版した際、表題が『地上の迷宮と心の楽園』に改められた。

本訳書は、一六三一年の初版を底本とし、増補部分は第二版を用いたノヴァーク(Jan V. Novák)編の『コメンスキー選集』第十五巻(*Veškerých Spisů Jana Amosa Komenského*, Svazek XV, Brno, 1910)所収の版によっている。訳稿では一六三一年版の表題がとられていたが、本書では第二版の表題をとることにした。それは、訳稿には一六六三年版での増補部分も訳出されていること、また、各国語の翻訳でも第二版の表題を採用している場合が多いことによる。初版と第二版での主な相違点は、第二版では第九章の船舶の描写が改められていることである（本書四三ページ）。その他、初版では小見出しが必ずしも小節ごとにはつけられておらず、ラテン語表記の小見出しが多いのに対して、第二版では小見出しが増やされ、その多くがチェコ語になっている。テキストは、ジェロチーンへの献辞がラテン語で本文はチェコ語である。

さて、この作品の意義を示すものとして、チェコ人亡命者の「私たちは我が身以外に受けとったものといえば、ああ、世界中で、クラリッツェ聖書と地上の迷宮だけだった」という言葉が伝えられている。クラリツェ聖書とは、チェコ兄弟教団によってチェコ語に翻訳された聖書であり、この歌は、苦難の歴史を歩むことになったチェコ人にとって本作品が聖書とともにかけがえのない精神的支柱であったことを示している（『コメンスキー選集』第十五巻、解説一八五ページ）。それ以後、とくに十九世紀中頃からのチェコ民族主義の台頭とともに、この作品は幾度も再版されるようになり、ことにチェコスロバキア共和国成立以降は、民族の古典と見なされるようになった。

本作品の概要

この作品は長大ではあるが、ユニークな表現と寓意に富んでおり、読者はコメニウスのテキスト世界に引き込まれるはずである。ゆえに、無味乾燥な要約は短く済ませることにしたい。

この作品は、「地上の迷宮」と「心の楽園」の二部構成全五四章からなる。主人公として登場する若者、すなわちコメニウスは、地上の巡礼というかたちをとって、世界の描写を試みる。表面的には寓話とも読まれるが、「読者への挨拶」に「あなたの読むことは、たとえお伽噺に似ているとしてもお伽噺ではありません。ここに描かれているのは本当のことばかりです。」とあるように、この作品にはコメニウス自身の社会認識、社会批判、宗教観が表明されている。

第一部（第一章〜第三六章）では、若者が、二人の案内人に導かれつつ、地上を巡礼し、天職を模索するなかで、人生の意味を探求していく様子が描かれる。案内人のひとりは「全知(Všezvěd)」と「遍在(Všudybud)」という二つの名前をもっている。いまひとりの案内人は「甘言(Mámení)」というが、テキスト中では「解説者(tlmočník)」および「欺瞞(Mámil)」とも呼ばれる。若者は、結婚、職人、学識者、宗教家、政治家、兵士という地上世界を構成する六つの身分・職業・地位を経験する。第五章の図には、これらの六つの区分に対応した六つの街路が描かれている。ところで、ここには貧しい農民たちは含まれていない。これは、貧農が通常の身分には属さないと見なされていたためとも考えられるが、コメニウスの貧農への共感をうかがうこともできる。

また、六つの区分のうちで第三の学識者に関する記述は、地上の描写の三分の一以上が費やされている。ここには、宗教、政治とともに学問の改革を重視したコメニウスの関心がすでに示されているのを見ることができる。そして、第六の区分の描写における兵士と戦争への批判には、コメニウスの平和思想のあらわれを見ることができる。

ともあれ、若者は地上の巡礼をとおしてあらゆる人との出会いを経験するが、その結果、地上の繁栄が虚栄に過ぎないことを思い知らされることになる。そして、第一部の終末では、若者は絶望のあまり死の淵にたたずむ。

それをうけて、第二部(第三七章以降)は、神の声を聴いた若者が「心の楽園(別荘)」に帰り、キリストと一体化する過程が描かれる。ここでは案内人は姿を消してしまう。第二部は、全体としては聖書の記述に基づいており、「慰めの書」のテーマである「地上の放棄」と「平安の希求」といった宗教的色彩が強い。しかし、それと同時に、コメニウスがのちの人生において探求していった教育理念や理想社会のイメージにも言及がなされている。

全体としては、主人公の若者の人格形成が描かれているという意味で、ビルトゥングスロマーン(教養小説)の趣きがある。

本書の監修について

最後に本書出版の経緯と監修の方針、そしてお世話になった方々への謝辞を記したい。

訳者の藤田輝夫は、一九四一年に東京で生まれ、東京教育大学、同大学院に学んだのち、幼児教育学および教育方法学の専門家として秋田大学教育学部教授、聖徳大学人文学部教授を務めたが、コメニウスの祖国チェコを訪問した直後の二〇〇四年九月に逝去した。

チェコ共和国科学アカデミー哲学研究所にて
後列右端、訳者藤田（2004年９月）

先にも記したように、コメニウスは、明治以来、日本では教育者としてその名が知られていたが、その思想の理解はいたって断片的な状態が続いていた。藤田は、ラテン語、チェコ語で著されたコメニウスの原典を精力的に読破し、多くの論文を著した。さらに、コメニウス研究の発展のために、他の研究者とともに「日本コメニウス研究会」を立ち上げ、年報『日本のコメニウス』を発刊した。コメニウス生誕四百年を記念してプラハで開催された国際会議では運営委員も務めた。

それとともに忘れずに記しておかなければならないのは、コメニウスの「あらゆる人に、あらゆることを、あらゆる側面から(omnes omnia omnino)」という理念を実践し、藤田が、みずからの研究成果を惜しむことなく研究仲間に提供しつづけたことである。藤田は、生前、コメニウスの原典に基づいた膨大な翻訳をなしとげたが、それらを私家版で提供し、日本のコメニウス研究者は大きな知的恩恵に浴した。本訳書も、最初は私家版で研究仲間に送られたものである。

藤田は、本訳書の出版を強く希望していたが、昨今の厳しい出版事情のもとで引き受け手が見つからない状態が続き、生前の実現を見ることはできなかった。しかし、貴重な訳業が埋もれることを惜しんだ加藤守通教授(東北大学)が株式会社東信堂の下田勝司社長に本書出版の意義を力説され、下田社長の英断で出版が実現したのである。訳者令夫人・藤田栄子さんは、コメニウス研究の発展のため、藤田の膨大な遺稿を後進に託してくださった。お三方の真心のいずれが欠けても本書が世に出ることはなかったであろう。ここに厚くお礼申し上げたい。

さて、本訳書の出版にあたっては、当初の予想以上の作業が必要となった。

藤田はコメニウス自身がこだわった一語一義の方針を重視し、原文に忠実な翻訳を試みていた。たとえば、コメニウスが事物主義を標榜したことを重視してのことと思われるが、訳稿では、チェコ語のvěc（英語のthing）を可能な限り「事柄」と訳していた。コメニウスにおける「事物」は物理的な意味にとどまらず、抽象概念や関係概念を含んでおり、そこで藤田は「事柄」という訳語をあてたと思われる。そうした逐語的な翻訳は、太田光一教授（会津大学）が指摘するように、研究者が日本語で通読し、論文等への引用個所を原典にあたるには最善のものであった。ただ、必ずしも使用頻度の高くない訳語が用いられている場合もあり、出版にあたっては日本語としての読みやすさを考える必要も生じた。

また、これも太田教授が指摘していることだが、藤田は研究の深化につれて訳語を常に改めていった。残された訳稿も最初に研究仲間に送られたものとはかなり異なっている。今回の出版にあたって、索引作成のために原文と訳稿の対照を行ったが、訳語の不統一が散見された。これは、文脈によって訳し分けたのではなく、藤田がより適切な訳語を常に模索していったためであると思われる。そこで、藤田が一語一義の方針を重視していたことも踏まえ、可能な限り訳語の統一を図った。この作業にあたっては、二〇〇一年度〜二〇〇三年度広島修道大学総合研究所調査研究「コメニウス文献のデジタル・データ化に関する研究」の研究成果を援用した。

このほか訳稿中で明らかに誤記と思われる箇所は訂正した。訳文については、基本的に訳稿を尊重しつつも、文体を簡潔にしたほか、漢字表記をひらがな表記に改めるなどして読みやすさの向上を図った。訳稿では、底本の注がすべて訳出されていたが、かなりの部分を割愛した。訳稿には原語による補足が行われている個所があるが、それらも割愛している。また、藤田は、原文中、大文字で始まる単語を「　」で強調しているが、これらは省略した。他方、会話文について、底本中――で指示されている箇所に、訳稿にはなかった「　」を補った。人名表記については、『西洋人名辞典』（岩波書店、増補版、一九八一年）に準拠して統一した。本文中の小見出しのレイアウトは底本にならった。以上、できる限りの監修作業を行ったつもりであるが、藤田の意図を十分に生かせたかどうか、不安がないではない。読者のご批正を請う次第である。

なお、草稿中のコメニウス自身が描いたとされる図版は、後代の出版においては収められていない場合も見受けられる。しかし、井ノ口淳三教授（追手門学院大学）の指摘のように、この図版はそれほど大きくないにもかかわらず、第一部の「地上の迷宮」のストーリーを見事に反映しており、きわめて重要な意義があると考えられる。そこで、二度にわたってチェコ共和国国立図書館を訪問し、図版のデジタル画像を入手し、出版許可を得た。これは、貴島正秋教授（神戸芸術工科大学）を研究代表者とする平成十五年度〜平成十七年度科学研究費補助金（基盤研究（B―1）

「初期コメニウス思想の総合的研究――迷宮からの脱出――」の調査研究の成果である。また、ひとつの試みとして、この図版を参考に五四章のうちの三一章の標題の下にイラストをレイアウトした。イラストは、漫画家のジョージ・ヒトシ氏が引き受けてくださった。

本書の出版がまた新たな契機となり、日本におけるコメニウスへの理解がさらに広がるならば、そして、人生の意味を探求する一本の道が新たに掘り出されたと読者に受けとられるならば、訳者の営為は報われるにちがいない。ここに改めて藤田輝夫の冥福を祈り、解題としたい。

二〇〇六年五月三日

相馬　伸一

索　引

＊ここには人名・地名および主な事項をあげた。事項は頻出のもの、および各章の表題に登場するものを中心に選択した。
＊基本的には一語一義としたが、一語を二つ以上の語に訳し分けている場合もある。
＊括弧内の原語表記はラテン語ないしはチェコ語で、チェコ語については基本的に現代表記の名詞形で示した。

あ

愛(amor, láska), 65, 96, 168, 176, 190, 198, 209, 211, 226, 238
愛想(přivětivost), 106, 157, 170, 173-175, 177, 185, 212, 229-231
アカデミア(Academia), 89
悪(zlo), 3, 98, 109, 173, 193, 204, 224, 230
アクィナス, 61
悪魔(satan, ďábel), viii, 82, 92, 192, 213, 218-220, 224, 225, 232
アナカルシス, 62, 243
アナクサクルス, 63, 243
アリウス, 145, 245
アリストテレス, 61-63, 166, 242, 245
アルヴェルダ, 80, 244
アルキメデス, 63, 69
アルバ公, 145, 245
アルミニウス, 61, 242
アレキサンダー大王, 145
安全(bezpečnost), x, 7, 9, 129, 150, 160, 191, 194, 197, 200, 215, 218, 220, 221, 227, 237
アンドレーエ(ヤコブ), 241
アンドレーエ(ヨハン), 242
案内人(vůdce), xii, 5, 6, 8, 11, 13, 18, 35, 36, 43, 45, 49, 50, 66, 95, 96, 98, 99, 105, 108, 117, 125, 129, 133, 140, 149, 160, 173, 174, 178, 179, 182, 187, 189
安楽(pohodlí), 9, 107, 116, 119, 120, 123, 125, 135, 136, 142, 143, 165, 191, 193

い

イエズス会(士), 61, 244, 245
医学(mediciny), 53, 85, 90
イギリス王国, 170
イザヤ, 177
医者(lékař), 140, 178, 190
イスラエル, 159, 175
イデア, xii, 62, 230
祈り(modlitba), 102, 189, 213

う

ヴィエール, 61, 242
ウェルギリウス, 243
嘘(lež), 73, 111, 130, 180
自惚れ(pyšný), 24, 162, 163, 168, 206, 212, 231
運命(fatum, osud), 16, 17, 94, 107, 155

え

永遠(aeternitas, věčnost), viii, 186, 187, 190, 196, 203, 210, 225, 227, 234, 237-239
栄光(gloria, sláva), x, xii, 14, 22, 57, 125, 143, 144, 146-148, 155, 159, 165, 174-176, 181, 185, 192-194, 196, 200, 202, 203, 207, 209, 223-225, 227, 231, 233-235, 237, 239
エウクレイデス, 63, 69

エピクテトス，63，160，243
エピクロス，63，243
エピメニデス，63，243
エラスムス，61
エリザベス女王，170
エリシャ，177，246
エリヤ，177，246
エレミヤ，177

お

王国(regnum，království)，8，9，122，141，145，155，162，164，165，168，174，192，220，224，229
行ない(čin)，6，19，25，62，120，125，145，178，181，190，194，201，206，209，232
お追従(pochleba)，99，111，113，130，173，224
男(muž)，8，28，34，68，92，112，147，156，160，169-171
親(rodič)，13，32，102，208，229
音楽(家) (muzika)，71，105，137，138，175，244
恩寵(opatrováním)，157，181
女(žena)，8，28 34，92，111-113，156，158，169-171，178，206

か

解説者(tlmočník)，9，15，19-21，26，29-32，34，37，49-52，54-57，59，62-65，67，73-75，84，85，87，89-91，97-99，101，103，107-111，113，115，119-123，125，127，133-139，142，144，146，147，149-152，154-157，161，174，178
快楽(rozkoš)，x，14，15，19，28，29，31，32，49，50，76，95，120，123，125，133，135-137，138，140，141，148，174-177，188，192，196，213，214，227，235，236
カエサル，145
化学(chemie)，85
学芸(技術) (ars，umění)，x，41，53，55，57，59，65，68，69，72，73，79，82，86，88-91，150，152，166，175，181，189，190，194，202，229，230
学識(者) (eruditio，učení) 9，13，25，50-54，56，59，61，70，74，81，84，145，158，165，175，189，199，212，229
学生(študent)，53，165
鍛冶屋(kovář)，31，56
学校(škola)，85，91，219
家庭(familia，doma)，13，145，170，171，182，196，209，212，224，229，246
カトゥルス，243
カトー，v，241
金持ち(boháč)，133，148，165，166，217
カバラ(Cabala)，83，244
神(Deo，Bůh)，v，vii，viii，x-xii，5，9，12，14，19，45-48，50，62，63，80，96-99，101-103，107，112，113，120-122，139，145，147，155，159-161，166，170，173，181-185，187-189，193-195，198，199，201-227，229-235，237-239
カルヴァン派，61
ガレヌス，61，63，242
歓喜(exaltatio，plesání)，viii，65，71，81，151，211，226，230，232，233，235，237，238
甘言(mámení)，v，8，10，11，241
慣習(obyčej)，47，107，160，171，199，224，229-231
寛大(mírnost)，vii，157，162
カンパネッラ，61，242
甘美(sladkost)，31，32，36，127，227，228，237

き

機会(occasio，náhoda)，vii，131，132，166
幾何学(geometry)，69，70
キケロ，61
危険(nebezpeči)，32，33，38，41，55，117，149，151，156，189，215，218，219
騎士(rytíř)，14，123，165
技術→学芸
偽善(者) (pokrytectví)，19，130，173，191，224
貴族(nobilitas，šlechtic)，125
希望(naděje)，31，84，115，162，180，184
欺瞞(mámil)，15，17，27，35，41，47，107，117，149，180
義務(povinnost)，6，63，100，158，165，209，219
キリスト，viii，97，171，184-186，188，189，191，192，198，207，214，221，222，224，230，232，234
キリスト教(křest'anství)，83，96，198，244
キリスト者(křestan)，xii，98，103，104，106，198，199，201，202，205，206，208-211，214，223，224，228，231，232
宮殿(palác)，123，131，133，141，142，144，154，158，159，173，185
教会(ecclesia，církev)，101-103，171，197，200，219，224，225，230
狂気(bláznovství)，23-25，40，63，64，99，147-150，160，177，222
教師(učitel)，100，207，219，230
兄弟(bratr)，102，185，212
恐怖(hruza)，36，38，46，47，49，92，148，180-182，185，204，220，221
虚栄→虚しさ
虚偽(faleš)，40，57，64，147，180，208
勤勉(industria，pracovitost)，94，103，157，158，161，165

く

苦役(servitus，kvaltovka)，3，24，32，38-42，50，67，125，135，149，181，189，200，206
クセノフォン，63，243
苦痛(bolest)，52，140，151，226，232
轡(udidlo)，10，11
苦悩(trápení)，34，46，151，226
クラヴィウス，71，244
クレオブルス，63，243
苦労(労働) (práce)，3,6，13，17，21，24，28，29,32，37-41，52，54，57，62，70，76，78，80，84，86，88，94，102，110，119，125，126，128，131，132，135，140，143，151，152，155，166，181，188，189，212，214，231
君主(vrchnost)，14，109，114-117，122，145，158，168，191，229

け

敬虔(pietas)，xii，47，101，192，212，217-221，224-226
形而上学(metafysiky)，67，189
形成(者) (formace)，51-53，62，97
啓発(vzdělání)，xi，164，175，212，231
啓蒙(osvícení)，165，175，192，224，225
結婚(conjugium，manželství，zasnoubení)，30，36，228
下僕(minisiter，služebník)，186，191，197，198，212，220，221，230，231

言語(lingua, jazyk), viii, 18, 20, 80, 229, 234
賢者の石(lapis philosophicus), 77, 80
謙譲(pokora), 103, 183
賢人(mudrc), 7, 63, 164
賢明→知恵
権利(法) (jus, právo), viii, 63, 88, 97, 109, 110, 113, 164, 168, 169, 191, 208, 209, 211, 235
権力(者) (potentát, moc), 78, 118, 158, 165, 166, 173, 178, 212, 224, 229, 234

こ

幸運(fortuna), 14, 129-135, 141, 142, 144-147, 157, 161, 165, 166, 174
高貴(urozenost), 9, 89, 97, 101, 165, 170, 200, 208, 227, 228
好奇心(curiositas, všetečnost), 6, 11, 27, 80, 83, 169
交際(tovaryšstvi), x, 137, 163, 193, 212, 219
幸福(štěstí), 14, 17, 72, 81, 82, 132, 133, 135, 150, 155, 166, 192, 211, 217, 221, 223
国王(král), 9, 109, 115, 122, 165, 173
国民(lide jazykové), 173, 234
心(srdce), v, x, xii, 4, 26, 27, 34, 48, 74, 75, 80, 94, 101, 110, 153, 165, 178, 179, 182, 183, 185, 188, 190, 192, 196, 199, 204-206, 209, 211, 213, 214, 219, 221, 224-226, 228-231, 234, 236-238
国家原理(ratio status), 169
子ども(filius, dítě, děcko), vii, 13, 15, 21, 32, 33, 41, 206-208, 212, 229
コペルニクス, 61, 145, 242, 244
ゴマル, 61
顧問官(consiliarior, rada), 105, 115, 155, 157, 158, 162-166, 168-170, 172, 173
コーラン(Alcoran), 94, 95
コルシニウス, 241

さ

財産(statek), x, 49, 88, 91, 125, 140, 165, 199, 211, 216, 217, 227
再生(regeneratio, obnova), 195, 199, 203
才能(vtip), 68, 76, 96, 166, 175, 194, 220
裁判(官) (soud), 60, 109-113, 118, 122, 156, 161, 169, 178
策略(fortel), 38, 106, 130, 161, 189
サルスティウス, 61, 241, 242
残酷(ukrutnost), 49, 60, 85, 119, 120, 162, 163, 167, 178-180
算術(aritmetický), 68

し

死(死神) (smrt), 25-27, 34, 35, 148, 232
寺院(chrám, kostel), 92-95, 100, 103, 104, 145, 185, 198, 214
ジェロチーン, vii, 241
仕事(obchod), 9, 38-42
詩人(poety), 65
自然(本性) (natura, přirozenost), 67, 80, 83, 169, 175, 183, 213, 214
自然学(fyzika), 66, 67, 85,189
実直(sprostnost), 96, 111-113
嫉妬(závist), 24, 40, 106, 135, 143, 209, 212, 215
慈悲(心) (milost), x, 94, 109, 158, 163, 164, 167, 168, 173, 175, 195, 204, 216, 224, 230, 234, 237, 239
社会(společnost), 191, 218

自由(svoboda), 31, 42, 59, 61, 121, 124, 125, 159, 163, 164, 200, 205-208, 224
自由学芸(svobodných umění), 59, 80, 90, 244
習慣(zvyk), xi, 11
宗教(náboženost), 14, 89, 92, 94, 95, 101, 105, 145, 158, 173, 176, 191, 224
十字架(kříž), 105, 179, 214, 215, 230
修辞学者(rētoriky), 64
自由七科(sedmerého umění), 91
従僕(domāci), 235
祝福(blahopřání), viii, 81, 98, 136, 157, 198, 207, 217, 219, 228, 234, 237
シュミードリン, 61, 242
純潔(čistota), 157, 183, 208, 219
巡礼(poutník), xi, 3, 5, 10, 12, 13, 18, 28, 37, 50, 62, 76, 79, 85, 87, 89, 92, 96, 109, 117, 126, 130, 133, 149, 152, 154, 161, 179, 182, 195, 197, 228, 233, 235
逍遙学派, 61, 242
女王(regina, královna), 7-10, 14, 60, 152, 153, 155-158, 160, 162, 164-167, 169-173, 178, 241
職業(zaměstnání), 17, 39, 101, 188
職人(řemeslník), 13, 37, 40, 41, 59, 124, 145, 158, 165, 167, 175, 178
書物(liber, kniha), v, vii, 55, 56, 61, 65, 69-71, 99, 124, 230
思慮(opatrnost), 166, 183
試練(exāmen), 51, 199
城(hrad), 14, 119, 126, 129-133, 148, 149, 152, 153, 157, 165, 174, 192, 245
神学(者) (teologie), 53, 103, 114, 231
新教(obnovenym), 106
信仰(fídes, víra), 103, 189, 201, 202
心配(starost), 3, 33, 120, 135, 154, 194, 200, 221
真理(pravda), xi, 27, 62, 64, 96, 151, 157, 173, 191, 198, 200, 202, 206, 208, 234

す

数学(matematika), 66, 190
スカリゲル, 70, 244
スコトゥス, 61
ステパノ, 177, 246
ストア派, 243
頭脳(mozek), 45, 51, 52, 64-66, 88, 114
スリウス, 61, 242
スレイダヌス, 61, 242

せ

性(pohlavi), 18, 141
正義(spravedlnost), 74, 109, 110, 116, 118, 158, 173, 183, 208
政治(家) (学者) (politika), 14, 74, 111, 168, 169
聖書(Scriptura, Bible), 100, 104, 189, 230, 242, 244
精神(mysl), v, x, xi, 3, 9, 10, 12, 13, 41, 50, 54, 58, 75, 76, 84, 88, 89, 101, 126, 141, 146, 149-151, 156, 183, 188, 205, 209, 214, 219, 223, 229, 231, 235
聖なる(神聖) (聖者) (sanctus, svatý), 83, 100, 165, 173, 199, 212, 215, 216, 219, 220, 227, 232, 233, 234, 237
生命(život), viii, 13, 16, 26, 32, 40, 45, 47, 49, 62, 77, 78, 94, 119, 120,

141，150，181，190，199，208
聖霊(duch svatý)，viii，xii，198，
201，230
世間(obec)，xi，24，57，144，166，
169-171，211，231
絶望(zoufalství)，v，82，132，141，
149
摂理(prozřetelnost)，190，192，218
セネカ，63，160
ゼノン，63，243
先見(の) (prozřetelný)，155，156，
164
占星術(astrologie)，72
戦争(válka)，14，63
戦闘(boj)，23，60，121，178，225
先導者(průvodce)，xi，6，9
洗礼(baptisma)，96
善(bonus，dobro)，v，ix，3，68，
109，213
　共通善，58，117，224，230
全知(vševzěd)，6，10，16，50，53，
66，69，72，94，114，117，124，135，
136，144，182，219，221

そ

ソクラテス，63，160，243
ソルボンヌ派，61，242
ソロモン，x，159，160，163，171-
175，177，178，188，243
ソロン，63，243

た

体験(experimentum，zkšenost)，viii，
5，6，35，38，42，66，109，209，
214，224，227，230，231
代数学(algebra)，69
ダイダロース，241
大地(země)，22，41，43，46，72，76，
94，114，117，143，188，196，199，
203，204，220，224，229，233，235，
237-239
手綱(uzda)，8-11，32，164，168，197
ダビデ，x
魂(duše)，vii，xii，41，43，49，82，
88，180，181，192，210-212，225，
236，237，238
堕落(pád)，80，204
タレス，62，243

ち

地位(místo)，3，115，143，191，212，
217
知恵(賢明) (sapientia，moudrost)，
x，7，9，14，27，54，57，60，62，
63，80，82，83，109,149，150，152-
155，159，160，162，166，170，171，
175- 177，181，190，199-201，205，
220，222，229，234，236，237
チェコ兄弟教団，244，245
地上(mundus，svět)，v，vii，viii，x-
xii，3-9，11-15，17，18，20，24-26，
31，32，34，35，40，42，43，47，63，
70- 72，77，80，82，87，89，99，
100，107-109，113，117，118，122，
136，140-142，144，145，147-149，
152，153，155-166，168，170，172，
173，175，177-181，184-195，197-
214，216-225，227-229，231，232，
234- 236，239，241
秩序(řad)，13，14，22，28，59，87，
97，100-102，106，109，118，161，
165，168，177，178，200，208，209，
212，213，223，227，228
知能(ingenium)，viii，52，88
中央広場(ryňk)，13，14，18，23，33，
53
中庸(středmost)，27，183
調和(harmonia)，83，138，210，244

つ

罪(hřich), 10, 40, 41, 98, 99, 125, 168, 193, 204, 212, 214, 219, 234, 235

て

ディオゲネス, 63, 243
ティモン, 63, 243
テオフラストス, 166, 245
手枷(poutat), 31, 32, 34, 35, 134, 135, 228
哲学(者) (filozofie), ix, 53, 61-63, 67-69, 74, 76, 79-82, 90, 137, 157, 160, 177, 178, 200, 201
デモクリトス, 63, 243
天(nebe), 21, 22, 34, 43, 46, 48, 50, 62, 72, 76, 96-98, 100, 101, 103, 105-107, 154, 159, 160, 177, 192, 194, 196, 199, 202, 203, 214, 220, 226, 227, 231, 233-235, 237-239
天使(angelus, angel), 68, 75, 101, 194, 218-220, 224, 232-234, 237
天職(povolání), vii, 3, 9, 13, 16-18, 86, 116, 132, 189, 200, 212, 220, 228
天文学(astronomie), 72

と

同胞(bližní), xi, 58, 190, 206, 208-211, 230, 235, 236
徳(virtus, ctnost), 33, 62, 97, 100, 130,132, 219, 231
都市(město), 12, 13, 16, 130, 142, 175
特権(privilegium), 164, 166, 167, 206
富(bohatství), 14, 134, 148, 166, 200, 223
ドラビーク, 244
トルコ, 95
奴隷(状態) (otrok), 34, 59, 169, 200, 206, 207, 227
貪欲(lakomství), 80, 111, 114, 162, 163, 231

な

慰め(solacium, potěšení), x, xi, xii, 9, 33, 41, 96, 107, 126, 149, 150, 185-187, 197, 200, 210, 226-228, 236, 238

に

憎しみ(nenávist), 58, 59, 209, 223, 231
肉体(tělo), 19, 40, 41, 49, 50, 55, 85, 88, 93, 122, 170, 181, 188, 192, 208, 213, 214, 217, 227, 229, 231, 232, 236, 238
忍耐(trpělivost), 52, 157

の

農夫(sedlák), 63, 115, 125

は

パウロ, 63, 177, 243
パラケルスス, 61, 244
バラ十字兄弟団, 61, 79, 81-83, 241, 242
パラス, 90
バルク, 177
バルド, 61, 242
バルトル, 61, 242
パロの娘, 175
伴侶(tovaryš), 7, 9, 10, 29, 38, 189

ひ

ビアス, 63, 243
ビオン, 62, 243

悲惨(bída), v, x, xi, 26, 32, 33, 38, 106, 118, 123, 135, 149, 150, 181, 188, 217
被造物(tvor), ix, 19, 26, 68, 80, 105, 194, 195, 207
ピッタコス, 63, 243
秘密(tajemství), 62, 63, 70, 71, 78, 80, 82-84, 93, 100, 153, 157, 161, 171, 203, 204, 210, 219
ピュタゴラス, 63, 243, 244
ピラト, 145, 245

ふ

不安(strach), 45, 47, 73, 117, 128, 221
夫婦(manžel), 28, 29, 32, 33, 158, 175, 188, 228
不幸(neštěstí), 26, 49, 72, 82, 110, 143, 150, 176, 181, 207, 210, 211, 219, 223
不実(nepravost), 38, 117, 118, 130, 180, 234, 235
フス, 61
不正(nespravedlnost), 118, 173
舞台(divadlo), 26, 34
物財(zboří), x, 49, 125, 133, 150, 192, 194, 211, 216
プトレマイウス, 61, 242
不満(stížnost), 16, 33, 61, 110, 116, 168
不滅(nesmrtelnost), 19, 26, 50, 77, 78, 144-148, 181
プラトン, 61, 62, 160, 244
フリードリヒ(ファルツ選帝侯), 245
ブレンツ, 61, 242
不和(různice), 59, 61, 104, 129, 168, 209, 231
文法(家) (gramatik), 64, 189

へ

平安(pokoj), x, 3, 4, 50, 58-60, 107, 150, 151, 155, 171, 181, 185, 188, 190-192, 194, 198, 200, 221-223, 226, 227, 232, 237, 238
兵士(militaris, soldát), 118, 120, 122, 158
平和(pax, mir), 122, 239
ベーコン, 241
ヘシオドス, 62, 243
ベーズ, 61, 242
ペテン, v, x, xi, 40, 81, 100, 147, 153, 161, 172, 197, 200
ペトロ, 101, 102
ヘラクレイトス, 63, 243
ペリアンデル, 63, 243
ペルシア, 95
遍在(všdybud) 5, 6, 8, 13, 15, 35, 41, 74, 76, 89, 107, 108, 126, 139, 150, 152, 153, 155, 174, 180, 182, 241
弁証法(dialektika), 66, 189

ほ

法→権利
忘恩(nevděčnost), 190, 204, 207, 230
法学(juris prudentia), 53, 87, 90, 168, 190
報知人(novinář), 126
牧師(kněž), 53, 165, 178, 199, 230, 231
ボダン, 61, 242
ホメロス, 62
ホラティウス, 242, 243
本性→自然
奔放(bujnost), 65, 98, 100, 101, 105, 168, 173

ま

マホメット教(mahumetani), 94

み

身分(stav), 3, 4, 13, 14, 18, 28, 30-33, 35, 37, 50, 52, 53, 59, 60, 92, 107, 109, 118, 120, 121, 123, 125, 128, 132, 134, 145, 149, 150, 155, 157, 158, 161, 163-167, 175, 178, 188, 189, 192, 221, 228, 229
民族(národ), 18, 80, 159, 173, 175, 223, 234

む

ムーサ, 82
無神論(ateismus), 111, 112
無秩序(neřád), 14, 22, 23, 25, 33, 54, 56, 58, 103, 106, 110, 118, 161, 162, 200, 208, 212
虚しさ(虚栄)(vanitas, marnost), vii, x, xii, 4, 7, 10, 12, 40, 64, 118, 125, 128, 147, 172, 173, 177, 181, 197, 199

め

迷宮(labyrint), v, 5, 6, 107
名誉(počestnost), 35, 123, 130, 160, 165, 224, 234
眼鏡(brylle), xi, 10, 11, 20, 65, 66, 84, 110, 115, 180, 197

も

モーセ, 177, 246
もつれ(motanice), v, xi, 14, 18, 22, 74, 106, 107, 150, 152
門(porta, brána), 83, 87, 244
　生命の門, 13, 15, 16, 94, 181
　区分の門, 13, 35
　結婚の門, 28-31, 35
　訓練の門, 51-53
　洗礼の門, 96, 97
　兵士の街路の門, 119
　徳の門, 126, 130, 132, 152, 153

ゆ

憂鬱(tesknost), v, 9, 28, 36, 41, 82, 89, 132, 155, 149, 150, 155, 189, 225, 239
勇気(udatnost), 157, 165, 173, 225
友人(přitel), 26, 62, 112, 129, 160, 206, 207, 217, 232
有用(性)(užitečnost), 57, 64, 77, 219, 229
誘惑(svod), 22, 106, 173, 174, 177, 180, 219
ユダ, 101
ユダヤ教(iudaei), 93, 244, 245

よ

用心(opatrnost), 55, 157, 159, 162, 170, 173
欲望(chtivost), ix, 74
予言(者)(prorok), 73, 160, 219
悦び(radost), v, xii, 46, 81-83, 97, 150, 185, 188, 193, 198, 200, 211, 214, 226, 227, 231, 234, 235

ら

楽園(ráj), v, 80
ラーコーツィ, 244
ラムス, 61, 68, 242

り

利口(ぶる)(mudrovat), 7, 8, 20, 22, 91, 111, 134, 139, 178
理性(rozum), ix, xi, 3, 4, 7, 12, 19, 65, 66, 81, 128, 169, 170, 175, 177, 181, 199, 201, 203, 218, 226
流暢(úlisnost), 158, 174, 175, 177
良心(svědomí), viii, 41, 209, 210,

224, 227, 230
隣人(soused), 40, 58
倫理学(etika), 74, 190

る

ルター, 61, 242

れ

霊(duch), vi, 14, 100, 101, 105, 191, 193, 203, 208, 210, 211, 214, 219, 222, 227, 231, 239
歴史(家) (historia, historie), 73, 146, 147
錬金術(師) (alchymy), 76, 77, 166, 167

ろ

労働→苦労
ロヨラ, 145, 245

わ

若者(mlădence), 25, 30, 53, 93, 155, 156
業(stutek), vi, 103, 173, 182, 189, 204, 214, 229-231, 237

■訳　者

藤田　輝夫（ふじた　てるお）

1941年　東京生まれ
1973年　東京教育大学大学院教育学研究科博士課程単位取得退学
1973年～　秋田大学教育学部講師、助教授、教授
　聖徳大学人文学部教授を歴任
2004年　死去

主要業績

コメンスキー『母親学校の指針』（玉川大学出版部、1986）
「J.A.コメンスキーの教授学における『新』の概念」（日本教育学会『教育学研究』第57巻、1990）
『コメニウスの教育思想』（編著）（法律文化社、1992）

■監 修 者

相馬　伸一（そうま　しんいち）

1963年　札幌生まれ
1994年　筑波大学大学院博士課程教育学研究科単位取得退学
現　在　広島修道大学人文学部教授・博士（教育学）

主要業績

『教育思想とデカルト哲学――ハートリブ・サークル　知の連関――』（ミネルヴァ書房、2001）
「17世紀の教育思想――その再解釈のためのいくつかのアプローチ」（教育思想史学会『近代教育フォーラム』第12号、2003）

コメニウス・セレクション

地上の迷宮と心の楽園

2006年 8 月24日　　初　版　第1刷発行　　〔検印省略〕

訳者　藤田輝夫　監修者©　相馬伸一　発行者　下田勝司

東京都文京区向丘1-20-6　郵便振替00110-6-37828
〒113-0023　TEL(03)3818-5521　FAX(03)3818-5514
発 行 所　株式会社　東 信 堂

Published by **TOSHINDO PUBLISHING CO., LTD.**
1-20-6, Mukougaoka, Bunkyo-ku, Tokyo, 113-0023, Japan
E-mail : tk203444@fsinet.or.jp　http://www.toshindo-pub.com/

ISBN4-88713-703-6 C3310

東信堂

責任という原理―科学技術文明のための倫理学の試み	H・ヨナス 加藤尚武監訳	四八〇〇円
主観性の復権―心身問題から『責任という原理』へ	H・ヨナス 宇佐美・滝口訳	二〇〇〇円
テクノシステム時代の人間の責任と良心―現代応用倫理学入門	H・レンク 山本・盛永訳	三五〇〇円
空間と身体―新しい哲学への出発	桑子敏雄	二五〇〇円
環境と国土の価値構造	桑子敏雄編	三五〇〇円
森と建築の空間史―南方熊楠と近代日本	千田智子	四三八一円
感性哲学1～5	日本感性工学会感性哲学部会編	一六〇〇～二〇〇〇円
メルロ＝ポンティとレヴィナス―他者への覚醒	屋良朝彦	三八〇〇円
思想史のなかのエルンスト・マッハ―科学と哲学のあいだ	今井道夫	三八〇〇円
堕天使の倫理―スピノザとサド	佐藤拓司	二八〇〇円
バイオエシックス入門（第三版）	今井道夫 香川知晶編	二三八一円
バイオエシックスの展望	坂井昭宏 松岡悦子編著	三二〇〇円
今問い直す脳死と臓器移植（第二版）	澤田愛子	二〇〇〇円
動物実験の生命倫理―個体倫理から分子倫理へ	大上泰弘	四〇〇〇円
ルネサンスの知の饗宴（ルネサンス叢書1）―ヒューマニズムとプラトン主義	佐藤三夫編	四四六六円
ヒューマニスト・ペトラルカ（ルネサンス叢書2）	佐藤三夫	四八〇〇円
東西ルネサンスの邂逅（ルネサンス叢書3）―南蛮と禰寝氏の歴史的世界を求めて	根占献一	三六〇〇円
カンデライオ（ジョルダーノ・ブルーノ著作集 1巻）	加藤守通訳	三二〇〇円
原因・原理・一者について（ジョルダーノ・ブルーノ著作集 3巻）	加藤守通訳	三二〇〇円
英雄的狂気（ジョルダーノ・ブルーノ著作集 7巻）	加藤守通訳	三六〇〇円
ロバのカバラ―ジョルダーノ・ブルーノにおける文学と哲学	N・オルディネ 加藤守通訳	三六〇〇円
食を料理する―哲学的考察	松永澄夫	二〇〇〇円
言葉の力（音の経験・言葉の力第Ⅰ部）	松永澄夫	二五〇〇円

〒113-0023 東京都文京区向丘1-20-6　☎TEL 03-3818-5521 FAX 03-3818-5514 振替 00110-6-37828
Email tk203444@fsinet.or.jp　URL: http://www.toshindo-pub.com/

※定価：表示価格（本体）＋税

東信堂

書名	著者	価格
日本の教育経験—途上国の教育開発を考える	国際協力機構編著	二八〇〇円
アメリカの才能教育—多様なニーズに応える特別支援	松村暢隆	二五〇〇円
アメリカのバイリンガル教育—新しい社会の構築をめざして	末藤美津子	三二〇〇円
アメリカ進歩主義教授理論の形成過程—教育における個性尊重は何を意味してきたか	宮本健市郎	七〇〇〇円
教育の経済的生産性と公共性—ホレース・マンとアメリカ公教育思想	久保義三	三八〇〇円
21世紀にはばたくカナダの教育〔カナダの教育2〕	小林・関口・浪田他編著	二八〇〇円
多様社会カナダの「国語」教育〔カナダの教育3〕	関口礼子・浪田克之介編著	三八〇〇円
イギリス教育課程改革—その軌跡と課題	木村浩	二八〇〇円
現代英国の宗教教育と人格教育〔PSE〕	柴沼晶子・新井浅浩編著	五二〇〇円
ドイツの教育のすべて	マックス・プランク教育研究所研究者グループ 天野・木戸・長島監訳	一〇〇〇〇円
ドイツの教育	天野正治・結城忠・別府昭郎編著	四六〇〇円
現代ドイツ政治・社会学習論—「事実教授」の展開の分析	大友秀明	五二〇〇円
21世紀を展望するフランス教育改革—一九八九年教育基本法の論理と展開	小林順子編	八六四〇円
マレーシアにおける国際教育関係—教育へのグローバル・インパクト	杉本均	五七〇〇円
フィリピンの公教育と宗教—成立と展開過程	市川誠	五六〇〇円
「改革・開放」下中国教育の動態—江蘇省の場合を中心に	阿部洋編著	五四〇〇円
社会主義中国における少数民族教育—「民族平等」理念の展開	小川佳万	四六〇〇円
中国の職業教育拡大政策—背景・実現過程・帰結	劉文君	五〇四八円
中国の後期中等教育の拡大と経済発展パターン—江蘇省と広東省の比較	呉琦来	三八二七円
東南アジア諸国の国民統合と教育—多民族社会における葛藤	村田翼夫編著	四四〇〇円
オーストラリア・ニュージーランドの教育	石附実・笹森健編著	二八〇〇円

〒113-0023 東京都文京区向丘1-20-6 5TEL 03-3818-5521 FAX 03-3818-5514 振替 00110-6-37828
Email tk203444@fsinet.or.jp URL: http://www.toshindo-pub.com/

※定価：表示価格（本体）＋税

東信堂

（シリーズ 社会学のアクチュアリティ：批判と創造 全12巻＋2）

クリティークとしての社会学——現代を批判的に見る眼	西原和久・宇都宮京子 編	一八〇〇円
都市社会とリスク——豊かな生活をもとめて	藤田弘夫・浦野正樹 編	二〇〇〇円
言説分析の可能性——社会学的方法の迷宮から	佐藤俊樹・友枝敏雄 編	二〇〇〇円
グローバル化とアジア社会——ポストコロニアルの地平	新津晃一・吉原直樹 編	二〇〇〇円

（地域社会学講座 全3巻）

地域社会学の視座と方法	似田貝香門 監修	二五〇〇円
グローバリゼーション/ポスト・モダニズムと地域社会	古城利明 監修	二五〇〇円
地域社会の政策とガバナンス	岩崎信彦・矢澤澄子 監修	二七〇〇円

（シリーズ世界の社会学・日本の社会学）

タルコット・パーソンズ——最後の近代主義者	中野秀一郎	一八〇〇円
ゲオルク・ジンメル——現代分化社会における個人と社会	居安正	一八〇〇円
ジョージ・H・ミード——社会的自我論の展開	船津衛	一八〇〇円
アラン・トゥーレーヌ——現代社会のゆくえと新しい社会運動	杉山光信	一八〇〇円
アルフレッド・シュッツ——主観的時間と社会的空間	森元孝	一八〇〇円
エミール・デュルケム——社会の道徳的再建と社会学	中島道男	一八〇〇円
レイモン・アロン——危機の時代の透徹した警世家	岩城完之	一八〇〇円
フェルディナンド・テンニエス——ゲマインシャフトとゲゼルシャフト	吉田浩	一八〇〇円
カール・マンハイム——時代を診断する亡命者	澤井敦	一八〇〇円
費孝通——民族自省の社会学	佐々木衞	一八〇〇円
奥井復太郎——都市社会学と生活論の創始者	藤田弘夫	一八〇〇円
新明正道——綜合社会学の探究	山本鎭雄	一八〇〇円
米田庄太郎——新総合社会学の先駆者	中久郎	一八〇〇円
高田保馬——理論と政策の無媒介的統一	北島滋	一八〇〇円
戸田貞三——家族研究・実証社会学の軌跡	川合隆男	一八〇〇円

（中野卓著作集・生活史シリーズ 全12巻）

生活史の研究	中野卓	二五〇〇円
先行者たちの生活史	中野卓	三二〇〇円

〒113-0023 東京都文京区向丘1-20-6 ☎TEL 03-3818-5521 FAX 03-3818-5514 振替 00110-6-37828
Email tk203444@fsinet.or.jp URL: http://www.toshindo-pub.com/

※定価：表示価格（本体）＋税